ANDREAS STEINBERGER

Die magentafarbene Tulpe

Teil 1:
Der Ort, der für das Gleichgewicht von
Gut und Böse sorgt

Roman

Bibliografische Information der Deutschen Nationalbibliothek:
Die Deutsche Nationalbibliothek verzeichnet diese Publikation in der
Deutschen Nationalbibliografie; detailierte bibliobrafische Daten sind
im Internet über http://dnb.dnb.de abrufbar.

Deutsche Erstausgabe August 2020
Copyright © 2020 Andreas Steinberger
Lektorat: Marion Voigt, www.folio-lektorate.de
Korrektorat: Barbara Lösel, www.wortvergnügen.de
Cover: Andreas Steinberger
Satz und Lyout: Andreas Steinberger
andreas.steinberger@gmx.de
Gesetzt in der Garamond und der News Gothic MT
Herstellung und Verlag: BoD – Books on Deamond, Norderstedt
ISBN: 978 3 7519 3722 1

Für die Teebauern dieser Welt
und den Liebfrauenberg

INHALT

Die geschilderten Ereignisse beruhen teilweise auf wahre Begebenheiten.

Das erste Mal vor Mitternacht

Wenn ich einen Anfang in dieser Sache bestimmen müsste, dann würde ich sagen, ist es der, als ich mich mit weit ausgebreiteten Armen in diesem bezaubernden Saal im Hauptgebäude drehte, an die Gewölbedecke mit den herunterhängenden Kerzenkronleuchtern blickte und dachte: Wow, ein ganzes Kloster für mich alleine. Ich kann hier tun und lassen, was ich möchte. So viele Räume gibt es zu entdecken, und ich habe so richtig Lust dazu.

Natürlich lässt sich überall ein Anfang setzen, doch dieser hier ist mir spontan eingefallen. Er entspricht einem größeren Bindeglied oder einer Ungereimtheit in dem Geflecht der Ereignisse, welche die Aufmerksamkeit anzieht wie ein Magnet.

Es musste ewig her gewesen sein, dass ich in mir das Aufblitzen von Freude, von einer Art Unternehmungslust bemerkt hatte, denn ich war so erstaunt über dessen Vorhandensein, dass mir nicht auffiel, wie ich mich zu einem

Stuhl an der Tafel hinbewegte, und auch kein ausgleichender Schritt verhindern konnte, dass ich kurz darauf neben dem Stuhl lag. Mit dem Schwindel im Kopf streckte ich Arme und Beine von mir, machte mich so richtig breit und bemerkte abermals die Freude, etwas unternehmen zu wollen. Ich wurde mir dieser speziellen Energie gewahr, die mit dem Augenblick ganz und gar zufrieden war. Mit dieser Kraft scheint einem kein Weg zu weit, keine Idee unerreichbar, und man fühlt sich auf der richtigen Spur. Völlig im Fluss sozusagen.

Ich strich über das Parkett, das sich anfühlte wie ein altes welliges Holzmöbelstück. In den notariellen Unterlagen hatte ich ein paar Tage zuvor gelesen, dass das Haupthaus, in dem sich der Saal befindet, zwischen 1911 und 1913 erbaut wurde. Demnach lag ich auf gut hundert Jahre altem Parkett.

Aber lange hielt es mich nicht auf dem Boden. Freude lässt einen nicht still sein, sie will sich mitteilen, sorgt dafür, dass man hüpfend umherläuft, alles Mögliche fällt ihr ein, nur nicht still zu sein. Zumindest nicht in der Intensität, wie sie mich damals ergriffen hatte. Deshalb sprang ich auf, klatschte mir den Staub von den Händen und ging hinüber zu der Wand, die von unzähligen Glasflügeltüren durchbrochen ist, die alle auf die Terrasse führen. Ich wollte herausfinden, ob mein Vorbesitzer, der Russe, mit der Umsetzung seiner Pläne, auf dem Klostergelände eine Pferderennstrecke anzulegen, schon begonnen hatte.

Dabei sei kurz erwähnt, dass ich das Kloster fast wie die Katze im Sack erworben habe. Vielleicht war es gerade einmal ein Prozent dieses riesigen Anwesens, von dem ich mir ein Bild machen konnte. Eine Begehung allein der Räumlichkeiten, ohne das Inventar genauer in Augenschein zu nehmen, würde mehrere Tage Zeit beanspruchen. Nicht einmal heute kann ich behaupten, jeden Winkel meines Klosters zu kennen. Dennoch habe ich es mit einem Handschlag für drei Millionen erworben. Einfach so aus dem Bauch heraus. Natürlich wurde dies anschließend mit einem notariell beglaubigten Kaufvertrag besiegelt. Nichtsdestotrotz war es eine gewagte Aktion.

Sicher fragen Sie sich, wie der gute Mann zu so viel Geld gekommen ist. Was ist sein Beruf, dass er solch eine Summe unbesonnen lockermachen kann? Verständlich, denn der Versuch, einen Kredit ohne entsprechenden Gegenwert aufzutreiben, kann nur in völliger Verzweiflung enden. Selbst mit einer Geschäftsidee wie dem Betreiben einer Pferderennbahn dürfte es ohne Investoren kaum gelingen. Doch nichts dergleichen besaß ich, und meine Arbeitsstelle vor dem Kauf dieses Anwesens war eher durchschnittlich bezahlt.

Ich überlege, wie ich Ihnen erklären kann, was mir vier Tage vor dem Handschlag widerfahren ist. Das ist nicht so einfach, wissen Sie. Denn wenn Sie es weitererzählen, würde das unweigerlich rechtliche Konsequenzen für mich haben. Ja, mein lieb gewonnenes Kloster würde mir genommen werden, und sogar noch Unangenehmeres würde mich erwarten. Mir liegt jedoch viel daran, dass Sie nicht annehmen, ich sei ein Verbrecher, ein Dieb oder dergleichen, denn das entspräche nicht der Wahrheit. Das müssen Sie mir einfach glauben. Laut Gesetz bin ich zwar genau das: ein Straftäter, ein Gesetzesbrecher, vielleicht träfe auch die Bezeichnung Dieb zu, doch von Kriminellen und Übeltätern möchte ich mich ganz klar abgrenzen. Dennoch – erlauben Sie mir bitte diese Einschätzung – bin ich mir sicher, wenn Sie über die Hintergründe Bescheid wüssten, würden Sie es genauso sehen wie ich. Ja, ich bin sogar der Meinung, dass Sie ebenso gehandelt hätten wie ich. Vielleicht mag ein Prozent der Menschheit in solch einer Situation gesetzestreu agieren, aber neunundneunzig Prozent verhalten sich wie wir, davon bin ich überzeugt.

Und dass ich dieses Kloster mit eben diesem, ich sage mal »mir vor die Füße gefallenen« Geld gekauft habe, war kein Zufall. An Zufälle zu glauben, ist mir überdies unmöglich. Nein, vielmehr kommt es mir so vor, dass an diesen vier Tagen vor dem Kauf verschiedene Teilstücke endlich zueinanderfanden. Vergleichbar mit einer Weggabelung, an der sich zwei, drei schmale Wege treffen und zu einem breiten werden.

Zum einen war da die Sache mit dem Geld, und zum anderen hatte ich das Kloster wieder ausfindig gemacht, das ich nur besichtigen wollte, anstatt es gleich zu kaufen. Außerdem ergaben sich noch ein paar weitere unbedeutendere Sachverhalte, die dazu beitrugen, den großen breiten Weg zu beschreiten.

Eigentlich wollte ich nur mit eigenen Augen sehen, ob der Russe für seine Rennstrecke schon alles niedergemäht hatte und ob die hübsche Frau noch dort oben im Kloster auf dem Berg wohnte, bei der ich eineinhalb Jahre zuvor ein Seminar besucht hatte.

Drei Tage vor dem Kauf war ich des Geldes wegen gezwungen, mich in meiner Wohnung aufzuhalten. Mir standen Unmengen an Zeit zur Verfügung, und dabei fiel mir das Kloster mit der hübschen Frau wieder ein. Sie heißt Sophia, doch in meinen Gedanken ist sie einfach als meine Hübsche verwurzelt. Wider Erwarten fand ich den Ort bei der Recherche im Internet schneller als gedacht. Sie müssen wissen, dass wir vom Bahnhof aus mit einem abgedunkelten Kleinbus zum Kloster chauffiert wurden und ich deshalb nur über wenige Anhaltspunkte zur Lage verfügte. Aber ich habe es gefunden, und ich beschloss, es beziehungsweise meine Hübsche aufzusuchen. In der Nacht vor dem Kauf war die Sache mit dem Geld so gut wie in trockenen Tüchern – im wahrsten Sinne des Wortes. Sicherheitshalber packte ich es in den Kofferraum und nahm es mit auf den Weg zum Kloster. Nach einer zweistündigen Autofahrt traf ich dort auf ziemlich üble Typen; Gangster, meine ich. Ihr Anführer stellte sich jedoch als sehr angenehme Person heraus. Wir freundeten uns sogar an, und er lud mich zu einem Teekränzchen ein. Bei starkem Schwarztee aus dem Samowar erfuhr ich dann, dass sein Vorgesetzter der Russe war, der das Kloster erst kurz davor für zwanzig Millionen erworben hatte und hier eine Pferderennbahn einrichten wollte, nun aber vorhatte, es schnell loszuwerden. Eigenartigerweise stellte sich mir nicht die Frage, warum der Preis so niedrig war. In keinem Moment traten Zweifel auf. Vielleicht, dachte ich, hat es etwas mit der Vertragsklausel zu tun, die besagt, dass zwei Personen lebenslanges Wohnrecht für ein paar Zimmer im Kloster zusteht, und streckte Sergej, meinem Teefreund, ohne darüber nachzudenken, die Hand hin, und der Kauf war besiegelt. Auch im Nachhinein regten sich keinerlei

Bedenken, keine inneren Dialoge ob der Richtigkeit. Im Gegenteil. Ich verschob vorerst meinen ursprünglichen Plan, mit dem vielen Geld eine Hütte in den Bergen Kärntens und ein Haus am Strand von Hawaii zu erwerben, und unterzeichnete wenige Tage darauf die Verträge zum Kauf des Klosters.

Diese nicht alltäglichen Ereignisse passierten alle innerhalb dieser vier Tage vor dem Kauf, in denen das Geld zu mir gelangte, ich das Kloster wiederfand und es außerdem zum Verkauf stand. Finden Sie nicht auch, dass dies irgendwie – ich sage mal – wie von Menschenhand gemacht ausschaut? Mir geschehen derartig markante Ereignisse nämlich nie innerhalb so kurzer Zeit. Wenn ich auf die Geschehnisse, die mir im Laufe des Lebens widerfahren sind, zurückblicke, kann ich sehen, dass eines das andere ergab. Immer eines das andere, eines das andere, eines das andere. Ganz unauffällig entstand so ein Geflecht der Ereignisse. Nur an diesen vier Tagen, so habe ich den Eindruck, ergab nicht eines das andere, sondern alles wurde schnell, schnell zusammengefügt, oder es kam mir so vor – auch wenn es merkwürdig klingen mag, widerspiegelt es doch genau mein Empfinden –, als hätte man einen USB-Stick in mich gesteckt, mit Dateien, auf die ich nicht vorbereitet war.

Jedenfalls fügte es sich nun mal so, dass ich zu einem Klosterbesitzer wurde, ohne mich darum bemüht zu haben. Vom Gefühl her wurde es mir eher aufgedrängt.

Und weil ich, wie gerade beschrieben, die Katze im Sack gekauft hatte, trat ich nach meinem Sturz über den Stuhl mit einem mulmigen Gefühl an eine der vielen Flügeltüren, die zur Terrasse führen. Denn der Blick hinaus würde mir offenbaren, ob der vor eineinhalb Jahren so wunderschön blühende Garten der Rennstrecke des Russen hatte weichen müssen oder ob ich mich in Zukunft daran erfreuen konnte. Vielleicht hat auch der Garten dazu beigetragen, dass ich Sergej, ohne zu überlegen, die Hand hinstreckte.

Es gibt Menschen, die sich die Hände vor die Augen halten und nur zwischen zwei Fingern hindurchschauen, wenn sie etwas Abstoßendes erwarten, denn so können sie sich der Szene schnell wieder entziehen; und es gibt jene, die mit zur Seite geneigtem Kopf darauf blicken, um nur noch die Augen und nicht den ganzen Kopf abwenden zu müssen. Beide Methoden ergeben keinen Sinn. Die Augen einfach zu schließen, wäre logischer, doch irgendwie steckt die andere Vorgehensweise in manchen von uns drin. Vielleicht weil man so einen Fluchtweg im Blick behält. Jedenfalls gehöre ich zu denen, die die zweite Methode anwenden. Ich schritt an die Terrassentüre, und sowie ich davorstand, drehte sich mein Kopf in die Richtung, in die auch die Augen sahen, und meine Gemütslage entspannte sich. Ich riss die Flügeltüren förmlich auf und atmete tief die spätherbstliche Luft ein.

Nichts hatte er unternommen. Nicht einen Spatenstich, soweit ich es von der Terrasse aus sehen konnte. Gott, fiel mir ein Stein von der Brust. Überall hätte er meinetwegen etwas planieren können, nur nicht im Garten. Ich wusste, auf dieser Terrasse würde ich oft Zeit verbringen, um mich an der Schönheit zu erfreuen.

Wie ein kleiner Spatz kam ich mir darauf vor. Mehrere weiß gestrichene Säulen stützen das Vordach vier Meter über mir, und wiederum ziemlich genau vier Meter tief schleicht sie sich zwanzig Schritte an der Hauswand entlang. Alle drei Meter gelangt man durch eine der Flügeltüren auf die Terrasse, deren Boden mit graugrünem Naturstein belegt ist, und über die gesamte Länge führen acht Stufen hinab zum Rasen, der nach etwa zehn Metern am Garten endet.

Hier auf der Terrasse kam ich mir vor wie Gott in Frankreich. Die Arme zu den Seiten ausgestreckt dachte ich aufs Neue: Wow, und das alles für mich alleine, für eine Person? Zu dem Zeitpunkt war ich sehr erleichtert. Es hätte mir eine Menge Arbeit abverlangt, den Garten wieder ansehnlich zu gestalten, und vorausgesetzt, es wäre mir geglückt, hätte ihm dennoch der Charme der Altbestände gefehlt. Würde ich eine Tulpenmagnolie pflanzen und bis zu meinem Dahinscheiden in dem Kloster zu Hause sein, könnte ich nicht ansatzweise erleben, dass der Baum solch eine imposante Erscheinung annimmt wie jener, der rechts am Rande des Gartens lebt. Es muss ein sehr alter Baum sein, vielleicht sogar eine der ersten Tulpenmagnolien, die in Deutschland gepflanzt wurden. Ich weiß nicht, ob Sie es wissen. Meine Recherchen über diesen Giganten haben ergeben, dass die Familie der Magnolie hundertdreißig Millionen Jahre alt sein soll. Zum Vergleich: Die Dinosaurier starben vor fünfundsechzig Millionen Jahren aus, und das älteste bekannte Skelett eines Urmenschen wurde angeblich auf drei Komma zwei Millionen Jahre bestimmt. Aber das nur so nebenbei.

Natürlich blühte Anfang November nichts mehr in dem Garten. Das meiste Laub der Obstbestände bedeckte den Rasen und auch die Früchte auf dem Boden, nur vereinzelt hingen noch Äpfel an den kahlen Ästen. Pflanzen ragten vertrocknet oder verwelkt aus der Erde. Alles wirkte sehr eindruckslos. Doch ich wusste, wie es im Frühjahr dort strahlt und blüht, und eigentlich war es so, dass sich die Bilder meiner Erinnerung über die Wirklichkeit legten. Von Anfang an war der Saal mit der angrenzenden Terrasse und dem Ausblick einer meiner Lieblingsplätze. Das ist auch heute noch der Fall und ging damals sogar so weit, dass ich mir überlegte, darin das Schlafzimmer einzurichten. Ich fühlte mich dort so wohl, dass ich mir dafür keinen geeigneteren Platz vorstellen konnte und der Rest des Klosters ein wenig in den Hintergrund rückte. Die übrigen Räume sah ich eher als eine Art Erkundungsplatz, wenn ich das so nennen kann. Ein Ort eben, an dem man immer etwas Neues entdeckt. Und ich hatte so richtig Lust auf diese Entdeckungstour. Durch das Kloster zu spazieren, einen Raum nach dem anderen zu öffnen und interessante Sachen vorzufinden. Dieses Gefühl der Unternehmungslust war einfach überwältigend, sodass ich mich nicht nur einmal wunderte, dass es sich nach einer gefühlten Ewigkeit wieder zeigte. Ich konnte ja nicht wissen, was für skurrilen Personen und abenteuerlichen Geschehnissen ich noch begegnen würde.

Obwohl mir der Saal sehr zusagte, entschied ich dann doch, mein Schlafzimmer anderswo einzurichten. Letztlich fühlte es sich einfach nicht stimmig an, dort ein Bett hineinzustellen. Auch wenn ich nachts nur in der Stunde zwischen zwei und drei Uhr schlafe, kam ich zu dem Entschluss, dass sich bestimmt noch ein geeigneter Raum finden würde. Bis es so weit wäre, für die ersten paar Tage, sollte aber der Saal mein Schlafgemach sein.

Obwohl ich am liebsten gleich mit der großen Erkundungstour begonnen hätte, beschloss ich, zunächst den Sprinter mit dem Inventar meiner vorherigen Wohnung auszuräumen. Das war nicht viel, weil ich das meiste den Nachmietern überlassen hatte. Nur das Bett, die Couchgarnitur und ein paar Kartons mit Kleinigkeiten wie Elektrogeräten, Büchern, Kleidung und dergleichen zogen mit mir um.

Vorerst stellte ich alles in den langen Korridor, der vom Eingang des Hauptgebäudes bis an das andere Ende zu der wuchtigen Saalflügeltür verläuft, an die rechte Wand, die bis dahin außer von dem Gang zur Backstube und der Küchentüre durch nichts unterbrochen wurde. In diesem Korridor hätte meine frühere Wohnung allein von der Quadratmeterzahl her mindestens zehn Mal Platz gefunden. Wenn die beiden Flügelteile der Saaltüre offen stehen, sieht man vom Haupteingang aus am anderen Ende zu den Glasscheiben in den Terrassentüren hereinfallendes Licht. Da der Korridor ziemlich dunkel ist, wenn nicht eine der Türen auf der linken Seite offen steht, wirkt er wie ein Tunnel, der das Hauptgebäude von Nord nach Süd durchhöhlt. Italiens Gassen sind nicht breiter als mein neuer Korridor, dachte ich mir anfangs oft lächelnd.

Sowie ich den Hausstand ausgeräumt hatte, fuhr ich den Transporter hinunter in die Stadt auf einen dafür bestimmten Parkplatz und spazierte zu Fuß wieder hinauf zu meinem neuen Haus. Es fühlte sich sehr befremdlich an, dass ich nun ein Kloster besaß und sogar noch darin lebte.

20

Fast zwei Stunden benötigte ich, bis ich wieder am Osttor angelangt war. Davon schritt ich die letzte Hälfte, umgeben von meinen neu erworbenen Weinreben, die Serpentinenstraße entlang. Ich machte mir einen nicht ernst gemeinten Spaß daraus, vor alles, was ich sah, »mein« davorzusetzen – mein Weinberg, mein Kloster, meine kleine Kirche, mein Wald –, weil es sich so absurd oder ungewohnt anfühlte, dass ich damit tun konnte, wonach mir der Sinn stand. Innerlich verspürte ich jedoch keine königlichen Gefühle. Dazu fehlt mir der Bezugspunkt.

Natürlich stellte sich mir auch die Frage, was ich mit den ganzen Trauben anstellen sollte, die, überreif und stinkend, um mich herum am Stock und auf dem Boden verfaulten. Vielleicht gab es hierzu sogar vertragliche Auflagen. Doch darüber dachte ich nicht weiter nach, sondern erfreute mich der schönen Umgebung, meines neuen Zuhauses. Soweit es die gärenden Gerüche zuließen.

Als ich auf dem Liebfrauenberg wieder ankam, war es nach fünf Uhr abends, und es begann schon zu dämmern. Im Korridor sah ich kaum noch etwas. Von dem Bodenfliesenmuster leuchteten die Weißen hervor, und die Schwarzen verschwanden im Kontrast. Ich tastete halb blind nach einem Lichtschalter. Als ich endlich einen fand und den kleinen Hebel nach unten kippte, geschah außer dem Klicken des Schalters nichts weiter. Die vergilbten Lampen vier Meter über mir konnte ich im Dämmerlicht nicht erkennen. Nachdem auch ein zweiter Schalter den Korridor nicht erhellte, verbalisierte sich gedanklich die Wut in meinem Bauch. Ich tastete nach einer der beiden Matratzen, hievte sie auf den Kopf und trug sie in den

Saal, wo ich sie vor eine der Terrassentüren fallen ließ. Anschließend suchte ich noch Decke und Kissen und legte sie darauf. Damit war das Bett gemacht. Auch im Saal funktionierte keine Lampe. Die Kronleuchter trugen zwar Kerzen, aber ich war mir sicher, dass sie nur noch dekorativen Zwecken dienten und dass es auch hier elektrisches Licht geben musste. Meine Kontodaten lagen dem Netzbetreiber vor, also nahm ich mir vor, gleich morgen Früh den Sicherungskasten zu suchen. Einstweilen fand ich mich mit der Situation ab.

Kennen Sie das Gefühl, das sich vor allem in der ersten Nacht in einem neuen Zuhause einstellt? Bei mir ist es immer dasselbe. Seit ich mit neunzehn aus meinem Elternhaus ausgezogen bin, hatte ich mit dem Liebfrauenberg fünf Wohnungen. Gut, vier und ein Kloster. Und überall empfand ich dieses Gefühl von Einsamkeit gepaart mit Freude. Vielleicht kann man es mit einem ein Jahr alten Vogelnest vergleichen, dem es an Wärme fehlt. Natürlich war es beim ersten Auszug am stärksten. Es flachte von Mal zu Mal ab, und als ich in meine vorherige Wohnung mit einem Mädchen zusammen eingezogen war, zeigte es sich eher wie ein in der Erinnerung gespeichertes Gefühl. Doch in der ersten Nacht in dem Kloster stellte es sich ebenso ein, wenngleich ohne die dahinterstehende Kraft, eher wie das Erscheinen von etwas Vertrautem, über das ich lächeln musste, während ich auf der Matratze liegend ins Dunkle hinausblickte.

Die Nacht sollte jedoch nicht still ihren Lauf nehmen. Ich verliere im Winter wegen der Dunkelheit zwar oft das Zeitgefühl, und ohne geregelten Tagesablauf verstärkt sich dieses Defizit noch, aber in diesem Fall war ich mir sicher, dass es kurz vor Mitternacht war, als die Pendelgeräusche der Standuhr im Korridor verstummten. Etwa eine Minute darauf bemerkte ich unweit vor der Saaltüre Geräusche. Leise drangen sie durch die geschlossene Türe. Ich ordnete sie klar als Bewegungsgeräusche von jemandem oder etwas ein, und da ich sie hören konnte, folgerte ich, dass der Verursacher keinen Wert auf Heimlichkeit legte. Obwohl ich dazusagen muss, dass ich über sehr gute Wahrnehmungssinne verfüge. Eine andere Person hätte die Geräusche von meiner Position aus vermutlich nicht bemerkt. Doch ich weiß das in Relation zu setzen. Es waren definitiv Laute, bei denen nicht auf Diskretion geachtet wurde. Monotone Laute. Zuerst vermutete ich ein Tier, das schon vor mir eingezogen war. Doch die Geräusche klangen wie von einem schweren zweibeinigen Tier mit den Tatzen einer Katze, und dazu fielen mir nur, völlig aus der Luft gegriffen, Affen, Bären und Pinguine ein. Den Pinguin verwarf ich gleich, und die anderen beiden fand ich ebenso abwegig, wenngleich nicht unmöglich.

Was auch immer sich im Korridor befand, es näherte sich der Saaltüre. Ich überlegte, was mir der Saal zur Verteidigung bieten konnte, doch da ich mich noch nicht allzu genau umgesehen hatte, fielen mir nur die schweren Holzstühle ein. Ich rechnete mir geringe Chancen aus, falls es zum Äußersten käme, und sowie ich daran dachte, mich irgendwo zu verstecken, sah ich mich ausschließlich unter der langen Tafel kauernd. Dummerweise lag die Pistole, die mir Sergej geschenkt hatte, in einem der Umzugskartons im Korridor.

Als sich der Geräuscheverursacher ein paar Meter vor der Saaltüre befinden musste, trat wieder Stille ein. Etwa eine halbe Minute lang. Dann wurde mit irgendetwas hantiert, so viel glaubte ich zu erkennen. Wenige Sekunden darauf ertönte ein aus dem Bauch gequetschtes Ächzen, als würde sich der Geräuscheverursacher über etwas ärgern.

Wie ein Brett lag ich bewegungslos auf der Matratze. Plötzlich zuckte es in meiner Brust. Und wieder und wieder. Immer wenn im Korridor die Standuhr mit ihrem weichen satten Klang ertönte. Sie schlug – oder spielte vielmehr – die vollen zwölf Stunden. Das weiß ich deshalb, weil es mir eine Angewohnheit ist, bei solchen Vorgängen mitzuzählen. Schlägt eine Kirchenuhr, zähle ich automatisch mit. Diese Gewohnheit rührt aus meiner Kindheit, als wir noch keine Armbanduhren hatten und Ärger bekamen, wenn wir nicht um sechs Uhr zu Hause waren.

Die Standuhr ist die einzige Dekoration im Korridor. Ich hätte eigentlich draufkommen können, dass der Geräuscheverursacher dort stehen geblieben war, um sie wieder in Gang zu bringen. Aber was soll man machen? Wenn es einem nicht einfällt, dann fällt es einem nun mal nicht ein.

Ich fand es merkwürdig, und es brachte mich zum Grübeln, dass unmittelbar nach dem Verstummen der Uhr etwas oder jemand kam, um sie wieder funktionsfähig zu machen. Außerdem hatte ich das Pendel der Standuhr immer in Bewegung gesehen, wenn ich an ihr vorbeiging, und sie verriet stets die genaue Uhrzeit. Das war während des Seminars so gewesen als auch am Tag des Kaufes und ebenso an diesem Tag.

Während die Uhr zwölf Mal gewohnt klangvoll schlug, konnte ich nicht wahrnehmen, ob sich der Geräuscheverursacher von der Saaltüre entfernte oder auf sie zukam. Deshalb starrte ich unentwegt zwischen die Tisch- und Stuhlbeine. Der letzte Schlag wollte schier nicht aufhören, im Korridor zu verhallen. Ich wusste nicht, was mir lieber war: ein Mensch, der versuchte, mich zu ängstigen, oder ein gewichtiges Etwas mit mir unbekannten Motiven. Für keines der beiden mochte ich mich entscheiden. Ich wollte einfach meine Ruhe haben. Wie hatte ich auch in solch einer Abgeschiedenheit vergessen können, die Türen abzuschließen.

Als der letzte Uhrenschlag endlich in meinen Ohren verklang, war es wieder still in dem Kloster. Mein Körper entspannte sich, ähnlich wie auf dem Zahnarztstuhl, wenn der Arzt den Bohrer herausnimmt. Auf Zehenspitzen schritt ich zur Saaltüre, um sicherzugehen, dass sich niemand mehr davor aufhielt. Anschließend legte ich mich zurück auf meine Matratze, deckte mich zu und überlegte noch eine Weile, was das wohl zu bedeuten hatte, was mir gleich in der ersten Nacht das Herz in die Hosen rutschen ließ. Je mehr ich darüber nachdachte, desto mehr festigte sich eine Vermutung. Ich glaubte, dass diese Situation mit der Klausel zu tun hatte, die der Kaufvertrag für den Liebfrauenberg enthält.

Ja, das war die erste Nacht in meinem Kloster.

Jetzt muss ich Ihnen aber von dieser Klausel erzählen, in die ich und auch mein Vorbesitzer, der reiche Russe, der dieses Objekt von der Kirche erstanden hatte, einwilligen mussten, um das Kloster kaufen zu können. Ohne Einwilligung kein Kloster. Und zwar handelt es sich um zwei Personen, die auf Lebenszeit Wohnrecht auf dem Liebfrauenberg besitzen. Natürlich betrifft das nur einen kleinen Teil, aber trotzdem ist man dadurch eingeschränkt und nicht für sich. Sergej, der mit mir die geschäftlichen Angelegenheiten abgewickelt hat – Sie wissen schon, mein Teefreund –, setzte mich vor dem Handschlag über dieses Detail in Kenntnis, und ich meine sogar, dass er mir in dem Zusammenhang die Pistole überreichte. Er hatte beide Personen kennenlernen dürfen. Dabei gab er mir ganz deutlich zu verstehen, dass jene, die bis zu ihrem Dahinscheiden das Recht auf drei bestimmte Zimmer im Erdgeschoss des Ostgebäudes besaß, eigentlich nicht als Person bezeichnet werden könne. Es sei etwas Abscheuliches. Ich meine, er nannte es: eines der grauenhafteren Geschöpfe auf diesem Erdball. Dazu konnte ich mir überhaupt kein Bild machen. Wie sollte so ein Geschöpf aussehen? Mir fiel dabei lediglich etwas Missgebildetes ein, vielleicht von einem Reaktorunfall, denn ich bin nicht jemand, der unrealistischen Fantasiegeschichten Glauben schenkt, wenngleich ich mir viel vorstellen kann. Auf die Gefahr hin, dass Sie mich für einen Spinner halten, möchte ich Ihnen zur Veranschaulichung ein kleines Beispiel geben, damit Sie wissen, was ich meine.

Ich hatte einmal einen so realistischen Traum – es muss in der Aufwachphase gewesen sein –, von dem ich heute noch genau weiß, wie es sich darin angefühlt hat. Als gäbe es zu unserer scheinbaren Realität keinen Unterschied. In diesem Traum spazierte ich durch eine Wand. Der Körper fühlte sich dabei verdichtet und befremdlich an, als wäre es nicht der gewohnte, als würde durch jede Pore eine dickflüssige Masse eindringen und einen beschweren. Sowie ich auf der anderen Seite hinaustrat, war alles wieder wie zuvor. Nichts von der Masse blieb in meinem Körper. Und als ob das nicht genug wäre, legte ich mich anschließend auf die Couch und erwachte genau auf dieser aus dem Traum.

Kurz darauf habe ich in einer Sendung gesehen, dass wir einander nie wirklich berühren. Selbst wenn wir uns küssen, findet keine direkte Verbindung statt. Es entsteht eine Wechselwirkung der negativ geladenen Elektronen, die den Atomkern umschwirren. Die Atomkerne selbst sind positiv geladen und stoßen sich ab. Wir üben lediglich berührungslos Energien aufeinander aus. Vielleicht gibt es ja irgendwie die Möglichkeit, dass die Kraft, die unseren Körper zusammenhält, sich kurzzeitig etwas löst? Aber ich vermute mal, eher nicht. Wahrscheinlich gleicht das einem temporären Tod. Das ist jedoch nicht der Grund, warum ich für möglich halte, dass wir rein theoretisch durch Wände gehen könnten, sondern weil ich es so realistisch gespürt habe und dieses Erlebnis in meiner Erinnerung immer noch so präsent ist.

Vermutlich werden Sie schmunzeln, wenn ich Ihnen erzähle, dass ich nach dem Traum von der Couch aufgestanden bin, um es erneut zu versuchen. Natürlich ohne Erfolg. Nichts anderes als der Knorpel meiner Nase wurde verschoben, sodass ich sie noch fünfzehn Minuten später rümpfte und an ihr herumdrückte. Trotzdem könnte ich es mir vorstellen. Warum nicht.

Aber wie gesagt gehöre ich nicht zu der Sorte, die jeden Hokuspokus für möglich hält. Deshalb schien mir ein missgebildetes Geschöpf am schlüssigsten. Und ich vermute, dass dieses Geschöpf die Standuhr wieder zum Funktionieren gebracht hat.

Auf jeden Fall war laut Gebäudeplan eines der drei Zimmer des Wesens genau jenes, in das ich bei dem Seminarbesuch hineingespitzt hatte und von dem ich wegrannte, so schnell mich meine Beine trugen, als sich etwas dem Türspalt näherte. Dieses Geschöpf hatte genau in dem alten von Spinnweben durchzogenen Flur des Ostgebäudes zwei Eingänge zu seinen Zimmern. Damals dachte ich etwas übertrieben, dass diesen Flur seit Jahrzehnten keiner mehr begangen hatte und der Bewohner es irgendwie schaffte, nie sein Zimmer zu verlassen, oder dass es einen weiteren Zugang geben musste.

Nachdem ich das Kloster gekauft hatte und mit dem Geschöpf Tür an Tür lebte, wollte ich natürlich genau wissen, wo er seine Ein- und Ausgänge hatte, um auf Nummer sicher zu gehen und eine eventuelle Gefahr unter Kontrolle zu haben. Ich kannte es ja noch gar nicht und zog auch die Möglichkeit in Betracht, dass das grauenhafte Geschöpf nicht unbedingt Böses im Schilde führte. Vielleicht dachte ich völlig falsch und tat ihm unrecht. Doch das können Sie selbst beurteilen. Ich werde Ihnen alles ganz genau und wahrheitsgetreu erzählen, und Sie können in der Folge entscheiden, ob gut oder böse zutrifft. Aber der Reihe nach.

Die zweite Person in der Klausel, die lebenslanges Wohnrecht besitzt – Sie können es sich vielleicht schon denken –, ist die Frau, die im April letzten Jahres das

Seminar hielt, meine Hübsche. Ich fühlte mich von Beginn an von ihr angezogen. Zwar kenne ich sie nur von den drei Tagen des Seminars, aber Zeit hat diesbezüglich keine Bedeutung. Da stimmen Sie mir sicher zu.

Meine Stimmung hellte sich auf, als Sergej mir mitteilte, dass sie die zweite Person ist, ihr ein Zimmer im Westgebäude und die Nutzung des Innenhofs zustanden. Sie lebte also immer noch in dem Kloster. Doch leider vertraute mir mein russischer Teefreund auch an – das sah er als seine Pflicht an –, dass meine Hübsche nicht mehr die sei, die ich kannte. Und so, wie er es sagte, versetzte es mir damals einen kleinen Stich in meinem Herzen. Doch es gehört nicht zu meinem Charakter, mir gleich das Schlimmste auszumalen. Ich bilde mir keine Meinung, bevor ich mich nicht selbst von den Verhältnissen überzeugt habe. Das war schon immer so. Gut. So viel also zu der Klausel.

Die Frage, warum jemand sich ein derart teures Objekt mit so einer Bedingung kauft, wo er sich doch irgendwo in der Karibik ein schönes Leben machen könnte, ist natürlich gerechtfertigt, wenngleich mir darauf keine rationale Antwort einfällt. Ich kann mich nur wiederholen. Ohne vorherige Überlegung sagte ich zu Sergej: Ich kaufe es. Hand drauf. Freilich kam mir in den Jahren danach manchmal der Gedanke, was mich wohl geritten hat, als ich dieses Kloster kaufte. Doch da steckte keine grüblerische Energie dahinter. Meistens ist es bis heute angenehm, dort zu leben. Das Gefühl von Langeweile hat sich dort oben noch nie gezeigt, so viel steht fest, das werden Sie noch erfahren.

Anfangs wusste ich gar nicht, wo ich mit meiner Erkundungstour beginnen sollte, um mich näher mit den hundertsiebzigtausend Quadratmeter Gebäudefläche vertraut zu machen. Überlegen Sie: Hundertsiebzigtausend umfasst alleine die Gebäudefläche. Um die Grundstücksgrenzen abzugehen, bräuchte ich einen ganzen Sommertag. Deshalb musste ein Plan her. Ich nahm mir vor, zunächst das Haupthaus zu inspizieren, denn das fand ich am schönsten, und ich fühlte mich wohl darin. Gleichzeitig versprach ich mir dort die beeindruckendsten Räume und Gegenstände. Sowie ich es ausgiebig ausgekundschaftet hatte, wollte ich weitersehen, wonach mir der Sinn stand.

Die Hübsche und der schwarze Hund

Trotz dieser lebhaften ersten Nacht schlief ich um zwei Uhr ein und wachte eine Stunde später wieder auf. Obwohl ich zeitgleich mit dem Dreiuhrschlag der Standuhr erwachte, konnte ich mir relativ sicher sein, dass es drei Uhr war, denn seit Oktober, November des Vorjahres – also ziemlich genau seit einem Jahr – entsprach dies meiner Schlafenszeit. Die einzige Ausnahme bis dahin stellten die besagten Tage vor dem Kauf dar. Denn zu dem Zeitpunkt verschob sich einmal der Rhythmus, und ein weiteres Mal musste ich sogar durchmachen. Ansonsten ist diese Stunde gesetzt, so wie der Mond seine immer gleichen Runden kreist.

Nach der Stunde Schlaf begebe ich mich für gewöhnlich an den Schreibtisch und arbeitete bis sechs Uhr an einer Geschichte oder einer Idee dazu. Vor meinem Einzug in das Kloster fuhr ich dann in die Firma, wo ich für sieben Stunden meine Arbeit verrichtete, fuhr wieder nach

Hause, legte mich auf die Couch und döste eine Stunde. Anschließend praktizierte ich ein fünfundvierzigminütiges Meridian-Stretching, sehr angenehm, vor allem das ebenso lange Dösen im Anschluss auf der Matte. Damit der Körper weiterhin rund lief, machte ich danach leichten Sport wie Fahrrad- oder Tretrollerfahren, öfters auch einen kurzen Lauf. Meist war es dann schon acht Uhr, und ich ließ es ruhiger angehen, sah fern, las oder stöberte im Internet. Samstags war der große Putztag, und sonntags unternahm ich oft einen Ausflug. Doch all das füllte meinen Alltag immer noch nicht restlos aus. Eine Freundin hatte ich zu der Zeit nicht.

Man bedenke, was für ein Zeitraum sich mir dadurch eröffnet hat, dass ich nur eine Stunde täglich schlafe und keine Zeit für die Essenszubereitung benötige, denn seit dem Seminarbesuch habe ich keinen Bissen mehr zu mir genommen. Die freie Zeit gilt es natürlich zu füllen. Man kann ja nicht einfach nichts tun, vor allem nicht ich.

Deshalb begann ich öfters etwas Neues, erlernte Fremdsprachen, Mundharmonikaspielen, Klettern und Drachensteigenlassen. Ich habe auch angefangen, meine alten Möbel gegen selbst geschreinerte zu ersetzen. Ausgefallene Einzelstücke von guter Qualität sind dabei entstanden. Der Schlafzimmerschrank zum Beispiel, das gute Stück, das ich nur schweren Herzens den Nachmietern überlassen habe, hat nur Stangen, Schubladen und herausziehbare Bretter. Das Furnier ist strapazierfähig, und die Kanten sind mit hochwertigem Kunststoff überzogen; die inneren Bretter haben sogar an den Stirnseiten helle bunte Farben, sodass es mir beim Öffnen der Schiebetüren vorkam, als ob der Schrank mir sonnig entgegenstrahlt. Das sind vielleicht Kleinigkeiten, aber diese zeichnen unter anderem Qualität aus. Solche Gegenstände habe ich gerne um mich. Auf Billigschrott reagiere ich empfindlich. Ich mag deren Energie nicht.

Bis zu dem Kauf des Klosters gestaltete sich in etwa so mein Tagesablauf. Und nun stellen Sie sich einmal vor, Sie müssten nicht mehr arbeiten und hätten weitere sieben Stunden Zeit für sich, so wie es bei mir der Fall war. Seit ich auf dem Liebfrauenberg wohne, habe ich dreiundzwanzig Stunden zur Verfügung. Das ist schon eine Menge Zeit; sechsundneunzig Prozent eines Kalendertages ziemlich genau.

Jedenfalls brauchte ich neue Beschäftigungen, das war wichtig, doch mit dem eben erst erlangten Anwesen hatte ich in dieser Hinsicht keine Bedenken.

Da ich nach dem Erwachen natürlich immer noch ohne Strom auskommen musste, ließ ich das Schreiben für diesen Tag sein und stellte mir stattdessen, bis es hell wurde, die Geschichte weiter im Kopf vor. Es ergaben sich geniale Einfälle, die ich gleich am nächsten Morgen zu Papier bringen wollte. Unter anderem dachte ich auch über den roten Faden eines Kurzgeschichtenbuches nach. Dabei erschien mir die Idee, ihn wie ein Lied aufzubauen. Ich dachte daran, dass jede Strophe, also jede Kurzgeschichte, mit einem der großen Gefühle zu tun haben könnte. Und zwischen diesen Geschichten würde sich eine einzige als Refrain wiederholen. Nur dürfte ich nicht einfach die exakt gleiche Geschichte wiedergeben. Die Seiten würden nicht wie bei einem Lied gerne mitgesungen, sondern gelangweilt überblättert. Zu Recht. Nein, diese eine Geschichte müsste eine Variable enthalten, denn anders als bei einem Musikstück fehlt in einem Buch der Ton. Also, dachte ich, sollte sie kurz das Gefühlsthema der vorherigen Geschichte besingen. So wie es manche Refrains tun. Das würde nicht ganz einfach werden, das war mir klar, denn selbst dann entstünde noch ein Großteil an Wiederholungen. Doch wenn ich lange genug darüber nachdenke, ergibt sich eine Lösung. Das ist immer so.

Sowie es dämmerte und ich in meinem vorübergehenden Schlafzimmer die Umrisse erkennen konnte, begann ich, nach dem Sicherungskasten zu suchen. Endlich ging es los. Ich verband die Suche mit einer systematischen Ergründungstour im Haupthaus, stellte mich also in den Haupteingang, als wäre ich eben erst hereinspaziert, hielt mich vor den drei Stufen zum Korridor links und ging einen schmaleren Gang entlang, der hinaus zu einem kleinen Innenhof mit Brunnen und dem Zugang zur Kirche führt. Doch vor dem Ausgang zu dem Innenhof ist links eine Türe, die ich öffnete, darin fand ich ein ehemaliges Büro oder eine Pforte und den Sicherungskasten. Ich drückte alle Schalter nach oben, dann nahm ich sogleich das Summen und die Spannung von Elektrizität wahr. Als ich den Lichtschalter betätigte und der Raum erleuchtet wurde, erschien mir in Gedanken: Der Herr sprach, es werde Licht, und führte André den Sicherungskasten vors Gesicht. Ich durchsuchte alle Schubladen und Schranktüren, doch bis auf ein paar Kugelschreiber, Büroklammern und solche Sachen waren sie leer geräumt. Zwei Telefone standen auf den zwei zusammengestellten Schreibtischen, dazwischen eine Leiste mit an die hundert Knöpfen, wohl zum Ausführen irgendwelcher elektrischer Funktionen. Doch ich wagte nicht, einen zu drücken.

Anschließend spazierte ich durch den besagten Innenhof direkt in die kleine Kirche. Stellen Sie sich vor, sie besäßen eine eigene Kirche. Es ist ein seltsames Gefühl, darin zu sitzen, wenn man sich dessen bewusst ist. Was würden Sie damit anfangen? Ohne Pfarrer? Ich nahm in der letzten Reihe Platz und genoss die leere, stille Kirche, inspizierte die Heiligenfiguren, die Wandbemalungen sowie die bunten Fensterscheiben und alles andere, was ich von dort aus sehen konnte. Die Gewölbedecke ist mit wunderschönem hellem Türkisblau bestrichen. Nachdem mein Kopf vollends im Genick lag, sah ich die Empore über mir, zu der ich auch sofort über eine knirschende Holztreppe hinaufstieg, wo sich meine Hoffnung bestätigte. Tatsächlich stand dort oben eine ansehnliche Orgel. Ich öffnete nach links und rechts zwei Holztürchen, hinter denen sich die Tasten verbargen, und klimperte darauf »Alle meine Entchen«. Ich empfinde die hohen Töne einer Orgel als unangenehm, sie klingen wie ein Dudelsack, aber die tiefen finden in mir Anklang. Musik höre ich überhaupt nicht mehr. Schon nach einem Lied werde ich unruhig und schalte ab. Allerdings konnte ich mir sehr gut vorstellen, vielleicht einmal auf der Orgel spielen zu lernen und Pianisten zu imitieren.

Wieder zurück im Innenhof testete ich den Brunnen aus. Sowie das Wasser floss, hielt ich den Mund an den Strahl und kostete es. Das Brunnenwasser schmeckte zwar lebendig, es zog mir aber die Haut zusammen, und fröstelte mich.

Anschließend sichtete ich eine Treppe, genau gegenüber dem Eingang ins Haus. Sie führt zu einem Naturkeller. Ich entdeckte Tontöpfe in Tassengröße bis hin zu einem Meter Durchmesser. Von Schnüren, Stöcken, Schaufeln über Pickel, Rasenmäher und Kisten mit Zwiebeln fand ich alles, was ein Gärtner so braucht. Auf staubigem Boden durchstöberte ich die Utensilien bis an das Ende des circa zehn Meter langen Kellers. Der Geruch von nassem Hundehaar wurde immer deutlicher. Nun folgte die zweite unangenehme Begegnung in meinem Kloster. Aus der hintersten Ecke, etwa zwei Meter vor mir, fing es an zu knurren. Vermutlich kennt jeder dieses Gefühl, das ausnahmslos in jedem Körper alle Zellen auf Alarmbereitschaft schaltet. Dann trat ein alter schwarzer Köter aus der Dunkelheit hervor. Er verrenkte seinen Kopf so, wie wenn man unter einer schwimmenden Beckenbegrenzung hindurchschwimmt, und fletschte mir sein Gebiss entgegen.

Bitte, glauben Sie nicht, dass ich dies hier der Spannung wegen erzähle. Das tue ich ganz gewiss nicht. Ich gebe die Geschehnisse exakt so wieder, wie sie sich abgespielt haben, ob spannend oder langweilig. Es gibt keinen Grund, Ihnen etwas vorzumachen. Was in diesem Kloster und auch außerhalb alles geschehen ist, hat es wirklich nicht nötig, aufgepimpt zu werden. Wozu auch? Darum geht es ja nicht. Zudem können Sie sich vor Ort gerne selbst ein Bild machen und sich des Wahrheitsgehalts meiner Erzählung vergewissern, wenn dies für Sie noch möglich ist.

Jedenfalls können Sie sich denken, dass ich mir schier in die Hosen gemacht habe. Meine Beine schmolzen wie Kokosöl in der Pfanne. Sie schienen ihrem Zweck nicht mehr Folge zu leisten. Ich trat vorsichtig zurück, wodurch der Hund nur noch intensiver fletschte. Es war fürchterlich. Doch wenn ich in dieser Situation nicht verharren wollte, blieb mir nichts anderes übrig, als langsam, Schritt für Schritt, zurückzugehen; ganze zehn Meter. Aus Angst, er könne mich durchschauen, traute ich mich nicht einmal, nach der Schaufel oder einer anderen Gerätschaft zu greifen, um wenigstens eine geringe Chance zu haben, wenn er mich anspringen würde. Stattdessen behielt ich ständig seine Vorderbeine im Blick. Ich hielt mich bereit, seinen Kopf jeden Augenblick von mir wegzudrücken und ihn bei einer günstigen Gelegenheit auf die Nase zu treffen. Ich habe einmal gehört, dass dies die empfindlichste Stelle bei Hunden sei. Doch vor meinem inneren Auge sah ich nicht, wie ich das schaffen sollte. Sein bedrohliches Knurren fuhr mir jedes Mal aufs Neue unter die Haut, und mir stellten sich die Haare auf. Überdies roch es bestialisch. Mein Herz hämmerte so hart gegen die Brust, dass ich meinte, es wäre kein Organ mehr, sondern ein Trommelschläger. Für einen kleinen Moment sah ich ihn auf mich zustürzen, sich in meine sechzig Kilo verbeißen und mich mit einem Kopfschütteln zerreißen. Doch nichts war schlimmer, als jetzt in Panik zu verfallen, dachte ich, deshalb zwang ich mich, so gut es eben möglich war, den Fokus auf meine Schritte zu lenken anstatt auf imaginäre Horrorbilder. Als ich etwa in der Mitte des Kellers angelangt war, konnte ich seine blutunterlaufenen Augen nicht mehr sehen und meinte, dass auch das Fletschen, das wieder in Knurren überging, an Intensität verlor. Dennoch war ich weit davon entfernt, zu den Seiten zu schielen oder mich gar einfach umzudrehen und davonzulaufen. Nein, ich blieb bei meiner bisher funktionierenden Taktik: rückwärts gehen, ohne zu stolpern.

Erst als ich Zugluft spürte und es lichter wurde in dem Naturkeller, schloss der schwarze Hund mit einem letzten Knurren das Maul. Dabei nickte er mit seinem Kopf nach links oben, als wollte er mir damit sagen, ich solle verschwinden, bevor er sich wieder in das Dämmerlicht zurückzog. Völlig abwesend, als wäre sein Nicken ein Befehl gewesen, verschwand ich durch die Türe. Eilig schloss ich sie hinter mir und schoss die Treppen hinauf, wo ich mich vor entlaubten Obstbäumen neben der Kirche wiederfand. Die Sonne blinzelte durch die Wolken und wärmte mir das Gesicht.

Damals wusste ich nicht, dass mich diese schwarze Bestie noch vor Schlimmerem bewahren würde. Ich meine, für den Hund von Anfang an keine Antipathie verspürt zu haben, nur Angst. Eine Sympathieblockade aber nicht. Tieren gegenüber ist das sowieso schwieriger als bei Menschen, finden Sie nicht? Löwen zum Beispiel weiß man einzuschätzen und geht auf Abstand. Bei Menschen hingegen ist man sich nie sicher, woran man gerade ist.

Die einzigen Tiere, bei denen sich alles in mir verriegelt, sind Delfine. Einmal, vor einem Zoobesuch, informierte ich mich über sie. Es heißt, dass sie ein unangenehmes Naturell an sich haben und ein übles Verhalten an den Tag legen können. Anscheinend weiß man, dass sie eine stark ausgeprägte Libido besitzen, wofür sie natürlich nichts können, ich aber auch nicht, dass ich sie deshalb nicht sympathisch finde. Es heißt, dass die Männchen ihren

Penis in alles Mögliche stecken. Tot oder lebendig, Bruder oder Schwester ist ihnen nicht so wichtig. Das Schlimmste kommt aber erst noch. Die Männchen rotten sich zu einem Rudel zusammen und halten sich ein Weibchen über Wochen hinweg als eine Art Sexgeisel. Auch wenn Wissenschaftler hier nicht von Vergewaltigung, sondern erzwungener Kopulation sprechen, damit komme ich nicht klar. Nein, Delfine sind einfach anders.

Dabei fällt mir ein Witz ein. Ein Wal schwimmt mit einer Harpune im Rücken weinend und jammernd durch das Meer. Als er einem Delfin begegnet, bittet er ihn um Hilfe. Er wolle ihm dafür sogar zeigen, wo eine versunkene Schatzkiste voll mit Gold liegt, meint der Wal. Der Delfin kann das Angebot nicht ausschlagen und befreit ihn von der Harpune. Doch als er nach der Stelle mit der versunkenen Schatzkiste fragt, sagt der Wal zu ihm: Du glaubst wirklich an ein Wa(h)lversprechen?

Ich schritt an der Ostseite des Hauptgebäudes entlang, wo ich ein hüfthohes Gartentor anvisierte. Allmählich fühlten sich meine Beine wieder wie meine Beine an. Ich schloss das Tor und ging nach rechts um einen mächtigen Erker herum, der vom Boden bis zum Dach hinaufragt und oben frei steht. Er wirkte auf mich wie ein Leuchtturm mit Zipfelmützendach. Dahinter erblickte ich schon meinen Garten, den Magnolienbaum und die Treppe zur Terrasse. Ich setzte mich auf die oberste Stufe und schaute gedankenversunken vor mich hin. Sah die Holzbank unter dem Magnolienbaum, auf der letztes Jahr im April immerzu eine Katze döste, sah in den Garten und zum Waldrand. Dabei gewann eine Frage immer mehr an Bedeutung: Was hatte der Russe mit dem Kloster wirklich vor? Es befand sich gut einen Monat in seinem Besitz. Aber soweit ich sehen konnte, hatte er noch nirgends Hand angelegt. Keine Absteckung für die Rennbahn war auszumachen, und auch im Hauptgebäude hatte sich seit eineinhalb Jahren nichts verändert. Und wo würde man am ehesten mit seinem Projekt beginnen, wenn nicht dort, wo anschließend die Musik spielt? Natürlich hatte ich in sein Konzept »Rennbahn« überhaupt keinen Einblick, dennoch kam mir hier auf den Terrassenstufen die ganze Sache zum ersten Mal suspekt vor.

Der Geruch des Saals wehte unter meine Nase, was mich daran erinnerte, dass die Türe vom Lüften am Morgen noch offen stand. Ich entschied trotzdem, die Besichtigung meines Anwesens um das Hauptgebäude fortzusetzen. Also zog ich die Flügeltüre zu, damit der Saal nicht noch mehr auskühlte, stieg die Stufen hinunter und schlenderte mit einem kalten Hinterteil rechts um das Haus. Dort erblickte ich einen weiteren, etwas kleineren an das Gebäude angebauten Leuchtturm, der allerdings keine Zipfelmütze aufhatte, sondern eine Zwiebel. Darauf folgten kahle, unnatürlich an die Südwand spalierte Bäume, bis ein zweites Gartentürchen mir den Weg versperrte. Noch bevor ich hinaustrat, erkannte ich das runde Schwimmbecken mit der Hütte daneben wieder, um das ich bei dem Seminarbesuch herumspaziert war. Das Becken war völlig mit Laub verdreckt. Doch mit Schwimmen würde es dieses Jahr sowieso nichts mehr werden, dachte ich und ging weiter meine Runde um das Haupthaus. Nun kannte ich mich aus. Nach einer Steigung befindet sich rechts der Hintereingang zur Küche und Backstube, links gegenüber liegt eines der Westgebäude. Meine Hübsche wohnte aber in dem weiter vorne liegenden, das zum großen Innenhof gehört. Zwischen den beiden versperrt ein schweres Eisentor die Durchfahrt in den Wald, das gleiche wie vis-à-vis, wo es in die Stadt und zu den Reben geht.

Sowie ich in dem großen Innenhof angelangt war, in dessen Mitte eine imposante Linde in den Himmel ragt, hielt ich nach meiner Hübschen Ausschau. Vielleicht machte sie von ihrem Hofrecht Gebrauch, dachte ich mir, oder sie würde hinter dem Fenster erscheinen. Bei meinem Notartermin wurden mir die Zimmer der zwei Bewohner auf dem Bauplan gezeigt. Sie sind dort farblich markiert. Ich wusste also genau, welches Fenster ich im Blick halten musste.

Selbst wenn meine Hübsche nicht mehr so schön sein sollte, wollte ich sie möglichst bald wiedersehen. Zugegeben, auch der Neugier wegen. Sie wohnte gleich in dem ersten Zimmer am Eck. Von der Bank unter der Linde würde sie mich gut sehen können und vielleicht nicht herauskommen. Deshalb beschloss ich, den Stall zu besichtigen, der West- und Ostgebäude verbindet, und währenddessen stets einen verstohlenen Blick in den Innenhof zu werfen. Womöglich offenbarte sich mir sogar ein Teil ihres Tagesablaufs.

Das Stalltor war immer einen Spalt aufgeschoben. Ich schritt zügig über den Hof und huschte hinein. Durch eine Lattenritze des Tors schielte ich in den Hof, ob etwas geschah, denn die Kühe und Schweine lärmten hinter mir.

Dabei hielt ich mir den Jackenärmel vor die Nase, weil es bestialisch stank, wie gesagt, ich habe empfindliche Sinnesorgane. Bei dem Gedanken daran, dass sich der Gestank in den Kleidern festsetzen würde, hätte ich am liebsten die Flucht ergriffen. Doch dann bewegten sich die Vorhänge, und meine Hübsche erschien hinter dem Fenster.

Zum ersten Mal nach eineinhalb Jahren sah ich sie wieder. Ich war so aufgebracht und neugierig, dass ich mein rechtes Auge ganz nah an die Ritze zwischen den Brettern drückte, ohne auf Spinnweben und Kotspritzer zu achten. Mit der Hand hielt sie den Vorhang zur Seite und schaute in meine Richtung. Genau konnte ich meine Hübsche auf die Entfernung nicht sehen, aber ich erkannte sie wieder. Tatsächlich wirkte sie knochiger im Gesicht, und ich meinte, zu bemerken, dass ihr ehemals bis über den Po fallendes blondes Haar an Glanz verloren hatte. Das konnte ich nicht genau ausmachen, doch nach Sergejs Schilderung hatte ich viel Schlimmeres erwartet. Auch wenn sie mir etwas mager und bleich erschien, war es nichts Irreparables, wie ich fand, nichts, das nicht wieder werden konnte.

Bevor meine Hübsche hinter den Gardinen verschwand, sah ich, dass sie immer noch weiße Kleidung trug, dem Oberteil nach vermutete ich ein Kleid. Keine zehn Sekunden hatte ich meine Hübsche gesehen und auch nicht deutlich, aber es stimmte mich zufrieden. Den Jackenärmel fest unter die Nase gedrückt, schaute ich, dass ich so schnell wie möglich dem Gestank entkam. An der Wand gegenüber war ein weiteres Schiebetor. Während ich quer durch den Stall darauf zueilte, taxierte ich den Tierbestand. Bis zu zehn Kühe und ebenso viele Schweine konnte ich ausmachen, in einem Stall, der für das Vierfache ausgelegt war. Bevor ich durch das Tor ging, blickte ich in die Augen eines Bullen, der keinen Meter von mir entfernt separat eingesperrt Nebelschwaden ausatmete, die gesammelt von seinem Nasenring tropften. Auf der Wiese wollte ich dem nicht begegnen.

Draußen distanzierte ich mich erst einmal ein paar Schritte von dem Stall und atmete durch. Dabei erblickte ich links von mir eine Koppel, auf der zwei Pferde und eine Handvoll Schafe und Ziegen grasten. Geradeaus und nach rechts Ackerfelder, Sträucher und teilweise Obstspaliere. Alles sehr weiträumig, sodass ich das Ende gar nicht ermessen konnte. Vielleicht die ersten zehn Meter auf den Feldern waren abgeerntet, dahinter breiteten sich Kartoffeln, Kürbisse, welkes Karottengrün und dergleichen unbewirtschaftet aus. Ich schlenderte einen Wiesenstreifen zwischen zwei Feldern hinaus, um mir die Ausmaße zu vergegenwärtigen. Dabei erschien mir in Gedankenbildern meine Hübsche, wie sie aus dem Fenster schaute. Ich meinte, in ihrem Gesicht etwas Weltfremdes und auch Bedrücktes gesehen zu haben, war mir aber nicht sicher. Es hatten doch etwa fünfzehn, zwanzig Meter zwischen uns gelegen. Ich erinnerte mich an die wirren Konzepte in ihrem Seminar. Vielleicht hatte sie sich zu sehr darin verrannt, überlegte ich, und falls ja, dann wünschte ich, ihr wäre die große Enttäuschung vergönnt, die all die wirren Konzepte mit sich nimmt. Sonst wäre in ihrem Herzen vermutlich auch kein Platz für mich. Doch die nächsten Tage würden mehr zeigen, dachte ich, bevor ich mich wieder auf die Umgebung fokussierte.

Sowie ich das Ende des Ackers erkennen konnte und auch schon den hinter einer Hecke liegenden Weinberg, drehte ich um. Von der Ernte wären über das Jahr locker fünfzig Menschen satt geworden. Ich wusste nicht, was auf dem Speiseplan von Wildschweinen steht, aber sie erschienen mir zuerst, als ich mir vorstellte, wer dafür noch Verwendung hätte. Vor meinem inneren Auge sah ich sie mit ihrer Schnauze die Äcker durchpflügen. Für wen das alles gepflanzt wurde oder ob es sich teilweise selbst vermehrte, war mir ein Rätsel, das zu lösen ich keine Lust hatte. Stattdessen schlenderte ich weiter an der Rückseite des Ostgebäudes entlang, wo ich bald auf ein breites schulterhohes Holztor traf, hinter dem ich auch schon die kleine Kirche sehen konnte. Meine Kirche, dachte ich abermals. Das klang so absurd. Wer denkt schon daran, jemals der Besitzer einer Kirche zu sein? Können Sie sich das vorstellen? Zugegeben ein kleines Exemplar, aber die Bezeichnung Kapelle würde ihr nicht gerecht. Ich glaube, eineinhalb Jahre zuvor nannte ich sie noch so, doch nun, wo ich sie von allen Seiten gesehen und sogar »Alle meine Entchen« auf der Orgel gespielt hatte, musste ich mich berichtigen. Eine Mischung aus Kirche und Kapelle wäre zutreffend, aber dafür fiel mir kein Wort ein, und ein Kofferwort wie etwa Kipelle klingt eher wie ein falsch ausgesprochenes Insekt. Außerdem finde ich Kofferwörter schrecklich. Deshalb verwendete ich von da an zwei Worte. Ich nenne sie für gewöhnlich kleine Kirche.

Am Tor angelangt, verließ ich die Gemüsefelder und trat auf die Straße, die zur Stadt hinunterführt. Und zwar genau an die Stelle, wo ich ein paar Wochen zuvor mein rotes Auto geparkt hatte, in dessen Kofferraum sich sechs Millionen Euro befanden, frisch gewaschen, gepresst und gestapelt in einer Box, die gewöhnlich Weihnachtsartikel enthielt. Ich bezahlte das Kloster natürlich in bar.

Um die gesamte Rückseite der Kirche zieht sich ein kleines Vordach, getragen von Pfeilern und Rundbögen. Ich setzte mich auf eine der Bänke, die darunter stehen, und ruhte mich ein wenig aus. Mein Blick erfasste den Weinberg, die schmale Serpentinenstraße und einen Teil der Obstplantagen. Ich genoss die Aussicht, schloss nach einer Weile die Augen und döste mit verschränkten Armen vor mich hin. Das mache ich gerne und öfters am Tag, selten, dass es nicht stattfindet. Ein Phänomen, das dabei auftritt, ist, dass mir währenddessen mollig warm wird. Hierbei spielen die Außentemperaturen keine Rolle. Es ist immer die gleiche Wärme. Ich gehöre zu denen, die etwas tun müssen, um warme Hände und Füße zu bekommen. Das hat sich zwar, seitdem ich nicht mehr esse, verbessert, aber von einer guten Durchblutung kann man nicht sprechen. Ebendies ist ein wesentlicher Grund, warum ich das Dösen so mag. Natürlich auch des Genusses wegen, sich seiner selbst gewahr zu sein.

Ich meine, dass ich eine Stunde dort gesessen bin, vielleicht auch weniger. Wie viel Grad es draußen waren, weiß ich nicht, gefühlt zehn, würde ich sagen, es war ja Anfang November, aber von innen war mir mollig warm. Doch ich konnte nicht die ganze Zeit über dösen. Es gab noch einiges zu tun, wenn ich diese Nacht nicht wieder einen ungebetenen Gast haben und für etwas angenehmere Temperaturen in meinem vorübergehenden Schlafgemach sorgen wollte.

Als Erstes nahm ich die Plastikbox mit den Unmengen an Schlüsseln und lehrte sie in der Pforte auf die zwei aneinandergerückten Schreibtische. Obwohl sie gut gekennzeichnet waren, dauerte es zwei Stunden, bis ich das System dahinter begriffen und sie nach den einzelnen Häusern, Stockwerken und Räumen sortiert hatte. Anschließend befestigte ich jeweils eine Kopie der Gebäudepläne an der Wand und nagelte die Schlüssel an die Stelle, wo sie hingehörten. Ähnlich wie bei dem Spiel Memory suchte ich für jeden Schlüssel die dazugehörige Türe auf dem Plan. Es geht doch nichts über ein gepflegtes System. Finden Sie nicht?

Ich beschloss, die ehemalige Pforte oder das Büro in ihrer Funktion beizubehalten. Nachdem ich mich etwas genauer umgesehen hatte, entdeckte ich unter anderem eine Videosprechanlage. Eingeschaltet erschienen auf dem Bildschirm die Serpentinenstraße und ein Teil meiner kleinen Kirche. Ich sah, dass noch eine weitere Kamera voreingestellt war, doch wenn ich auf sie wechselte, blieb der Bildschirm stets grau. Ich vermutete eine defekte Kamera.

Obwohl ich keinen Telefonanschluss in Auftrag gegeben hatte, versuchte ich, mich mit den zwei Telefonen auf den Schreibtischen am Handy anzurufen. Ohne Erfolg. Eine in Folie eingeschweißte Liste unter den Apparaten mit dreistelligen Nummern und Stationsnamen wie Sr. Oberin, St. Anna oder Küche ließ mich darauf schließen, dass sie innerhalb des Hauses dennoch funktionierten.

Vorerst befasste ich mich damit nicht weiter, sondern nahm die gesamten Schlüssel des Hauptgebäudes Erdgeschoss und verschloss alle Türen, die unverschlossen waren. Falls dieses Ding in der Nacht wiederkäme, wollte ich mich verbarrikadiert haben. In jedes Zimmer, an dem ich bei meinem Schließgang vorbeikam, warf ich einen Blick. So fand ich gleich hinter der ersten Türe im Korridor links ein weiteres, kleineres Büro, das sich als das der Sr. Oberin herausstellte. Den folgenden Raum interpretierte ich als ein Gästespeisezimmer, dem folgen nur noch zwei Toiletten, zwischen deren Türen sich die Standuhr befindet. Auf der gegenüberliegenden Seite, wo mein Krempel lag, gelangt man durch eine Aluminiumschwenktüre in eine überdimensional große Küche. Noch nie zuvor hatte ich eine von derart beachtlichem Ausmaß gesehen. Mit Kühlraum hat sie schätzungsweise die Dimension eines viertel Fußballfeldes. Vor der Türe hängt ein Seil herunter, und als ich an ihm zog, hörte ich es vom Dach her läuten. Ein wenig weiter in Richtung Ausgang führt nur noch ein dunkler Gang zu einer voll ausgestatteten Backstube. Mehr Unterbrechungen gibt es an dieser ewig langen Korridorwand nicht. Wegen der riesigen Küche. Doch diese Seite inspizierte ich erst am Ende meines Schließgangs.

Apropos Backstube. In einer Bäckerei schimpft eine Frau über die teuren Preise. Sie sagt: Also, vor zehn Jahren war dieses Brot noch um die Hälfte billiger! Daraufhin dreht sich die Verkäuferin um und ruft in die Backstube: Haben wir noch ein Brot von 2010?

Nach der Standuhr gelangt man rechts vor dem Saal zu Schlafzimmern, die vermutlich von den Schwestern benutzt wurden – alles saubere Zimmer, eingerichtet mit Bett, Nachttisch, Schrank, Waschbecken und Kruzifix –, und links erreicht man die Station St. Klara oder über eine

Treppe den oberen Stock. St. Klara führt um den kleinen Innenhof bis über den Naturkeller, wo ich ein paar Stunden zuvor dem schwarzen Hund begegnet war. Trotz der typischen Stationsatmosphäre wirkte es auf mich dort wohnlich. Viele Zimmer waren behindertengerecht ausgestattet, und es standen Rollstühle und Kinderspielzeug herum. Ansonsten entdeckte ich nichts Spektakuläres. Das Licht funktionierte überall, was mich erleichterte. Für diesen zweiten Tag wollte ich mich nur noch um die Heizung kümmern und etwas herumschlendern ohne Ziel und System.

Als ich alle Schlüssel wieder geordnet an den Gebäudeplan gehängt hatte, war es mittlerweile fünfzehn Uhr. Mich gelüstete nach einer Tasse Tee gemütlich im Saal. Ich suchte die Schachtel mit den Teeutensilien heraus und ging damit in die Ecke des Saals, wo Sergej immer verschwand, wenn er für uns Tee zubereitete, gleich rechts nach dem Eingang. Meine Vermutung bestätigte sich, als ich dort eine kleine Küche vorfand. Klein ist etwas untertrieben. Sie könnte auch als eine Küche von durchschnittlicher Größe bezeichnet werden, wie sie die meisten Familien zu Hause haben, aber wenn Sie eine Weile in einer überdimensionierten Immobilie leben, beginnen Sie ganz von selbst, sich so auszudrücken. Sie fangen an, in kleine und große Küche, am Anfang und am Ende des Korridors zu sprechen, Ost- und Westgebäude, kleinen und großen Innenhof zu unterscheiden. Das ist einfach und zweckdienlich.

Ein paar Utensilien packte ich aus, pumpte anschließend frisches Wasser aus dem Brunnen herauf und bereitete mir einen Darjeeling Singbulli SF mit zweieinhalb Minuten Ziehzeit zu. Damit setzte ich mich auf einen der unzähligen Stühle an der langen Tafel. Ein Glück, dass der Saal nicht schon zu einem Wettbüro umfunktioniert wurde. Der Himmel lag grau verhangen hinter den Scheiben. Kein anständiges Licht drang herein. Die Teeschale in den Händen, genoss ich den Tee in all seinen drei Sinnesreizen. Die Wärme an meinen Handflächen wie auch innerlich, seinen Duft in der Nase und letztlich den Geschmack auf Zunge und Gaumen. Es fühlte sich noch ungewohnt an, alleine in dem großen Saal zu sein. In Gedanken überflog ich, wie viel ich von meinem Kloster wohl benützen würde. Dabei kam ich zu dem Ergebnis, dass es vermutlich drei Prozent sein würden. Die restlichen siebenundneunzig würden vor sich hinstauben. Eine sich ankündigende Überlegung über eine sinnvolle Nutzung verwarf ich sogleich als verfrüht. Zuerst wollte ich es genießen, das Kloster für mich alleine zu haben und künftig vielleicht sogar mit meiner Hübschen zu teilen. Ich hatte ein gutes Gefühl, dass dies nicht alles nur so geschah, um letztlich im Sand zu verlaufen. Doch ein Prinzip traute ich mich daraus nicht abzuleiten.

Nach einem weiteren Schluck des fruchtigen Singbullis blickte ich auf ein hölzernes Kruzifix. Bis dahin hatte ich noch keinen Raum gesehen, der nicht mindestens eines beinhaltete. Über den Betten, auf Nachttischen oder als Schrein hergerichtet auf Tischen, wohin ich auch schaute, sah ich eine Darstellung. Es war schwer abzuschätzen, aber ich meinte, Besitzer von etwa zehntausend Kreuzen zu sein. Bis heute habe ich sie nie gezählt. Nur ein Schlafzimmer besaß ich noch nicht. Wenn ich schon ein ganzes Kloster mein Eigen nennen durfte, dann wollte ich nicht auf einer Station nächtigen. Nein, es sollte das beste Zimmer nach dem Saal sein, dachte ich. Im Obergeschoss vermutete ich geeignetere Räume als unten im Arbeitsbereich.

Sowie ich die Teeschale geleert hatte, holte ich aus der Pforte den Kellerschlüssel. Dabei fiel mir auf, dass ich diese Türe bei meinem Schließgang vergessen hatte, weil der Kellerzugang so unscheinbar unter der Treppe zum Obergeschoss liegt. Überdies drehte ich gleich den Heizkörper in der Pforte auf, um zu schauen, ob die Heizung überhaupt funktionierte. Was ich bisher gesehen hatte, verfügte jeder Raum über einen Heizkörper, bis auf den Saal, der hatte nur einen Kamin. Und da der Saal bis dahin mein Wohn- und Schlafraum war, wollte ich die Feuerstelle nutzen. Die Nacht zuvor hatte ich als etwas zu kalt empfunden. Ich vermutete, dass im Keller das Holz gelagert wurde, weil mir bisher keines um das Haus herum aufgefallen war. Also ging ich an der Standuhr vorbei zu der Türe unter der Treppe, die laut Plan in das Untergeschoss führen sollte. Tatsächlich war sie nicht verschlossen.

Ich schaltete das Licht an und stieg hinunter. Es roch nach altem Gemäuer, aber nicht modrig. Die Tritte der Betontreppe waren sehr schmal, ich musste aufpassen, dass ich sie nicht hinuntersauste. An ihrem Ende befand ich mich in etwa unterhalb der Standuhr. Ebenso wie im Erdgeschoss sah ich rechts von mir einen langen Gang, der ins Dunkle lief. Nur ist der Gang viel niedriger. Auf Zehenspitzen kann ich die kalte Gewölbedecke berühren. Links von mir, unter dem Saal, fiel mir sofort eine breite verriegelte Flügeltüre auf. Auch schien ein Gang unterhalb von St. Klara und in die entgegengesetzte Richtung zu verlaufen. Ich vermutete, dass das Holz nahe dem Haupteingang herunterbefördert wurde, deshalb ging ich zuerst unter dem Korridor entlang und öffnete im Wechsel die Türen rechts und links von mir. Mit dem Licht aus den vergilbten Lampen sah ich höchstens fünf Meter weit. Ständig verfingen sich Spinnweben in meinem Haar. Grauenhaft.

Vier Kellerräume enthielten Unmengen an Mehl- und Zuckersäcken, eingelegtem Obst und Gemüse, Fleischdosen und Luftgetrocknetem, Kaffee, Salz und Fässern mit Speiseöl, Marmelade; eine separate Kammer war voll mit Wein und anderen Getränken – Nahrung für mehrere Jahre, wenn ich noch essen würde. Dass ich nach diesen Räumen immer noch nicht das Ende des Gewölbegangs erkennen konnte, stimmte mich etwas skeptisch. Rechts von mir war schon der Aufzug, also befanden sich über mir nur noch das kleine Büro und die Pforte vor dem Haupteingang. Wenn der Keller hier enden sollte, dann hätte ich es trotz des Dämmerlichts sehen müssen. Deshalb leuchtete mir allmählich ein, dass das Untergeschoss des Hauptgebäudes mit dem des Ostgebäudes verbunden ist. Ein Schauer durchfuhr mich und schloss all meine Poren. Irgendwo dort hinten im Dunkeln würde ich unter die drei Räume der Person gelangen, die laut Sergej nicht als solche bezeichnet werden konnte, vermutlich dasselbe Wesen, das in der Nacht verbotenerweise in mein Haupthaus eingedrungen war.

Ein paar Schritte wollte ich mich noch vorwagen. Ungefähr bis zur Pforte, sagte ich mir. Wobei »wollen« nicht das richtige Wort ist. Eher zwang ich mich dazu. Wo ich schon einmal hier unten war, wünschte ich auch Gewissheit. Wer weiß, ob ich mich jemals wieder an diese Stelle wage, dachte ich.

Mit offenem Mund, zusammengekniffenen Augen und leisen Schritten bewegte ich mich also widerwillig weiter. Vor mir veränderte sich nichts mehr. An den Wänden zweigten keine Türen mehr ab, und vor mir blickte ich in immer dasselbe Dämmerlicht. Ich meinte, mich unterhalb der Osteinfahrt zu befinden. Dabei fiel mir ein, dass über dem Tor ebenfalls ein Übergang ins Ostgebäude existierte, den ich am Abend nicht vergessen durfte abzuschließen.

In dem Moment, als ich mir vornahm, nach drei Schritten umzudrehen, erschien aus dem Nichts ein Gatter aus Eisenstäben. Ich blieb stehen, hielt mich an der Wand fest und nahm eine Körperhaltung ein wie jemand, dem Eiswürfel in den Nacken gehalten werden. Ich fokussierte die Stelle, wo sich die beiden Metallelemente in der Mitte des Gewölbegangs aneinanderfügten. Um zu sehen, ob sie verschlossen waren, musste ich aber näher hingehen. Bei der Vorstellung, dass dieses Wesen dort vorne im Dunkeln lauerte, zog sich mir die Haut zusammen. Ich konnte die Atemluft hören, wie sie meinen Mund passierte, so still war es. Kurz vor dem Gatter sah ich, dass es mit einem Schloss versehen war, für das ein Bartschlüssel benötigt wurde. Ich hatte aber keine Schlüssel übrig. Alle hingen, einer Türe zugeordnet, an dem Gebäudeplan an der Wand. Überhaupt besaß ich keine für das Untergeschoss.

Die letzten Schritte rannte ich, um Gewissheit zu erlangen, ob die beiden Elemente verschlossen waren. Als ich den kalten Eisengriff nach unten drückte, stellte ich fest, dass sich das eine Element in meine Richtung öffnen ließ. Ich sah in die endlose Dunkelheit dahinter, stellte mir vor, dass jeden Moment das Wesen von vergangener Nacht heraustreten könnte. Dabei geriet ich in Panik, schloss das Gatter laut und rannte bis zur Treppe zurück. Die Vorstellung, noch einmal dorthin zu müssen, ohne die Gewissheit eines verschlossenen Gatters, hielt mich im Keller fest, ich suchte nach einer Lösung. Mir fiel eine Kette mit Vorhängeschloss ein und ein zu einem »Z« gebogener dicker Nagel, mit dem ich schon solche Türen geöffnet habe. Doch woher sollte ich diese Sachen auftreiben? Ich konnte schlecht dem Bullen seine Kette vom Hals nehmen oder gar Jesus auf dem großen Kruzifix in der Kirche einen Nagel klauen. Was mir noch einfiel in meiner Aufregung, landete letztlich auf dem Haufen »dummes Zeug«. Ich würde ein weiteres Mal in den Keller gehen und geeignete Mittel mitbringen müssen, um das Tor zu verriegeln. Wenn ich es aber im Augenblick nicht schließen konnte, wollte ich wenigstens wissen, ob das Wesen sich über diesen Weg den Zugang ins Haupthaus verschaffen konnte. Deshalb besorgte ich mir eine Handvoll Mehl aus einem Sack und streute eine möglichst unauffällige dünne Staubschicht vor das Gatter. Diese Idee fand ich sogar noch besser, als es zu verschließen. Sie löste eine spielerische Freude in mir aus und verdrängte etwas die Beklommenheit. Ich spürte einen winzigen Samen in mir aufgehen, der mir das Gefühl vermittelte, dass ich es mit dem Wesen aufnehmen könnte. Ich durfte nur nicht vergessen, Sergejs Pistole bei mir zu tragen. Zumindest bis ich die Situation einschätzen konnte.

Bevor ich zur Treppe eilte, ließ ich den Aufzug in den Keller fahren. Ich meine, er kam aus dem Erdgeschoss. Sowie ich ihn inspiziert hatte, streute ich auch dort eine dünne Schicht Mehlstaub hinein. Als ich schon auf die erste Stufe trat, fiel mir wieder das Brummen aus dem Raum unter dem Saal auf, das ich zuvor als ein Körpergeräusch im Ohr gedeutet hatte. Doch jetzt, wo ich mich an die Stille gewöhnt hatte, begriff ich es als ein Geräusch hinter dieser verriegelten Türe. Eigentlich war mir nicht mehr nach Erkundungen zumute, aber ganz schnell hineinsehen und nichts wie wieder hinauf, das traute ich mir noch zu. Rasch ging ich an die Türe und lauschte mit meinem Ohr an ihr. Das Brummen, das ich vernahm, erinnerte mich an ein ruhig rotierendes Windrad. Ich schob die zwei Riegel zur Seite und öffnete die Türe einen Spaltbreit. Im Dämmerlicht aus dem Gang konnte ich nur silhouettenhaft eine hüfthohe, etwa zehn Meter im Durchmesser breite gemauerte Brüstung erkennen, der ich das Geräusch zuordnete. Das genügte mir jedoch für den Moment. Ich schob wieder die Riegel vor und eilte die Treppen hinauf.

Das Limit meines Aufnahmevermögens war erreicht. In der vorherigen Nacht das Wesen im Korridor, heute Vormittag der schwarze Hund, dann die vielen neuen Eindrücke, meine Hübsche hatte ich gesehen und nun noch dieser Keller, das genügte mir fürs Erste.

Ich schloss die Kellertüre, ohne sie zuzusperren, und verstreute das restliche Mehl davor. So würde ich erfahren – falls ich in der kommenden Nacht wieder Besuch bekäme –, wie sich das Wesen verhielt, wenn alle Türen bis auf den Keller verschlossen waren. Würde es den Gewölbegang benutzen, oder kam es letzte Nacht auch schon über diese Verbindung? Das wollte ich herausfinden. Ich musste wissen, wie meine Mitbewohner tickten, um mich darauf einstellen zu können. Die Pistole sah ich als Sicherheit an und gedachte sie nur in einer ausweglosen Situation einzusetzen. Vielleicht wäre ich doch fähig, anders als ich zuerst dachte, von ihr Gebrauch zu machen. Alles Hypothetische ergibt eben keinen Sinn. Bloße Vermutungen außerhalb der jeweiligen Umstände.

Anschließend orderte ich den Aufzug nach oben, um die Umgebung wieder so zu arrangieren wie zuvor. Er fuhr herauf und öffnete sich anstandslos, ohne eigenartige Geräusche. Ich vertraute ihm. Na ja, sagen wir zu neunzig Prozent. Denn kein Mensch würde mich darin finden, wenn er mit einem Mal streikte. Dabei fällt mir ein, dass der Knopf, mit dem man den Aufzug auf sein Stockwerk holt, magentafarben leuchtet. Als wäre er ein kleines Sinnbild, um diskret zu zeigen, wer an diesem Ort wirklich das Sagen hat. Aber dazu kommen wir später.

Zwar hatte ich noch kein Holz gefunden, doch jetzt brauchte ich erst einmal einen Tee. Ich bereitete mir einen weiteren Singbulli SF mit einer Ziehzeit von drei Minuten zu. Während ich in den dahinschwindenden Tag hinausblickte und den Tee in all seinen drei Aspekten genoss, ließ ich die vergangenen Ereignisse noch einmal Revue passieren und überlegte, wie ich fortfahren wollte. Dabei gelangte ich zu dem Entschluss, nachher eine Runde durch den Wald zu spazieren, um etwas Holz zu finden. Und gleich morgen wollte ich dann in der Stadt kleine Überwachungskameras besorgen. Ich hatte keine Lust, schon wieder Tag und Nacht etwas zu beobachten, so wie die drei Tage vor dem Kauf.

Wie bereits erwähnt, kann ich Ihnen aus Selbstschutz darüber nichts Konkretes erzählen. Außerdem könnten auch Sie schnell als eine wissende Person in große Schwierigkeiten geraten. Glauben Sie mir, das mache ich nur sehr ungern, etwas anschneiden und danach nicht mit den Informationen herausrücken. Ich konnte das Geld aber auch nicht unerwähnt lassen, denn dann hätte ich Ihnen im Weiteren einen Teil der Geschehnisse vorenthalten müssen, was mich vor ein ebensolches Problem gestellt hätte, weil Sie in der Folge die Zusammenhänge nicht mehr erkennen könnten. Das käme einem Geldschein ohne Betrag gleich. Er mag womöglich ein ansehnliches Erscheinungsbild vermitteln, doch niemand wüsste etwas damit anzufangen.

Aber vielleicht gibt es eine Möglichkeit, Sie durch die Blume einzuweihen, ohne dass uns daraus ein Strick gedreht werden kann. Bis jetzt weiß ich zwar noch nicht, wie, seien Sie sich jedoch sicher, dass ich über Mittel und Wege nachdenken werde. Versprechen kann ich allerdings nichts.

Mein kleiner Toyota Corolla stand immer noch auf einem öffentlichen Parkplatz in der Nähe des Autoverleihers bei meinem vorherigen Wohnort. Deswegen musste ich drei Mal zum Waldrand gehen, um das bisschen Holz für die Nacht zu besorgen. Ein paar dicke Äste und Baumstämme von geringer Größe konnte ich im Halbdunkel auftreiben, sie würden den Platz um den Kamin erwärmen. Zwischendurch fiel mir der aufgedrehte Heizkörper ein. Erleichtert stellte ich fest, dass die Heizung funktionierte, denn wer beschäftigt sich schon gerne mit solchen Angelegenheiten.

Daraufhin zog ich mit meiner Matratze, der Pistole und dem Handy vor den natursteingemauerten Kamin um und sah eine Weile den Flammen zu, wie sie den Schacht hinaufgezogen wurden. Außerdem nahm ich die Pistole in Augenschein. Bisher hatte ich ihr keine Beachtung geschenkt. Ich kannte mich in der Umgebung noch nicht so gut aus und wollte nicht auffallen, deshalb traute ich mich nicht, einen Schuss abzufeuern, obwohl das sinnvoll gewesen wäre. Aber ich meinte, sie ausreichend inspiziert zu haben, dass, wenn sie im Fall der Fälle nicht funktionierte, es nur noch an der Sicherung liegen konnte, denn ich wusste nicht, in welcher Stellung der Hebel zum Entsichern stehen sollte. Doch dieser war schnell umgelegt.

Das teilweise morsche Holz krachte hinter der Glasscheibe, und der Geruch durchdrang die Luft im Saal. Ich war mir darüber im Klaren, dass es auch noch im Korridor gehört und von einer guten Nase gerochen werden konnte. Falls also das Wesen in dieser Nacht erneut dort herumschlich, so vermutete ich, wäre es gut möglich, dass es dem Geruch nachginge. Ich bin aber so gestrickt, dass ich Probleme nicht gerne vor mir herschiebe, sondern lieber gleich löse oder manchmal auch schnell hinter mich bringen möchte. Daher wäre mir eine Begegnung mit dem Wesen sogar recht gewesen, zumal ich mich mit der Waffe relativ sicher fühlte. In der Not könnte ich einfach abdrücken und mit meinem restlichen Geld weiterhin ein angenehmes Leben anstreben.

Schon wieder kommen wir auf das Geld zu sprechen. Also, ich glaube, Sie ein bisschen mehr einweihen zu können, ohne dass mir dabei etwas angehängt wird, für das ich nicht verantwortlich bin. Ich bin lediglich in eine Situation geraten, die für eine bestimmte Person unglücklich endete, sich aber für mich, bis jetzt, als eine angenehme Veränderung herausstellte. Das hört sich alles komplizierter an, als es ist. Und zwar handelt es sich bei der Summe um genau sechs Millionen Euro, von denen noch drei übrig sind. Mit den anderen drei kaufte ich den Liebfrauenberg, das Kloster außerhalb von Ulm. Das verbliebene Geld lag zunächst in einem Bankschließfach. Zwar vermehrte es sich dort nicht, aber ich fand es so am sichersten aufgehoben, denn ausgeben konnte ich es nicht ohne Weiteres. Und nun stehe ich wieder vor dem Problem, Sie mit weiteren Details vertraut zu machen. Ein falscher Satz, ja, ein falsches Wort, und unser beider Leben kann sehr unangenehm werden. Am liebsten würde ich Ihnen alles frei heraus erzählen. Dieses Herumgedrucke mag ich überhaupt nicht. Ich bin der Meinung, wenn eine Person A sagt, sollte sie auch B sagen oder von vorneherein A für sich behalten. Ich habe aber davon angefangen, weil es, wie gesagt, nicht so einfach verschwiegen werden kann. Nun sitze ich in einer Zwickmühle und fühle mich Ihnen gegenüber verpflichtet. Bitte glauben Sie nicht, dass ich mir das Geld auf kriminelle Art verschafft habe. Doch obwohl ich niemanden ausgeraubt oder umgebracht habe, ist das, was ich dafür getan habe, in Deutschland eine Straftat und wird mit Gefängnis geahndet. Ich hoffe, Sie können meine Befürchtung jetzt etwas nachvollziehen. Aber vertrauen Sie mir, die allerwenigsten Menschen würden mich als einen Straftäter bezeichnen.

Jedenfalls musste ich mir etwas einfallen lassen, um die drei Millionen Euro im Schließfach verwenden zu können. Ich habe mir lange darüber den Kopf zermartert, bevor sich die Lösung ganz von selbst ergab. Beim Kauf des Klosters war das kein Problem. Mein Teefreund Sergej ist Profi in solchen Angelegenheiten. Er hatte das Geld gesehen und gar nicht erst lange Fragen gestellt, sondern nach kurzer Prüfung Gewissheit erlangt. Leider gibt es keinerlei Möglichkeit, mit ihm Kontakt aufzunehmen. Er hatte zwar gesagt, dass er mich auf jeden Fall besuchen wolle, wenn er beruflich in der Nähe sei, doch wer konnte schon sagen, wann oder ob überhaupt es dazu käme. Ich musste also weiterhin nach einer Lösung suchen. Nur passierte zu dem damaligen Zeitpunkt so viel Neues um mich herum, dass ich es meist mit der Ausrede beiseiteschob, es kläre sich vielleicht von selbst.

Aber zurück zu der zweiten Nacht in meinem Kloster. Ich beschloss, das Feuer herunterbrennen zu lassen, damit ich genau hören könnte, was sich im Korridor abspielte, vorausgesetzt das Wesen würde abermals erscheinen. Davon war ich jedoch überzeugt, schließlich musste die Uhr täglich aufgezogen werden, und warum sollte das Wesen das nur einmal tun, das ergäbe keinen Sinn. Die Frage war nur: wann? Natürlich ging ich von mir aus, als ich glaubte, es habe sicher eine Routine entwickelt, doch exakt so geschah es. Das Wesen, bei dem ich annahm, dass es aus dem Ostgebäude kam, erschien kurz nachdem das Uhrwerk stehen geblieben war. Die Uhr hörte um fünf vor zwölf auf zu ticken, und genau um Mitternacht schlug sie zwölf Mal in ihrem voluminösen Klang. Ich vermutete, dass das Wesen eine Uhr bei sich trug, nach der es sich richtete. Doch anders als in der Nacht davor, war das Wesen anscheinend außer Puste. Es schnaufte hörbar, und wenig später drang ein scharfer Geruch an meine Nase, in etwa wie unmittelbar neben einem Kompostwerk. Als ich mir vorstellte, dass dieser Gestank aus seinem Mund kam, schüttelte es mich. Ich malte mir aus, wie das Wesen auf verschlossene Türen stieß und sich deshalb verspätete, was mich trotz der widerlichen Ausdünstung schmunzeln ließ. Doch meine Schadenfreude verflog augenblicklich, sowie ich bemerkte, dass es sich der Saaltüre näherte und mehrere Male laut einatmete. Im Schneidersitz richtete ich die Pistole auf die Türe. Die flimmernde Glut war die einzige Lichtquelle im Saal und blendete mich von rechts, deshalb sah ich die Türe nur vage, aber gut genug, um zu bemerken, wenn sie sich öffnete.

Meine Halsschlagadern pulsierten. Überall wurden Sauerstoff und Informationen transportiert. Meine rechte Hand umklammerte fest die Pistole, die linke zitterte an der Sicherung. Nach und nach fühlte sich der Körper immer dumpfer an, immer mehr schwand der Eindruck, ihn kontrollieren zu können, immer mehr verschob sich die Wahrnehmung, bis ich mich an einem Punkt wie isoliert von dem Geschehen wiederfand. Es passiert mir öfters, dass sich der Eindruck, eine Person in einem Körper zu sein, aus heiterem Himmel auflöst. Sie sollten sich das aber nicht als einen erhabenen Zustand vorstellen, in dem man sich angenehm und sicher fühlt. Gefühle haben keinerlei

60

Bedeutung darin, wie auch sonst nichts, sondern werden lediglich wie alles andere wahrgenommen. Man kommt sich auch nicht wie ein blinder Passagier vor oder dergleichen, man kommt sich überhaupt nicht wie irgendetwas vor. Beim Bemühen, den Zustand zu beschreiben, widerspricht man sich in einer Tour. Ein Zustand, in dem nichts von Bedeutung ist, aber auch nichts so bedeutungslos, als dass eine Regung von Gleichgültigkeit erschiene. Dieser Zustand kann über mehrere Tage andauern oder vorherrschen, bis sich das Erleben, eine Person in einem Körper zu sein, wieder einstellt. Doch in dieser Nacht vor dem Kamin erfuhr ich mich gleich, als sich die Schritte von der Saaltüre entfernten, wieder in der Person von André. Als hätte es mich dieses Mal umstandsbedingt ereilt. Wie unsanft aus dem Tiefschlaf gerissen legte ich mich auf die Matratze und beobachtete, wie der Körper zur Ruhe kam.

Der weiß-schwarze Riese

Sowie ich am nächsten Morgen das Schreiben und Stretching beendet hatte, erinnerte ich mich an den Mehlteppich vor der Kellertüre und sah nach, ob sich meine detektivische Spielerei gelohnt hatte. Doch als ich vor der Mehlstaubschicht stand und entdeckte, dass der Plan aufgegangen war, geriet ich nicht nur in Freude, sondern auch in Erstaunen. Fußspuren, die mir einen vagen Eindruck vermittelten von dem, was Sergej nicht als eine Person bezeichnen wollte, waren der Grund.

Ich beugte mich über eine gut abgebildete Spur. Vielleicht hätte ich sie nicht als Fußabdruck gedeutet, wenn die Nächte zuvor anders verlaufen wären. Zwischen Ferse und Ballen lag nur schwach eine Verbindung im Mehl, und auch die fünf Zehen waren kaum eingedrückt. Ich spreizte Daumen und Zeigefinger zu einem Spagat neben den Abdruck. Bei meinen Fingern sind das genau zwanzig Zentimeter. Von der Ferse bis zum Ballen schätzte ich die Länge auf dreiunddreißig Zentimeter. Zusammen mit den Zehen ergaben sich knapp zwei Spagate. Neununddreißig Zentimeter etwa. Ich zog den linken Turnschuh aus und hob den Fuß bündig mit der Ferse über den Abdruck. Dabei reichten meine Zehen gerade mal bis zur Mitte des Ballens. Mir fielen zwei Brüder aus Schulzeiten ein, die in der neunten Klasse beide über zwei Meter groß waren und Schuhgröße fünfzig hinlegten. Bei denen würde nicht mehr viel fehlen, dachte ich mir. Vielleicht noch ein Apfel, und der Abdruck wäre von der Länge her gefüllt.

Letztlich stellte ich mir ein zwei Meter zwanzig großes behaartes Etwas vor, ohne ein bestimmtes Gesicht und mit viel zu ausgeprägten Ballen wegen der kaum vorhandenen Zehenabdrücke.

Nachdem ich die Spuren unter die Lupe genommen hatte, stellte ich mich breitbeinig über den Mehlteppich und öffnete leise die Kellertüre, um den Abdrücken zu folgen. Mit einem großen Schritt stieg ich auf die erste Stufe und ging breitbeinig, als hätte ich in die Hosen gemacht, die Hälfte der Kellertreppe hinunter. Die Abdrücke verliefen in beide Richtungen, was ich an den relativ gut ausgeprägten Zehenabdrücken erkennen konnte. Teilweise umschloss das Wesen mit den Zehen sogar die Stufenkanten beim Abstieg.

Ein immer detailreicheres Bild erschloss sich mir von dem Geschöpf. Wenn es das aus dem Ostgebäude war, wovon ich ausging, dann scherte es sich keinen Deut um Regeln und Verträge. Denn in den Unterlagen war klar festgehalten, dass ich seine drei Zimmer nicht betreten und es sie ebenso wenig verlassen durfte. Offensichtlich war das eine einseitige Abmachung. Das zu wissen war auch schon etwas wert. Ich wollte jedoch nicht voreilig urteilen, deswegen heftete ich diesen Charakterzug nur leicht an mein imaginäres Bild von dem Wesen. Allerdings musste ich unbedingt mehr über die Vorgänge in meinem neuen Umfeld erfahren, die ohne mein Wissen geschahen. Deshalb spazierte ich nach ein paar Schlucken Wasser – direkt vom Brunnen in den Mund – in die Stadt und kaufte in einem Elektrogeschäft mehrere Kameras und Bewegungsmelder. Es war einer der ersten schönen Tage seit Längerem, was das Wetter anbelangte. Obgleich das Thermometer im kleinen Innenhof nur acht Grad anzeigte, wärmten die vormittäglichen Sonnenstrahlen meine Haut unter der weißen Jeans und der ebenso weißen Thermojacke. (Übrigens, ich trage seit dem Seminarbesuch ausschließlich weiße Kleidung. Ich habe mich so daran gewöhnt, dass ich mich in anderen Farben unwohl fühle.) Weit und breit konnte ich nur strahlendes Blau über dem Weinberg und der Siedlung ausmachen. Nach den vielen verhangenen Tagen wirkte es wie eine Ausbreitung des Himmels.

In der Stadt bemühte ich mich, den ungewohnten Trubel rasch hinter mir zu lassen, und spazierte erst wieder gemächlich dahin, als ich in die Serpentinenstraße zu meinem Weinberg einbog. Auch an diesem Tag ging von den Reben stellenweise ein gärender Geruch aus. Alles wuchs unkontrolliert, hatte aber etwas Originelles an sich. Die gelben, roten und grünen Blätter sahen einfach wunderschön aus unter dem heiteren Glanz des Himmels. Ich genoss es sehr und machte auf einer Bank vor einer Trockenmauer und einem Kreuz etwa eine Stunde lang Rast, um zu dösen und zu überlegen, wo ich die Kameras am besten platzieren würde.

Zurück im Kloster begann ich mit der Umsetzung meines Plans. Ich installierte eine Kamera am Haupteingang, sodass sie noch ein Stück den Gang zum kleinen Innenhof abdeckte, und eine weitere mit Blick auf Kellertüre und Standuhr. Diese beiden verband ich über eine Automation auf meinem Smartphone mit Bewegungsmeldern auf der ersten Kellerstufe und am Haupteingang. Zwei weitere Kameras in der Mitte des Korridors und in der Standuhr verband ich ebenfalls mit dieser Automation, sodass bei einer erkannten Bewegung alle Kameras aktiviert wurden. Nach dem Betrachten meiner Überwachung kam mir der Aufzug wie ein Schlupfloch vor, deshalb fügte ich dort noch einen Bewegungsmelder hinzu. Die Kameras waren zwar sehr klein, konnten aber unter dem Handlauf, an der Decke im Stuck und an einer Wandlampe von einem scharfen Auge entdeckt werden. Doch ich war zufrieden.

Im großen Innenhof war es nicht so einfach, eine Observation zu installieren. Meine zwei Klausel-Mitbewohner hatten beinahe in den gesamten Hof Einblick. Ich wäre dort aufgefallen wie ein nagelneuer Porsche 911 oder wie eine Hornisse im Wohnzimmer. Deshalb platzierte ich zunächst vier Kameras an Fenstern im Haupthaus und eine am Schiebetor des Stalls. Die Bewegungsmelder mussten warten, bis es dunkel wurde. Anschließend setzte ich mich auf die Bank, die inmitten des großen Innenhofs unter der mächtigen Linde steht, um mich zu vergewissern, dass meine Kameras von außen nicht gesehen werden konnten. Da sie mir nicht auffielen, schlenderte ich an der Hauswand entlang und schielte unauffällig in die Fenster, wo ich sie dann auch entdeckte.

Es war mir wichtig, mich vom Innenhof aus zu überzeugen, dass sie sich tatsächlich dort befanden, wo ich sie platziert hatte. Denn bei dem Seminar vor eineinhalb Jahren war ich in einem Zimmer untergebracht gewesen, das mir einen Blick in den Hof gewährte, was aber rein gebäudetechnisch unmöglich sein konnte. Eigentlich hätte ich von dort aus den Korridor im Obergeschoss sehen müssen. Damals war es uns untersagt, Räumlichkeiten zu betreten, in die wir nicht eingewiesen worden waren, deshalb beließ ich es dabei und zweifelte des Öfteren an meinem Verstand. Einmal jedoch wollte ich es unbedingt wissen. Als ich ebenso auf der Bank unter der Linde saß und auf die Fensterreihe des Obergeschosses mit den zugezogenen Gardinen blickte, kam mir die Idee. Ich ging nach oben, schob den Vorhang zur Seite und eilte wieder hinunter in den großen Innenhof. Ich wusste nicht, was ich davon halten sollte, dass immer noch alle Fenster verhangen waren. Deshalb war es nun für mich wichtig, die Kameras auch von außen zu sehen. Wegen dieses einen Zimmers zweifelte ich jede Aussicht in den großen Innenhof an. Im Nachhinein finde ich es schon erstaunlich, dass ich mich so schnell mit diesem Mysterium abgefunden hatte.

Bevor ich die Kameras an die Fenster montierte, war mir jenes Zimmer wieder eingefallen. Vielleicht würde sich alles von selbst klären, dachte ich und begab mich dorthin. Doch vom Fenster aus konnte ich immer noch die Linde mit der Bank sehen. Dieses Mal suchte ich den Korridor auf, in den eigentlich der Blick fallen sollte. Jetzt durfte ich mich ja umsehen, wo ich wollte. Jedenfalls bis auf die Zimmer meiner Klausel-Mitbewohner. Von dem Fenster war jedoch nichts zu sehen, nur kahle Wand und der Aufzug. Und wieder wusste ich nicht, wie ich dies einsortieren sollte. Ich habe zwar vorhin gesagt, dass ich mir viel vorstellen kann, doch muss das schon rational oder auf einer tieferen intuitiven Ebene verstanden werden, und das fehlte hier.

Die Kameras platzierte ich so, dass sie zusammen den gesamten Hof überwachten, insbesondere aber die Eingangstüren zu den Räumen meiner Mitbewohner. Noch waren sie nicht eingeschaltet. Ohne Bewegungsmelder hätten sie unentwegt gefilmt, und auf diese Massen an Filmmaterial hatte ich keine Lust.

Auf der Bank blickte ich einmal unauffällig zu dem Fenster meiner Hübschen, doch die Gardinen blieben unbewegt. Ich wurde aber das Gefühl nicht los, beobachtet zu werden. Ein wenig hatte ich sogar die Hoffnung, sie werde herauskommen und sich erkundigen, wer ich sei, oder mich begrüßen, falls sie mich wiedererkannte. Doch nichts dergleichen geschah, weshalb ich mich aufmachte, um meinen obligatorischen Nachmittagstee zu trinken.

Ich stieg gerade die paar Stufen zum Korridor hinauf, als das Handy in der Hosentasche vibrierte. Der Sperrbildschirm zeigte eine Mitteilung des Bewegungsmelders »Nummer 1« an. Ruckartig sah ich mich um, ob jemand anwesend war, hielt den Atem an und lauschte. Da ich niemanden wahrnahm, ging ich weiter, während ich versuchte, das Kamerabild zu öffnen. Kurz darauf erschien erneut eine Mitteilung. Bewegungsmelder »Nummer 3«

hatte reagiert. Mein Herz trommelte gegen die Brust, und ich bekam weiche Beine. Für eine Sekunde tauchte sogar Ärger über diese Körperfunktion auf. Was haben Beine für einen Nutzen, wenn sie in solch einer Situation weich werden, wo man sie doch am dringendsten braucht? Trotz einer hektischen Motorik gelang es mir nach gefühlten Minuten, die Livebilder einzusehen. Ich legte das Bild von Kamera 1 auf das gesamte Display und fing an, verstimmt zu schmunzeln. Sie wissen es natürlich schon. Ja, ich sah mich auf dem Bildschirm, wie ich auf den Bildschirm schaute. Wie geistesabwesend konnte man nur sein, dachte ich, lief weiter schmunzelnd zum Saal und freute mich, dass mein System funktionierte; es hatte die Probe aufs Exempel auf Anhieb bestanden.

Mittlerweile war es sechzehn Uhr durch, und ich heizte den Wasserkocher auf, den Fünfundfünfzigeinser. Mit dem kochenden Inhalt spülte ich die Kyusu aus und bereitete sechzig Grad warmes Wasser zu. Ich löffelte einen Gyokuro Shibushi in die Kanne und übergoss ihn damit, als sich das Wasser beruhigt hatte. Anschließend gab ich Siri den Auftrag, sich in zwei Minuten akustisch bemerkbar zu machen.

Anfang November geht bei uns um fünf Uhr die Sonne unter. Bis es Nacht ist, dauert es noch ungefähr eine Stunde, je nach Wetterlage. Ich konnte also in Ruhe meinen Grüntee trinken.

Sowie Siri mit dem Lied »Je t'aime«, gesungen von Jane Birkin und Serge Gainsbourg, ertönte, goss ich den Tee in eine Schale. Dabei kippte ich die Kyusu wie gewohnt mehrmals vor und zurück, bis der letzte Tropfen aus ihrem

Hals fiel, denn wer mag schon, dass der Tee in der Kanne weiter zieht und den zweiten Aufguss ruiniert.

Ich setzte mich mit der Schale wieder auf den ersten Stuhl, der sich mit neununddreißig anderen an der langen Tafel reiht. Sehr unbequeme Sitzgelegenheiten. Sie erlauben es einem nur, aufrecht darauf zu sitzen. Trotzdem konnte ich den Tee genießen. Die ersten Schlucke sind die besten; wenn die Zunge noch nicht an den Geschmack gewöhnt ist.

Sowie ich den Gyokuro geleert hatte, sah ich mir Kameraaufnahmen an, die automatisch in einer Cloud gespeichert worden waren. Dabei stellte ich fest, dass meine Automation funktionierte, denn alle vier Kameras sprangen an, als ich durch die Eingangstüre trat. Trotz des dunklen Korridors war ich gut zu erkennen. Die Geräte hatten Nachtsicht- und Tonfunktion. Die Aufnahmen zeigten, dass es keinen versteckten Winkel gab. Immer befand ich mich auf mindestens zwei Kameras gleichzeitig. Ein Hoch auf den Russen, jubelte es in mir, der ein stabiles WLAN für wichtiger hielt, als mit dem Bau der Pferderennbahn zu beginnen. Alles, was durch diesen Korridor schritt, würde ich bemerken.

Ich mag solche technischen Spielereien. Sie bieten zwar oft keinen besonderen Mehrwert oder gar eine Erleichterung, aber als Spielerei, zum Zeitvertreib, sind sie zweckdienlich. Und wie Sie ja wissen, habe ich dreiundzwanzig Stunden zu füllen, was ich wirklich nicht als einen Zugewinn ansehe.

Nachdem ich die Aufnahmen durchgesehen hatte, übergoss ich die Teeblätter ein zweites Mal und setzte mich mit der Schale wieder an den Tisch, wo ich an den Automationseinstellungen feilte. Sie sollte nicht aktiv werden, wenn ich durch den Korridor ging. Zuerst überlegte ich, eine weitere Automation zu erstellen, um bei Bedarf zwischen den beiden zu wechseln, doch dann entdeckte ich eine goldrichtige Funktion. Mit ihr konnte ich arrangieren, dass die Sensoren nicht aktiv wurden, wenn sich das Handy in der Nähe befand. Genau so wollte ich es haben.

Bei der Tüftelei erschien auch das Signal meiner zwei Temperatursensoren auf dem Bildschirm, die noch in einem der Umzugskartons lagen. Sie meldeten achtzehn Grad, fünfzig Prozent Luftfeuchtigkeit, einen Luftdruck von tausendachtzig und die schlechteste Luftqualität. In meiner vorherigen Wohnung hatte ich sie mitunter benutzt, um der trockenen Heizungsluft im Winter entgegenzuwirken. Dafür hatte ich eine Automation erstellt, die den Luftbefeuchter anspringen ließ, wenn die Luftfeuchtigkeit unter fünfundfünfzig Prozent fiel. Das hatte bestens funktioniert.

Nach dem letzten Schluck des zweiten Aufgusses legte ich den Fuß auf den Tisch, um die unbequeme Sitzposition zu kompensieren, und blickte nach draußen. Mittlerweile war es dämmrig, aber etwas von dem grenzenlosen Blau dieses Tages konnte ich noch ausmachen. Zarte Wolken hätten um diese Jahreszeit rosa Schlieren an den Abendhimmel gezaubert.

Bis auf das Ticken der Standuhr war es still. Ich spürte, wie der Tee mir den Magen reizte, deshalb beschloss ich, dem Gefühl im kleinen Innenhof mit frischem Brunnenwasser entgegenzuwirken und im Anschluss die Bewegungsmelder im großen Innenhof versteckt zu positionieren.

Über neun Meter Reichweite verfügten die Bewegungsmelder. Alles innerhalb dieser Distanz würden sie melden. Das genügte mir, denn den Innenhof schätzte ich auf etwa zwanzig mal zwanzig Meter Fläche. Ich konnte meine Geräte also an den Hauswänden verteilen oder in der Mitte um die Insel mit der Linde. Um sicherzugehen, entschied ich mich für beides. Einige versteckte ich in Blumenkübeln an den Hauswänden oder hinter den Gittern oberirdischer Kellerfenster, andere auf der Insel zwischen Rosen und Lavendel. Natürlich so, dass Bewegungen der Pflanzen nicht Alarm auslösten. Dabei behielt ich stets Fenster und Türen meiner Mitbewohner im Blick. Vor allem meine Hübsche konnte jeden Moment von ihrem Hofrecht Gebrauch machen.

Die Türe, die vom Ostgebäude in den Stall führte, schloss ich in die Installation ebenso ein.

Sowie ich Bewegungsmelder und Kameras verteilt hatte, ging ich das Westtor hinaus an den Waldrand, sammelte im Dunkeln Brennholz für den Kamin und schritt dann zurück in den Saal. Zusammen mit dem Rest aus der vorigen Nacht würde das Holz ausreichen, damit ich nicht frieren musste.

Mit einem frisch aufgebrühten Singbulli, Ziehzeit zwei Minuten dreißig, setzte ich mich erneut an das Ende der Tafel und machte mir über den Tagesablauf meiner Hübschen Gedanken. Wann und ob überhaupt sie ihr Recht der Hofnutzung wahrnahm. An jenem Tag war kein Le-

die Backen. Es fiel mir schwer, die Szene auf dem Bildschirm direkt auf das zu übertragen, was vor der Saaltüre geschah.

Das Wesen ließ die Türe offen stehen, und ich sah es für einen Augenblick im Frontprofil. Es blähte die Nüstern zur Saaltüre. Da ein gängiger Türrahmen in etwa zwei Meter hoch ist, schätzte ich es auf zwei Meter vierzig. Zu jenem Zeitpunkt konnte ich aufgrund des Nachtsichtmodus nur erahnen, dass unter dem mit langen schwarzen Haaren bedeckten Körper porzellanweiße Haut schimmerte. Weil der Kontrast aber so enorm war, schlussfolgerte ich damals schon zutreffend. Das Gesicht wirkte mehr animalisch als menschlich und der Körperbau ungemein muskulös. Seine Arme kamen mir sechs, sieben Mal so stark vor wie meine. Diese Hände, dachte ich mir, könnten ohne Weiteres Gitterstäbe wie die im Keller auseinanderbiegen oder auch das gesamte Gatter herausreißen. Würde es ausholen, läge ich garantiert am anderen Ende des Korridors. Trotz der Muskelmasse wirkte das Wesen beweglich und in keiner Weise schwerfällig. Es strahlte auch nichts Boshaftes aus, sondern machte den Eindruck wie jemand, der stumpf und routiniert seiner Arbeit nachging. Das Einzige, was es trug, war so etwas wie eine lockere Badehose, durch die sich deutlich abbildete, dass es ein Er war. Wie gesagt konnte ich keine Farben sehen, aber als ich das Wesen später in dieser magentafarbenen kurzen Hose sah, wurde es mir fast schon sympathisch. Auch wenn man zwischen Gut und Böse sehr wohl unterscheiden kann, fällt es in manchen Fällen doch etwas schwerer. Aber ich möchte Ihnen nicht meine

Meinung aufdrängen. Sie können sich später selbst ein Urteil bilden, was Sie von dem Wesen halten.

Sowie sich der weiß-schwarze Riese vor der Standuhr befand, teilte ich den Bildschirm zwischen den Bildern von »Kamera 4« und »Standuhr«. An letzterer Position war eine günstige, dafür sehr kleine Kamera. Ihre Videoqualität reichte aber aus, um das getrübte Weiß in den Augen des Riesen zu erkennen und die makellose weiße Haut in seinem Gesicht, in dem ich dezente bärenartige Züge ausmachte.

Auf »Kamera 4« sah ich ihn im Ganzen von hinten, wie er sich bückte und behutsam die Türe der Standuhr öffnete, als hätte er Angst, sie zu beschädigen. Dann zog er die stillstehende Uhr an den Ketten auf und versetzte dem Pendel einen Stupser. Zwei, drei Schwingungen folgte er ihm mit seinen Fingern in der Luft, bevor er sich aufrichtete und den Zeigefinger zur Decke streckte. Dabei fiel seine Armbehaarung zurück wie ein lästiger Ärmel beim Abwasch. Anschließend führte der weiß-schwarze Riese den Finger auf das Zifferblatt und schob den Minutenzeiger nach rechts, bis die Uhr erklang. Mein Tablet zeigte genau Mitternacht. Daraufhin schloss er die Glastüre wieder ab, und in sein Gesicht trat Zufriedenheit, ja fast schon Begeisterung. Doch nur für einen Augenblick, denn als er auf den Boden vor die Uhr blickte, wechselten seine Gesichtszüge ins Ärgerliche. Er ging sogar in die Hocke und boxte mit einer enormen Geschwindigkeit, mehrere Hiebe dorthin in die Luft. Ich wusste nicht, was dies zu bedeuten hatte, schmunzelte aber damals schon über die amüsante Geste.

Bevor er wieder gebückt durch die Kellertüre verschwand, schaute er noch einmal zur Saaltüre und blähte die Nüstern. Ich konnte seinen Blick auf meinem Rücken spüren. Mit der Pistole im Schoß verharrte ich still im Pendelschlag der Standuhr. Dabei ging mir durch den Kopf, dass es wesentlich angenehmere Arten gäbe, abzutreten, als von diesem Riesenmenschen mit Eigenschaften eines Bären zerquetscht zu werden.

Im Anschluss sah ich mir mehrmals die Aufzeichnung an und versuchte, seinen Charakter und seine Absichten einzuschätzen. Beim Vergrößern der Aufnahme fiel mir sein Gang auf. Er winkelte die Zehen an, sodass er mit ihnen kaum den Boden berührte. Obwohl er mit der Ferse auftrat und mit dem Ballen abrollte, wirkte es auf mich wie eine Art, auf Zehenspitzen zu gehen.

Später, als ich den Korridor entlangging, um die Kellertüre abzuschließen, stand dort immer noch die übel riechende Ausdünstung des weiß-schwarzen Riesen in der Luft. Schnell verrichtete ich mein Anliegen und zog mich wieder zurück in den Saal, um in Ruhe schlafen zu können.

Die magentafarbene Tulpe

Wie gewohnt öffnete ich um drei Uhr die Augen. Da ich jedoch im Saal so gut wie nichts erkennen konnte, kam es mir unnötig vor, sie offen zu halten, weshalb ich sie wieder schloss. Ich wurde mir über den Geruch des Parketts unmittelbar neben meinem Kopf bewusst, und auch der von verbranntem Holz und altem Mobiliar drang in meine Nase. Aus heiterem Himmel ereilte mich ein Gefühl des Wohlseins, ein paar unbewusst angespannte Muskeln entspannten sich, ich sank tiefer in die Matratze vor dem Kamin. Nach und nach formten sich Ideen für den kommenden Tag, und der weiß-schwarze Riese kam mir wieder in den Sinn. Doch ich wollte mir von ihm das Kloster nicht madig machen lassen. Und solange ich die Pistole bei mir trug, dachte ich, würde mich auch das Gefühl nicht verlassen, die Situation unter Kontrolle zu haben. Ich musste sie nur bei mir tragen. Es war lästig, das schwere Teil in meiner Hosentasche oder ständig im

Sichtfeld zu haben, zumal etwas Abstoßendes, Unbehagliches von ihr ausging.

Ich meine, es war halb sieben, weil es schon dämmerte, als eine Mitteilung auf dem Handy erschien. Es vibrierte neben mir auf dem Tisch, und ich unterbrach das Schreiben. Eigentlich war ich fertig für diesen Tag, tüftelte nur noch etwas an dem Konzept des Kurzgeschichtenbuches herum. Die Geschichte, die als Refrain gedacht sein sollte, bereitete mir weiterhin Kopfzerbrechen. Bei einem Lied funktioniert Wiederholung; sie wird zu einem Ohrwurm. In einem Kurzgeschichtenbuch wird sie eher zu einem Ohrenstöpsel. Doch ein Refrain zeichnet ja Wiederholung aus. Mir standen allerdings nichts anderes als Wörter zur Verfügung. Und selbst wenn sich nur – wie zuerst gedacht – ein Teil der Kurzgeschichte wiederholt, würde jeder normale Mensch ihn überfliegen. Aber vielleicht bestünde eine Möglichkeit darin, überlegte ich, dass die Refraingeschichte immer von demselben Gefühl handelt, einem großen Gefühl, einem Gefühl, das allen Gefühlen, die in den anderen Kurzgeschichten beschrieben werden, zugrunde liegt. Dies wäre quasi meine fehlende Melodie. Der Text zwar ein anderer, aber die Melodie dieselbe.

In dem Moment, als ich mich über den Einfall zu freuen begann und ins Detail gehen wollte, leuchtete das Telefon auf. »Bewegung entdeckt von Innenhof 4«. Das war der Bewegungsmelder links neben der Türe zum Zimmer meiner Hübschen. Als ich nach dem Handy griff, rasselte eine Mitteilung nach der anderen herein. Die Geräte 11, 5, 6, 7, 8, 9 und so weiter meldeten ebenfalls eine Bewegung. Es hörte gar nicht mehr auf. Vor meinem inneren Auge sah ich meine Hübsche die Insel umkreisen, auf der die Linde steht. Während ich den Korridor durchquerte, um sie an einem der Fenster leibhaftig sehen zu können, öffnete ich die Livemitschnitte auf dem Handy und sah tatsächlich meine Hübsche in Richtung Stall gehen. An der Fensterlaibung, wo sich Kamera 2 befand, versteckte ich mich dann. Meine Hübsche lief geradewegs vom Stall auf mich zu und passierte dabei den Eingang, der zu den Zimmern des weiß-schwarzen Riesen führt. Sie verzog keine Miene. Keinerlei Furcht oder Abneigung konnte ich an ihrem Gesicht und ihren Schritten bemerken.

Das Erste, was mir auffiel, als ich sie nach zweieinhalb Jahren wiedersah, war ihr Haar. Es war immer noch so lang wie damals, aber statt blond fiel es ihr schneeweiß über den Po und hob sich von ihren weißen Schuhen und dem bodenlangen, ebenfalls weißen Kleid nicht im Geringsten ab. Mitgefühl stieg in mir auf, das sich, je näher sie mir kam, in Schmerz verwandelte. Sowie sie vor dem Fenster vorbeiging, schnürte sich mir der Hals zu, und meine Augen füllten sich mit Tränen. Ihre ehemals graziöse Ausstrahlung war einem traurigen, verzweifelten und zutiefst enttäuschten Erscheinungsbild gewichen. Die selbstbewusste Wesensart völlig in sich zusammengesunken und ihr damals auf mich so erotisierendes Hautbild zerfurcht und matt. Als sie nur noch zwei Meter entfernt war und ich ihre hervorstehenden Wangen und die eingefallenen Augenhöhlen sah, durchfuhr mich eine Kälte, die mir die Haare aufrichtete. Ich fühlte mich energielos wie eine Lampe, die vom Strom getrennt wurde.

Was war nur mit meiner Hübschen geschehen? Ich hatte nicht den Eindruck, dass sie an einer körperlichen Krankheit litt. Rein intuitiv ging ich von einer Beschwernis des Herzens aus. Zwei Tage zuvor war ich noch zuversichtlich und der Meinung gewesen, dass Sergej etwas übertrieb. Ich musste jedoch feststellen, er hatte die Situation zutreffend geschildert.

An beiden Armen trug sie weiße Handschuhe, die ihr bis über die Ellenbogen reichten. Wegen des langen Kleides konnte ich es nicht genau erkennen, aber es hatte den Anschein, dass sie die Beine nie durchstreckte, sondern stets leicht gebeugt dahinschritt. Auf der Seite des Stalls spazierte sie so nah wie möglich an der Insel in der Mitte des Innenhofs. Kam sie in seine Nähe, hob sie sich einen Handschuh vor Nase und Mund, und kehrte sie dem Stall den Rücken zu, ließ sie den Handschuh wieder sinken. Vor meinem Fenster stockte sie dieses Mal etwas. Sie wirkte nachdenklich. Es sah aus, als würde sie ihre Sinne seitlich ausbreiten. Ich fragte mich, ob sie meine Anwesenheit spüren konnte oder vielleicht die Kameras und Bewegungsmelder, denn ich wusste, dass meine Hübsche sehr feinfühlig war. Doch ohne sich umzusehen, ging sie weiter.

Wie auch beim Stundenschlag der Standuhr zählte ich nebenbei ihre gelaufenen Runden. Es waren genau neunundzwanzig, bis sie in ihr Zimmer zurückkehrte. Ein paar Mal war ich kurz davor, hinauszugehen und die Gunst der Stunde zu nutzen, doch im letzten Moment blockierte ein Impuls.

Anschließend ging ich zurück in den Saal, setzte mich an die Tafel, legte die Pistole darauf und starrte etwa eine halbe Stunde in eine gedankenleere Weite. Nichts drang an mich heran. Bis dann ein Gedanke oder eine Energie wie eine Sternschnuppe dahergeflogen kam und sich einbrannte. Wir schaffen das, wir schaffen das, ja, wir bekommen das wieder hin, rief es in mir. Ich werde herausfinden, wo das Problem liegt, und ihr neue Informationen zur Verfügung stellen. Ich werde von allen Seiten versuchen, zu ihr durchzudringen, feinfühlig und nicht bedrängend. Ich werde mein Bestes geben.

Von diesem Elan ergriffen beschloss ich, bei ihr anzuklopfen und mich als neuer Eigentümer und Nachbar vorzustellen. Ich schritt durch den Korridor. Schwarze Fliese rechter Fuß, weiße Fliese linker Fuß, schwarz weiblich, weiß männlich, rechts feminin, links maskulin, rechte Gehirnhälfte Emotion, linke Gehirnhälfte Ratio, rechts dunkel, links hell, rechts Yin, links Yang, sprach ich in Gedanken dabei vor mich hin.

An der ersten Türe des Westgebäudes klopfte ich an. Im Stall quiekte ein Schwein, als hätte ihm jemand einen Zahn herausgerissen.

Sie, da fällt mir ein Witz ein. Ein Wortwechsel zwischen Zahnarzt und Patient:

»Das wird jetzt ein bisschen schmerzhaft werden.«

»Tun Sie, was Sie tun müssen.«

»Ich habe seit drei Jahren ein Verhältnis mit Ihrer Frau.«

Noch einer fällt mir ein: Ein Japaner liegt auf dem Zahnarztstuhl und wird vom Arzt gefragt, ob er Schmerzen habe. Seine Antwort lautet: Ja, panische.

Als mir meine Hübsche auch beim zweiten Anklopfen nicht öffnete, setzte ich mich unter die Linde auf die

Bank, deren Sitzfläche ich zuvor so gut wie möglich vom Tau befreit hatte. Vielleicht war sie im Augenblick unpässlich, dachte ich, und würde später nachsehen, wer geklopft hatte. Die Tiere im Stall hinter mir muhten, grunzten und gackerten. Ich fragte mich, wer eigentlich für sie verantwortlich war. Ich etwa? Und wer gab ihnen Futter? In dieser Aufgabe sah ich mich überhaupt nicht. Als nach einer halben Stunde von meiner Hübschen immer noch nichts zu sehen war, ging ich dann doch in den Stall, um mich zu vergewissern, dass sie zu essen hatten. Mit dem Kragen meiner Jacke hielt ich mir Mund und Nase zu und warf einen Blick in die Abteile. Kartoffeln lagen bei den Schweinen, nach Fisch stinkendes Heu vor den Kühen sowie Salatblätter und Getreidekörner zwischen den Hühnern. Als eine Kuh den Schwanz hob, um zu urinieren, rannte ich auf Zehenspitzen aus dem Stall. Dabei konnte ich erkennen, dass sich die Gardinen bei meiner Hübschen bewegten. Sie hatte mich also beobachtet, wie auch ich sie, doch nach einer Begegnung, damit wir uns näher kennenlernten, stand ihr offenbar nicht der Sinn. Ich war mir sicher, sie wusste, dass ich sie erblickt hatte, doch wollte ich nicht aufdringlich sein und erneut anklopfen. Stattdessen nahm ich mir vor, mich bei der nächsten Gelegenheit im Innenhof vorzustellen.

Wieder im Saal übte ich mein tägliches Stretching aus und bereitete mir anschließend einen Tee zu, mit dem ich mich auf die Terrasse setzte und zusah, wie langsam die Sonne durch den Nebel brach. Dabei erschienen mir Gedanken über den weiteren Tagesablauf. Zum Beispiel bezog ich es in meine Überlegungen mit ein, mein Anliegen anzugehen, eine Hollywoodschaukel für die Terrasse zu besorgen. Aber auch den alten Hausstand im Korridor wollte ich versorgen, ein schönes Schlafzimmer im Obergeschoss ausfindig machen und noch einmal in den Keller steigen, um eine Kamera vor dem Gatter zu installieren, damit ich es nicht abzuschließen brauchte; dem weiß-schwarzen Riesen sozusagen einen bewachten Zutritt gewähren, sodass ich seine Absichten besser einschätzen konnte. Solche Dinge organisatorischer Art eben.

Es ist wichtig für mich, einmal täglich die Liste mit den Angelegenheiten, die einfach erledigt werden müssen, durchzugehen. Ein alter Charakterzug von mir ist es nämlich, solche Aufgaben aufzuschieben. Das führte einst dazu, dass sie mich an den Rand der Bewegungsunfähigkeit gedrängt hatten. Seither versuche ich, die Dinge gleich zu erledigen, auch wenn mir dies nur zur Hälfte gelingt. Dabei hilft mir eine imaginäre Liste, die nach Priorität aufgebaut ist. Ich gliedere in »dringend«, »kann warten« und »ist keine Aufgabe«. Die Kellerkamera zum Beispiel sortierte ich zu »dringend« – denn ich wollte dem weiß-schwarzen Riesen dort unten auf keinen Fall begegnen –, den Hausstand zu »kann warten« und die Hollywoodschaukel sowie ein schönes Schlafzimmer auszukundschaften zu »ist keine Aufgabe«. Wie gesagt, gelingt mir das nicht immer, so auch an diesem Tag. Die Lust, das Obergeschoss nach einem Schlafzimmer zu erkunden, war einfach dominant.

Sowie ich also die Teeschale geleert und mich kurz gestreckt hatte, stieg ich neben der Standuhr die halbrunde breite Treppe in den ersten Stock hinauf. Über dem Saal sah alles danach aus, als hätten hier ehemals Schwestern genächtigt. Das Haupthaus ist gut erhalten, hat Stuck an den Decken und eine allgemein gehobenere Ausstattung als der Anbau. Auch im Obergeschoss ist es klar ersichtlich, dass St. Klara angebaut wurde. Zusammen mit der Kirche entstand so der kleine Innenhof mit dem Brunnen. Die Station ist praktischer und schlichter eingerichtet worden. Wenn man sie betritt, spürt man deutlich, dass hier ein turbulenteres Leben als im Haupthaus stattgefunden haben muss. St. Klara ist auf der Etage räumlich identisch mit dem Erdgeschoss. Wie ein langer Schlauch, einmal im rechten Winkel geknickt. Außen an dieser Ecke befindet sich der einem Leuchtturm ähnelnde Erker mit der Zipfelmütze, den ich nach dem Erlebnis mit dem schwarzen Hund auf meinem Rundgang entdeckt hatte. Das wurde mir bewusst, als ich durch die Fenster den Garten und die Obstbaumbestände überblickte. Sogar die Serpentinenstraße, die sich durch den Weinberg schlängelt und die Stadt mit meinem Kloster verbindet, konnte ich deutlich ausmachen. Aus den drei relativ großen Fenstern sah ich vom Osten bis in den Westen. Überaus idyllisch, auch im November. Und weil der Raum keine Ecken hat, kam ich mir tatsächlich vor wie in einem kleinen Leuchtturm. Allerdings ist kein Stück Wand zu sehen, nicht ein kleines bisschen. Ich weiß nicht einmal, ob der Raum jemals tapeziert wurde. Denn die Wände sind verkleidet mit einem einzigen Bücherregal. Nichts Verschnörkeltes, sondern einfache Eichenholzbretter. Das Regal reicht vom Boden bis zur Decke, ansonsten gibt es keinen Anfang und kein Ende, vollgestopft mit Büchern und Heften zieht es sich über die Türe und um die Fenster herum.

Es ist der einzige Raum in St. Klara mit Parkettfuß-
boden. Nahe den Fenstern stand damals noch ein ovaler
Tisch mit sechs Stühlen, den ich bald ersetzte, sogar zwei
Mal, doch dazu später. Aber damit man die Aussicht von
dort im Vollen genießen kann, müssen die Fenster geöffnet werden, denn wie alle in meinem Kloster sind auch
diese mit Sprossen versehen.

Als ich um mich blickte, fiel mir eine ein mal ein Meter
große Luke in der Decke auf. Schnell entdeckte ich den
dazugehörigen Stock am Bücherregal hinter der Türe und
öffnete die Luke. Ich zog eine eingebaute Holzleiter herunter und stieg die vertrauenswürdige Leiter hinauf. Oben
fand ich einen mit Holzlatten verkleideten Dachstuhl vor,
der auch von innen der Form einer Zipfelmütze glich. In
der Mitte kann man aufrecht stehen und hat sogar noch
Luft nach oben. Zu den Seiten fällt das Dach bis auf den
Boden. Aber was diesem Raum seinen Charme verleiht,
sind die vier kleinformatigen Dachgauben, von denen jede
in eine Himmelsrichtung ragt. Ich kann darunter gerade so
gebückt ans Fenster treten. Aus dem nach Norden gerich-
teten sieht man leicht über die Dächer und den Glockenturm meiner kleinen Kirche. Die Aussicht aus den anderen
drei Dachgauben übertrifft noch einmal die des Stock-
werks darunter. Obwohl der Boden knarrte, war mir sofort
klar, dass es keinen besseren Ort zum Schlafen gab als den
in einer Zipfelmütze, genauer gesagt in einer Schlafmütze.
Darüber hinaus fehlte in der unteren Etage nur noch ein
schöner Schreibtisch, so platziert, dass ich zu allen drei
Fenstern hinausschauen konnte, damit ich auch gleich im
Besitz eines adäquaten Schreibzimmers wäre. Ich bräuchte

nach meiner Stunde Schlaf nur die Leiter hinuntersteigen und könnte mit dem Schreiben beginnen. Der Saal würde weiterhin die Räumlichkeit für das Stretching und das Teetrinken bleiben. Mehr benötigte ich nicht. Ich fand, meine Zimmer waren ausgemacht.

Voller Begeisterung begann ich gleich mit dem Möblieren. Nach und nach stapelte ich alles in den Aufzug, fuhr einen Stock hinauf, in die Station St. Verena und schleppte die Gegenstände auf die Station St. Klara in das neue Schreibzimmer. Zuletzt, als ich die schweren Türen eines kleinen Schranks in den Aufzug gestellt hatte, fiel mir ein, dass es für solch ein Möbelstück überhaupt keine Stellmöglichkeit gibt. Im Schreibzimmer stehen die Bücherregale, und die Zipfelmütze hat nicht einmal gerade Außenwände. Den Schrank inmitten des Raums aufzustellen würde ihn jeglichen Charakters berauben. Deshalb beschloss ich, ihn zunächst in das zweite Zimmer nach der Pforte zu stellen, bis mir etwas für meine Kleidung einfallen würde. Außerdem entnahm ich von dort den schönen alten Schreibtisch mit der großen Beinfreiheit und tauschte ihn gegen den ovalen Tisch im Schreibzimmer. Die Sr. Oberin hätte sicher auch gewollt, dachte ich scherzhaft, dass solch ein Möbelstück nicht einfach unbenutzt herumstand.

Dieser Akt brachte mich an meine körperlichen Grenzen. So eine schwere Arbeit bin ich nicht gewohnt. Für jemanden, der keine Nahrung mehr zu sich nimmt, stellt das eine enorme Herausforderung dar. Und da ich die Standuhr vier Mal schlagen hörte, entschied ich, das Möblieren für eine Teepause zu unterbrechen. Zuvor hievte ich aber noch mit den letzten Reserven eine Matratze auf meiner

Schulter die Leiter hinauf. Ich zerrte sie in die Mitte des Raums, ließ mich drauffallen und sah in den Dachspitz, bis mir die Augenlider zufielen.

Natürlich überraschte es mich sehr, als ich nach einer halben Stunde bemerkte, dass ich geschlafen hatte. Denn seit einem Jahr hatte ich nie mehr als diese eine Stunde zwischen zwei und drei Uhr nachts geschlafen. Allerdings war ich in dem Zeitraum auch nie derart gefordert worden. Selbst der Umzug auf den Liebfrauenberg hatte dank vieler Pausen längst nicht so an der Substanz gezehrt.

Eines wusste ich danach zumindest: In der Zipfelmütze ließ es sich gut schlafen. Ich fühlte mich wieder wohlauf.

In der kleinen Küche im Saal bereitete ich mir schließlich den Tee zu. Da mir für mehrere Aufgüsse die Zeit fehlte, griff ich abermals zu dem Singbulli aus der Provinz Mirik. Seit ich einmal eine Reportage über diesen Teegarten gesehen habe, schätze ich ihn sehr. Das Anbaugebiet erstreckt sich über neun sanfte Hügel im Süden der Darjeeling-Berge auf einer Höhe von circa tausendfünfhundert Metern. Die Bilder sind mir noch gut in Erinnerung. Damals fing es gerade an, dass ich mich für den Anbau von Tee interessierte. Ich hatte von einem Projekt zweier Personen aus dem Süden Deutschlands gehört, die mit Chinesen zweihundertfünfzig Weinrebensetzlinge gegen fünfundsiebzig Kilogramm Teesamen tauschten. Dem Bericht zufolge gedeiht der Wein in China sehr gut, wohingegen der Tee sich im Süden der Bundesrepublik schwertat und letztlich einging. Versuche ergaben, dass der Boden dabei eine entscheidende Rolle spielte.

Falls ich einmal Teepflanzen auftreiben würde, dachte ich, werde ich in meinem Weinberg einen Versuch starten. Denn was sollte ich mit dem Wein anfangen? Geld damit zu verdienen, hatte ich keine Lust, davon hatte ich ja genug. Ein Name für meinen Teegarten fiel mir auch schon ein. Liebfrauenberg würde er heißen. Das ist doch kein schlechter Name für einen Teegarten, was meinen Sie? Klingt Liebfrauenbergs Darjeeling besser? Nein, oder? Ich finde das zu viel.

Aber zurück zum vierten Tag in meinem Kloster. In der Minute, als ich den Singbulli ausgetrunken hatte und durch die Saaltüre hinausschritt, um die neuen Räume fertig auszustatten, ließ mich das vibrierende Handy in der Hosentasche zusammenfahren. Schnell lief ich wieder in den Saal und schloss die Türe. Ein Blick auf das Telefon beruhigte mich. Es waren nur Bewegungsmeldungen aus dem großen Innenhof. Anhand der aufeinanderfolgenden Meldungen wusste ich, dass meine Hübsche wieder ihre Runden drehte, was die Kamerabilder bestätigten. Das war meine Gelegenheit. Ich wartete ab, bis sie drei Mal um die Linde spaziert war, um sie nicht gleich zu überfallen und damit es nicht den Anschein erweckte, ich würde sie beschatten. Unterdessen beobachtete ich sie auf dem Handy. Ebenso wie am Tag zuvor schritt sie um die Blumeninsel, wandte dabei den Blick nicht vom Boden ab, und als sie sich dem Stall näherte, hielt sie sich Mund und Nase mit der behandschuhten Hand zu. Deshalb sah sie mich auch nicht sofort, als sie von dort in meine Richtung kam, zudem dämmerte es schon. Als uns nur noch fünf Meter trennten, räusperte ich mich, damit sie nicht erschrak, wenn auf einmal ein

Mann neben ihr stand. Aus der Ruhe gerissen hob meine Hübsche den Blick und sah mir in die Augen, dann über meinen Kopf und um mich herum. Gleich nachdem sie mich in Sekunden abgescannt hatte, wandte sie sich wieder dem Boden zu und ging weiter.

Wie angewurzelt blieb ich stehen, mit ihrem in mein Gedächtnis eingebrannten lebensabgewandten Blick aus tiefen Augenhöhlen. Doch er weckte kein Mitleid in mir. Vielmehr konnte ich nicht anders, als auf die dahinter hervorscheinende Liebe zu schauen. Liebe, die sich als Verzweiflung, Enttäuschung und Wut verkleidete. Wunderschön. Sie trieb mir Tränen in die Augen. Nichtsdestotrotz verlor ich ein bisschen die Hoffnung, dass sie es wieder auf die Beine schaffen würde, dass wir das schafften.

Unerwartet beendete meine Hübsche ihren Spaziergang schon nach dieser vierten Runde und zog die Holztüre zu ihrem Zimmer hinter sich zu. Ich überlegte, ob ich diese Reaktion als Desinteresse deuten sollte, verwarf jedoch weitere Vermutungen, denn man kann sich in solchen Situationen alles Mögliche zusammenreimen, was überhaupt nicht den Tatsachen entspricht. Stattdessen ging ich eine Runde um die Linde und setzte mich anschließend auf die Bank. Ganz hatte ich die Hoffnung nicht aufgegeben, dass sie noch einmal herauskommen würde. Als es mich aber zu frösteln begann, besorgte ich vom Waldrand etwas Feuerholz und ging wieder hinein.

Ich heizte den Kamin an und stieg die Treppe zu meinen zwei neuen Zimmern hinauf. Dort schob ich die Einzelteile des Betts in die Zipfelmütze und schraubte sie zusammen. Das stellte sich als mühsam heraus, da keine Lampe installiert war. Ständig sah ich mich gezwungen, das Werkzeug aus den Händen zu legen, um mit dem Smartphone zu leuchten, da vom Schreibzimmer nur schummriges Licht heraufschien. Aber ich habe es geschafft. Zum Schluss schob ich die Kartons mit den Kleidern unter die Schräge, bis ich für sie etwas Geeigneteres finden würde. Ich dachte an vier Kommoden, jeweils eine zwischen den Dachgauben, vielleicht sogar mit Materialien aus dem Kloster, doch davor gab es noch andere Aufgaben auf meiner imaginären Liste.

Sowie ich mit dem Schlafzimmer fertig war, begann ich einen Stock tiefer in meinem Leuchtturm, den Schreibtisch der Sr. Oberin aufzubauen. Ich platzierte ihn so, dass durch das Ostfenster die aufgehende Sonne darauf scheinen konnte. Mit beiden Zimmern war ich sehr zufrieden, und ich fühlte mich wohl darin.

Zuletzt drehte ich den Heizkörper auf die höchste Stufe und wartete, dass es warm wurde. In der Zwischenzeit zog ich ein paar Bücher aus der Wand und blätterte sie durch. Alle mit Frakturschrift auf vergilbten Blättern und eigenem Geruch, doch nicht aufdringlich. Eines war von Dr. Kneipp, ein anderes beschrieb Kräuter und ihre Wirkung auf den Körper, ein drittes erschloss sich mir nicht, sah aber schön aus. Ich nahm mir vor, demnächst einen gemütlichen Tag in dem Zimmer zu verbringen und den Bestand der Bücher durchzugehen. Zuvor jedoch gab es anderes zu erledigen. Aufgaben aus der Kategorie »dringend« und »kann warten«.

Als der Heizkörper laute Geräusche von sich gab, die ins stille Kloster hallten, und ich die Wärme spürte, war mir nach einem Tee zumute. Ein Belohnungstee infolge schwerer Arbeit sozusagen. Ich wühlte in einem Umzugskarton, der immer noch unausgeräumt in der kleinen Küche stand, bis ich einen geeigneten Tee fand. Die Wahl fiel auf einen Second Flush aus dem nordostindischen Hochland Darjeeling, dem Makaibari, einer der ältesten Teegärten, angelegt 1859. Dort entstand auch die weltweit erste Teefabrik. In der vierten Generation übernahm das Teegut ein Inder, dessen Name mir eben nicht einfällt, nach einem Sturz vom Pferd – das Tier hatte vor einem Bären gescheut. Dabei erschien dem Mann eine Vision, in der ihn die Bäume um Hilfe anflehten, und er führte auf dem Gut ein auf Permakultur basierendes System ein. Er wohnt selbst im Teegarten, hat sich aber leider aus dem Teegeschäft weitestgehend zurückgezogen. Angeblich hat er einen beträchtlichen Teil seiner Anteile an Makaibari den Mitarbeitern geschenkt. Toller Kerl. Immer wenn ich diesen Tee trinke, sehe ich eine Teelandschaft, in der Schmetterlinge umherflattern und Bäume ein Lachen tragen. Ich prostete ihm mit meiner Schale in der Luft dankbar zu, als mir die dezente Pfirsichnote am Gaumen schmeichelte.

Wie ich so am Tee nippte, musste ich an meine Hübsche denken, wie sie vor zwei Jahren schon versucht hatte, sich mit ihrem Wischiwaschimischimaschi-Konzept zu transformieren, um der Welt zu entfliehen. Eventuell strebte sie es immer noch an. Was für eine Ernsthaftigkeit, dachte ich. Schwierig, bei so jemandem durchzudringen. Aber ich nahm es mir vor.

Ich schwenkte den letzten Schluck Makaibari in der Schale und leerte ihn entschlossen als Auftakt, in Aktion zu treten, in meinen Magen. Denn ich wollte unbedingt noch die Kamera im Keller montieren. Beziehungsweise von »wollen« kann man nicht sprechen. Es war eher so, dass ich mich dazu zwingen musste, erneut zu diesem zwielichtigen, unbewachten Ort hinunterzusteigen, zumal ich nun wusste, wie das Wesen aussah. Aber es war wichtig für meine Sicherheit und um den weiß-schwarzen Riesen einschätzen zu können. Ich wollte ja wissen, was für Wege er benutzte und was seine Absichten waren, und da meine Hübsche mit mir nicht sprechen wollte, musste ich es selbst herausfinden.

Ich nahm also in die eine Hand die Pistole und in die andere das Smartphone und stieg leise in den Keller hinunter. Das Kameraequipment hing in einer Stofftasche an meiner Schulter. Mit dem Aufzug war mir die Aktion zu waghalsig. Was, wenn die Türen aufgegangen wären und er dagestanden hätte? Nein, ich bewegte mich langsam und sicher voran. Unten angelangt schaltete ich das Licht ein und lauschte in das Dämmerlicht. Kein Mucks war zu hören bis auf meinen Atem, wenn ich nicht gerade die Luft anhielt. Das Licht des Smartphones verbesserte die Sicht nur geringfügig, deshalb steckte ich es in die Hosentasche. Mit der Waffe in der Hand fühlte ich mich einigermaßen sicher, außerdem war es bis Mitternacht noch vier Stunden hin, und ich hätte seine Gegenwart eigentlich rechtzeitig riechen können, dennoch klopfte mein Herz, als ich in den düsteren Gewölbegang vordrang. Dann sah ich endlich im Dämmer das zugezogene Gatter. Nachdem ich mich nach einem geeigneten Platz für meine Kamera umgesehen hatte, entschied ich mich für einen Türrahmen unmittelbar rechts vor dem Gatter. Ich öffnete den Raum, um mich zu vergewissern, was sich darin befand, nicht dass sich der weiß-schwarze Riese dort zu schaffen machte und mit seiner Statur die Kamera mitriss. Während ich mir die Spinnweben aus dem Gesicht strich, roch ich schon, was ich kurz darauf mit Freude entdeckte. Hinter der Tür lag, wonach ich die Tage zuvor gesucht hatte. Diesen einen Raum nach dem Aufzug hatte ich bei meiner ersten Inspektion wegen des Gatters überhaupt nicht registriert. Wie ich vermutet hatte, gibt es vor dem Osttor eine Öffnung, in die das Brennholz in den Keller geworfen werden kann, und zwar landet es genau hier. Ich freute mich wie jemand, dessen Weihnachtsgeschenk ein Volltreffer war.

Trotzdem wollte ich so schnell wie möglich wieder aus dem Keller verschwinden. Deswegen streckte ich den Kopf aus der Tür, schaute nach links und nach rechts und heftete schließlich die magnetische Kamera an den eisernen Türrahmen, sodass sie genau auf das Gatter zeigte. Da es hier nur einen Ein- und Ausgang gab, genügte der kameraintegrierte Bewegungssensor völlig aus.

Bevor ich die Tür zuzog, stapelte ich ein Paar Holzscheite in den Aufzug und fuhr ihn auch gleich hoch. Zwar rechnete ich nicht damit, aber ich wollte sichergehen, dass sich der weiß-schwarze Riese nicht zufällig dazustellte, während ich die Treppen hinaufstieg. Jedenfalls wusste ich nun, dass er ein anderes Holzdepot hat, denn sonst wäre ich nicht in ein Geflecht von Spinnweben gelaufen.

Einfach der Neugier wegen montierte ich eine weitere Kamera am Treppenaufgang, die auf die Türe unter dem Saal zeigte, aber die Treppe mit einschloss.

Nun konnte ich nicht umhin, noch einmal einen Blick in den Raum mit der rund gemauerten Brüstung zu werfen, hinter der anscheinend irgendetwas rotierte. Des Öfteren hatte ich mich gefragt, was das für eine Konstruktion war und welche Funktion sie hatte. Deshalb wollte ich sie mir etwas genauer anschauen.

Ich schob die zwei Riegel zur Seite, huschte hinein und hielt hinter mir den Türgriff fest.

Um Ihnen jetzt von dem zu berichten, was ich dort sah, muss ich Sie zunächst in eine Thematik einweihen. Normalerweise erwähne ich diese Sache nie, und wenn mir versehentlich doch etwas herausrutscht, versuche ich, rasch das Thema zu wechseln. Es führt nur zu skeptischen oder bewundernden Blicken, und ich verspüre, was das anbelangt, kein Bedürfnis, ein Gespräch in Gang zu bringen. Aber von dem Raum ohne diese Sache zu erzählen, ergibt keinen Sinn. Das wäre, als erzählte man von einem Schwimmbecken und verschwiege das Wasser.

Ich möchte auch gar nicht lange um den heißen Brei herumreden. Angefangen hat alles, als ich nach dem Seminar aufgehört habe zu essen. Na ja, ein gutes Jahr später, aber ich meine, dass es damit zusammenhängt. Mit einem Mal sah ich die zusätzliche Welt. So nenne ich sie jedenfalls. Es ist eine Erscheinungswelt der Energien und Farben. Sie können sich das so vorstellen, dass ich zum einen um alle Lebewesen und Objekte, also um alle Phänomene, Farben sehe, von denen jede eine eigene Energie ausstrahlt. In etwa so, wie hinter jeder Note ein Klang steht. Vielleicht haben Sie auch schon davon gehört, manche nennen es Aura oder Energiefeld. Mittlerweile habe ich gelernt, die

Farben zu deuten, welche sich abstoßen und welche sich anziehen und welche Energie welche Emotion darstellt. Das Energiefeld direkt um uns herum verändert sich ständig gemäß der emotionalen Befindlichkeit. Anhand der inneren Schichten sehe ich genau, wie eine Person gestrickt ist und um was für Themen es in ihrem Erleben geht. Die Farben weiter außen ändern sich kaum bis gar nicht, soweit ich das nach circa eineinhalb Jahren beurteilen kann. Ich habe mir sagen lassen, dass Kinder Energien sehen und auch mit Energiewesen sprechen, sodass Eltern oft Angst bekommen, weil die Kinder mit etwas reden, das sie nicht sehen und das es somit nicht geben kann. Aber das habe ich nur gehört. Mir ist seither noch kein Kind begegnet, an dem ich dies feststellen hätte können. Und da wären wir schon beim zweiten Punkt, der die zusätzliche Welt ausmacht. Ich kann mir gut vorstellen, dass er Ihnen noch verrückter vorkommt als die Fähigkeit, Farben und Energien zu sehen, aber für ein besseres Verständnis muss ich ihn erwähnen. Dabei behaupte ich nicht einmal, dass dies reale Phänomene sind, die ich sehe. Für mich sind sie ebenso Erscheinungen wie Sie und ich. Real ist sowieso relativ.

Also, es gibt in dieser zusätzlichen Welt nicht nur Energien und Farben um vorhandene Phänomene aus unserer gewohnten Welt, sondern auch eigenständige Energiewesen. Von den allermeisten Menschen können sie nicht gesehen werden, dennoch haben sie Einfluss auf die sichtbare Welt der Erscheinungen. Natürlich agieren sie nach dem Prinzip der Dualität. Sonst gäbe es sie überhaupt nicht. Sie können somit auch als Gut und Böse wahrgenommen werden.

Mein erster Kontakt mit solch einem Energiewesen aus der zusätzlichen Welt war eine M-Schnecke. So nenne ich diese ekelhaften Kreaturen, weil sie sich unter anderem an gewissen Filialen herumtreiben. Es sind schwarze, schleimige Gymnastikball-große Wesen, die temporär braune Schleimspuren hinter sich herziehen wie Flugzeuge Kondensstreifen, und aus ihrem Maul tritt ein Dunst aus, der beim Anblick schon einen Würgereflex auslöst.

Solch ein Energiewesen sah ich zum ersten Mal zu meinen Füßen schweben, als ich aus einem Mittagsschlaf erwachte. Erschrocken sprang ich auf und beobachtete, wie es sich zu meiner damaligen Freundin bewegte, die von meinem Aufspringen ebenfalls zu sich kam und mich skeptisch musterte. Ich rannte auf den Balkon, um den Besen zu holen, und als ich zurückkehrte, stolperte ich über den Absatz, landete der Länge nach auf dem Boden, und der Besenstiel bohrte sich in den Fernseher. Augenblicklich sprang ich auf, zog den Stiel heraus und schlug neben meiner Freundin auf die ekelhafte Kreatur ein, bis das Ding überall auf dem Sofa verteilt lag. Meine Partnerin lief unterdessen weinend ins Schlafzimmer und zog noch am selben Tag aus. Das war damals der Tropfen, der das Fass zum Überlaufen brachte, und wer wollte es ihr verübeln? Jeder, der nicht über einen Einblick in diese zusätzliche Welt verfügt, muss unweigerlich davon ausgehen, dass ich nicht mehr alle Tassen im Schrank habe. Ich kann also verstehen, wenn sich Ihnen Gedanken jener Art präsentieren, und wie gesagt versuche ich üblicherweise, die Sache zu umgehen.

Doch heute muss ich eine Ausnahme machen. Außerdem existieren in dieser zusätzlichen Welt nicht nur anstößige Energiewesen, sondern auch bezaubernde und liebreizende Energien, wie eben in diesem Kellerraum unter dem Saal. Denn in einer Welt der Erscheinungen, egal welcher Art, führt kein Weg an der Dualität vorbei. Gut und Böse sind bekanntermaßen in einem Sack. Nicht dass Sie jetzt denken, ich schweife ab oder plaudere gar aus dem spirituellen Nähkästchen. Das nun wirklich nicht. Es ist nur so, dass in meinem Kloster Gut und Böse eine essenzielle Rolle im Weltgetriebe spielen. Da werden Sie sicher nachher noch, wie ich damals, ins Staunen geraten.

Bevor ich aber gleich von dem erzähle, was ich in dem Kellerraum zu sehen bekam, möchte ich kurz meine Sicht auf die zusätzliche Welt zu Ende führen. Wie gesagt, existieren dort nicht nur abstoßende, sondern auch ansprechende Energiewesen, etwa blaue Schleierwesen an Seen und Flüssen oder die an Bäumen schwerelos wirkenden grünen Kugeln mit flauschig aussehender Oberfläche. Über Wäldern gleichen sie einem Moosteppich, weshalb ich sie Waldteppiche nenne. Sie ändern ihre Farbe mit den Jahreszeiten und sind im Herbst einfach nur eine Darbietung. Am eindrucksvollsten jedoch wirken die Magentakugeln. Sie haben eine aufopfernde Eigenschaft an sich. Ich habe schon öfters gesehen, wie sie sich im Energiefeld kranker Lebewesen selbstlos auflösen. Ohne dass der Leidtragende davon etwas mitbekommt, fühlt er sich wohler. Bei einer starken Störung des Gleichgewichts eines Körpers ist die hingegebene Energie jedoch nicht ausreichend, und die

Krankheit kehrt zurück, wenn sich nicht erneut eine Magentakugel opfert. Wie alle anderen Energiewesen weisen sie keine Gesichtszüge auf. Trotzdem sind es die einzigen, die mit mir kommunizieren können. Es ist schwer, zu erklären, wie. Anfangs erschienen mir nur Gedanken, die ich eindeutig als ihre identifizierte. Doch es dauerte nicht lange, dann fingen wir an, uns auf einer intuitiven Ebene zu kontaktieren. Aber dazu kommen wir später noch.

Jedenfalls ist der ganze Liebfrauenberg voll von Magentakugeln. Als ich das erste Mal das Kloster mit der Sicht der zusätzlichen Welt betrat, traute ich meinen Augen kaum. Da sie zu den selteneren Wesen gehören, war ich wie vor den Kopf gestoßen.

So, nach dieser kleinen Erläuterung kann ich nun weiter von dem Raum unter dem Saal erzählen. Ich werde die zusätzliche Welt aber auch fortan nur in Ausnahmesituationen wie ebendieser miteinbeziehen. Schließlich möchte ich Ihre Toleranz nicht überstrapazieren.

Ich ertastete einen Lichtschalter, erleuchtete den Raum und griff schnell wieder nach der Türklinke hinter meinem Rücken. Die ein Meter hohe kreisrunde Mauer befand sich keine drei Schritte von mir entfernt. Den Steinen entsprechend schätzte ich sie älter als das Klostergebäude selbst. Als wäre es darüber gebaut worden. Die Mauerfassung passte gerade so in den Raum. Ich sah, wie in ihrer Mitte etwas rotierte, das für das monotone Geräusch wie bei einem Windrad verantwortlich war. Als ich zwei Tage zuvor hineingespickt hatte, konnte ich kaum etwas von dem Schauspiel erkennen, das sich mir nun darbot. Tausende Magentakugeln kreisten in Form einer Tulpe über der Brüstung. Exakt im Rhythmus des rotierenden Gestells in ihr. Fortlaufend schwebten sie aus dem Innern an die Decke und wieder zurück. Sporadisch verließ eine die Tulpe durch die Decke, zurück kam jedoch keine. Für einen Moment war ich wie gefesselt von der Darbietung. Erst nach Minuten ließ ich die Türklinke los und trat an die Mauer heran. Ich hielt meine Hand in die aus magentafarbenen Wesen geformte Tulpe und sah an ihr hinauf bis an das obere Ende des Raums. Oben wölbt sie sich wie eine Teeschale nach außen, wo die einzelnen Wesen durch die Decke dringen und nicht wiederkommen. An meiner Hand dachte ich einen kaum spürbaren Widerstand zu fühlen, viel geringer als eine Brise Wind, gerade so viel, dass ich nicht genau sagen konnte, ob ich es mir nur einbildete oder tatsächlich spürte. Wie wenn man etwas Empfindliches wie ein frisch geschlüpftes Küken streichelt und, um es nicht zu verletzen, kaum berührt. Sooft ich auch davorstehe und Worte dafür suche, breitet sich dort, wo ich für gewöhnlich Gedanken wahrnehme, eine Leere aus.

Ich versuchte, einzelnen Magentakugeln nach unten zu folgen, doch ich verlor sie, noch bevor sie mit dem magentafarbenen See verschmolzen. Wie eine Wasserhose ist die Magentatulpe nur ein kleiner vom Wind aufgewirbelter Teil der sich dort unten befindenden Quelle. Ja, als ich mit halb geschlossenen Augen meinen Kopf durch die Magentatulpe steckte, um nachzusehen, woher die Kugeln kamen und wie tief das Loch war, erschien mir dieser Ort sofort als eine Quelle. Eine laue geruchlose Brise drang herauf, aber ein Ende konnte ich nicht ausmachen. Der Hall des rotierenden Eisengestells ließ jedoch auf ein sehr tiefes Loch schließen. Sieben Sekunden zählte ich eine Umdrehung des massiven Gestells. Es hatte unverkennbar die Form eines Yin-Yang-Symbols. Nicht von ungefähr, wie Sie später noch erfahren werden.

An der gegenüberliegenden Wand entdeckte ich einen Schaltschrank. Ich ging um die Mauer herum und öffnete ihn. Zwei dicke Kabel dringen dort aus dem Boden in den Schrank, sind verdrahtet und geschaltet mit Dingen, von denen ich nichts verstehe, und steigen als geschätzt dreißig kleinere Kabel oben wieder hinaus, von wo aus sie an die Decke in alle Richtungen verlaufen. Da ging mir ein Licht auf. Ich hatte bequemerweise den Stromvertrag übernommen, der angeblich schon seit dem Bau des Klosters existiert. Da der Strom nichts kostet, sondern im Gegenteil das Kloster eigenen erzeugt, der noch dazu einen kleinen Gewinn abwirft, fragte ich nicht lange nach. Ich vermutete eine Solaranlage oder dergleichen, was im Nachhinein eine sehr kleingeistige Vermutung war, denn wer hatte um 1900 herum schon eine Solaranlage auf dem Dach?

Jedenfalls konnte ich mir nun denken, woher der Strom kam. Die Magentakugeln bewegen das Yin-Yang-Symbol, und irgendwie, im Boden oder im Schaltschrank, wird diese Energie in Strom umgewandelt. Wie genau, wusste ich nicht. Davon verstehe ich so viel wie eine Kuh von Rinderzucht. Doch ich lag mit meiner Vermutung richtig, nur ist die Stromerzeugung lediglich ein nettes Nebenprodukt oder dient sogar der Verschleierung. Die grundlegende Rolle dieses Systems ist eine ganz andere. Aber eines nach dem anderen.

Das erste Mal, als ich diese Konstruktion sah, dachte ich an ein Perpetuum mobile. Auch wenn es das natürlich nicht sein konnte, es produzierte ja Energie, strahlte es dennoch den Charme eines solchen Mysteriums aus. Ein bezauberndes Naturschauspiel.

Mit einem letzten bewundernden Blick auf die Magentatulpe verriegelte ich den Raum wieder, ging hinauf in den Saal und bereitete mir einen Grüntee zu. Dafür brachte ich in meinem Carrera-551-Wasserkocher etwas Wasser zum Sieden, mit dem ich die für den Alltag lieb gewonnene Kyusu erwärmte und spülte. Anschließend erhitzte ich Wasser auf sechzig Grad, gab drei Teelöffel Gyokuro Makizono in die Kanne und füllte diese bis unter den Rand. Wie üblich erteilte ich Siri die gewichtige Aufgabe, mich in zwei Minuten daran zu erinnern, dass der Tee trinkbereit ist.

Gyokuro Makizono ist einer meiner favorisierten Grüntees. Er stammt aus der südlichsten Präfektur Japans und wächst dort gerade mal zweihundert Meter über dem Meeresspiegel. Wegen ihrer Frostempfindlichkeit wächst die Kreuzung Saemidori an diesem Ort bestens. Außerdem hält der Tee stets, was er verspricht. Saemidori heißt nämlich übersetzt »klar grün«. Er sollte daher aus einer Schale genossen werden, die das wiedergibt. Ich trinke sowieso ausschließlich aus Gefäßen, die innen nicht bepinselt sind. Wenn Sie einmal einen wirklich guten Grüntee versuchen wollen, kann ich Ihnen diesen wärmstens empfehlen. Natürlich müssen Menge und Zeiten eingehalten werden, dann schmeckt er fein fruchtig und durch sein zurückhaltendes Umami äußerst ausgewogen.

Ich stellte das Service auf ein Tablett, nahm es mit an den ersten Stuhl der langen Tafel, wo ich schon die Tage davor gesessen hatte, und kostete den ersten Aufguss. Vertraut explodierte der Geschmack förmlich auf der Zunge. Ich trank die Schale in wenigen Zügen aus und sinnierte nachfolgend über den Raum unter dem Saal. Wie er wohl auf Menschen wirken mochte, ohne die Sicht der zusätzlichen Welt? Ein Raum mit einem ummauerten tiefen Loch, in dem sich ein riesiges Yin-Yang-Symbol dreht. Sicher käme die Frage auf, was es antreibt, und höchstwahrscheinlich würde vermutet werden, dass der Strom dort hinfließt und nicht umgekehrt.

Auch wenn ich nie so etwas wie die Sicht auf die zusätzliche Welt anstrebte, birgt sie doch praktische Vorteile, die ich zu schätzen gelernt habe. Eine Lüge beispielsweise erkenne ich mehrere Sekunden, ehe sie ausgesprochen wird. In den inneren Schichten der Aura, die ineinandergreifen, bildet sich dabei ein trübes gelbliches Grün, sogar noch bevor die Mimik sich verändert. Oder färbt sie sich stark dunkelrot, signalisiert mir dies, dass Gefahr im Verzug ist und ich besser das Weite suchen sollte. Solche Zweckmäßigkeiten eben. Bei meinem Freund Sergej geht die Sicht sogar so weit, dass er die Gedankenvorgänge seines Gegenübers sehen kann. Er meinte, dass sich die Sicht der zusätzlichen Welt über die Jahre intensiviert. Dem stimme ich zu.

In der kleinen Küche übergoss ich den Gyokuro ein weiteres Mal. Eigentlich ist ein zweiter Aufguss nach einer Ziehzeit von zwei Minuten und drei gehäuften Teelöffeln nicht mehr anzuraten, da er nur noch eine Enttäuschung im

Vergleich zum ersten sein kann. Doch es ist eine Schande, ihn anders zuzubereiten, weil er nur so sein ganzes Spektrum offenbart. Allerdings würde es dem Tee aber auch nicht gerecht, bliebe es bei einem Aufguss, deshalb gieße ich ihn für gewöhnlich ein weiteres Mal mit der Hälfte der Wassermenge und derselben Zeit auf; schon alleine der Wertschätzung wegen.

An der Tafel zurück erstellte ich eine Automation für die Kellerüberwachung. Sobald eine Kamera etwas erkennen würde, schaltete sich nun automatisch die zweite hinzu.

Als ich mit der Pistole herumhantierte, erinnerte ich mich an die Szene, wie Sergej sie mir über die Tafel zuschob. Er saß mir damals genau an derselben Stelle gegenüber. Gerne hätte ich ihn hier gehabt, mich mit ihm unterhalten und mit ihm Tee getrunken.

Bis Mitternacht dauerte es noch eine Stunde. Das Handy zeigte keine Mitteilungen an, also rutschte ich mit dem Gesäß etwas nach vorne und legte einen Fuß auf den Tisch. Das ist die einzige Möglichkeit, auf den Stühlen mit der hohen Rückenlehne bequem zu sitzen. Außerdem ließ es sich in dieser Position besser über eine Lösung nachdenken, was die restlichen drei Millionen anbelangte.

Ich stellte Überlegungen an, wie ich das Geld sicher verwenden könnte, ohne Gefahr zu laufen, durch eine kleine Unwissenheit inhaftiert zu werden. Dabei erinnerte ich mich an Zeitungsartikel und Filme, die ich einmal in dieser Richtung konsumiert hatte. Als mir jedoch nichts Gescheites einfallen wollte, nahm ich das Smartphone und hoffte, im Internet auf eine weiterführende Idee zu stoßen.

Wussten Sie, dass die Erfindung der Geldwäsche tatsächlich auf den amerikanischen Mafioso Al Capone zurückzuführen ist? Ja, zumindest habe ich es so gelesen. Er wollte das Geld, das er mit Prostitution, Drogenhandel und Alkoholschmuggel eintrieb, wieder in den Wirtschaftskreislauf bringen. Dafür kaufte er mehrere Waschsalons, woher auch die Bezeichnung »Geldwäsche« stammt.

Also, nicht dass ich damit etwas zu tun hätte. Das Geld geht aus keiner der genannten oder ähnlichen Branchen hervor. Ich bin lediglich bei meiner Recherche unter anderem auf die Themen Geldwäsche und Steuerhinterziehung gestoßen. Und aus Neugier, wie so etwas überhaupt funktioniert, habe ich mich ein bisschen eingelesen. Sie wissen, wie das im Internet abläuft. Man gelangt vom Kleinsten ins Tausendstel, wenn man nicht fokussiert bleibt.

Jedenfalls erstaunte es mich, wie einfach und primitiv sich so etwas verwirklichen lässt. Offenbar wird Geldwäsche in drei Phasen unterteilt. In der ersten wird illegales Geld wieder zu Buchgeld gemacht. Das funktioniert zum Beispiel mit Kasinos oder Restaurants. Wobei Letztere für größere Summen eher ungeeignet sind, denn das Finanzamt prüft den Warenwert gegen. Kasinos und Wechselstuben halte ich mit meinem laienhaften Einblick für die einfachste Möglichkeit.

Sein Geld ins Ausland zu transferieren, um es anschließend von einer dortigen Scheinfirma durch einen hohen Geldbetrag zurückzubuchen, wie bei einer Dienstleistung, die nie stattgefunden hat, soll auch eine gängige Methode sein, wieder Buchgeld zu erhalten.

Oder man splittet einfach das illegale Geld in mehrere kleine Beträge auf und überweist sie auf verschiedene Konten. Surfing wird diese Vorgehensweise genannt. Sie erfordert aber zum einen schweigsame Komplizen, und zum andern sollte der Überweisungsbetrag fünfzehntausend Euro nicht überschreiten, denn ab dieser Summe sind die Banken, zumindest in Deutschland, meldepflichtig.

Ein weiterer Fachbegriff, auf den ich in dieser Szene öfters gestoßen bin, nennt sich »Structuring« und bezeichnet das Kalkül, Luxusgüter mit illegalem Geld zu erwerben und sie im Ausland wieder zu verkaufen.

Sie sehen also, es ist nicht zwingend notwendig, Mitglied einer kriminellen Familie oder Organisation zu sein. Theoretisch könnte das jeder von uns bewerkstelligen.

Selbst die zweite Phase ist nicht so kompliziert. Zur Verschleierung und um für Verwirrung zu sorgen, sodass es unmöglich ist, den Ursprung des Geldes zurückzuverfolgen, wird es in diesem Stadium anonymisiert. Dazu werden möglichst viele Transaktionen von verschiedenen Konten getätigt. Am besten natürlich wieder über das Ausland mit Scheinkonten oder durch eine an die Schweigepflicht gebundene Person. Das erfordert schon ein gehöriges Maß an Aufwand und Recherche. Aber von nichts kommt nichts.

Die letzte Phase ist vor allem für die Berufsgeldwäscher wichtig, für den Einmaltäter jedoch nicht von Bedeutung. In dieser Phase der Integration fließt das Geld wieder in den Wirtschaftskreislauf ein. Das geschieht am besten mit dem Kauf neuer Kasinos, Wechselstuben oder Immobilien, Hauptsache, das Geld wird wieder aktiv. Geldwäsche ist also der gegenteilige Gedanke zu Steuerhinterziehung. Denn anstatt sauberes Geld am Finanzamt vorbeizuschleusen, versucht der Geldwäscher, illegales Geld wieder in den Wirtschaftskreislauf einfließen zu lassen. Ein Berg kann von mehreren Seiten bestiegen werden. Die Seite der Geldwäsche und der Steuerhinterziehung gefällt mir überhaupt nicht. Sie ist mir zu schattig und nebulös. Ich habe es gerne sonnig mit Weitsicht. Und ich bin mir sicher, dass gerade Sie dies sehr gut nachvollziehen können.

Nach all der fruchtlosen Recherche vergaß ich völlig die Zeit, sodass ich zusammenzuckte, als das Handy neben mir vibrierte. Mehrere Mitteilungen aus dem Innenhof erschienen auf dem Sperrbildschirm. Das Erste, was mir in den Sinn kam, war, dass der weiß-schwarze Riese über seinen gewohnten Weg versuchte, zur Standuhr zu gelangen. Und so kam es auch. Aber die Haustüre war verschlossen. Ich hatte also Zeit, mich auf sein Erscheinen einzustellen. Dennoch reagierte die Kamera vor dem Gatter schneller, als ich dachte. Offensichtlich besaß er ein ausgeprägtes Pflichtbewusstsein, zumindest was diese Tätigkeit »Standuhr aufziehen« anbelangte. Die direkte Übertragung der Kamera bestätigte dies. Er hebelte das Gatter beinahe aus den Scharnieren und rannte für seine Körpermasse erstaunlich flink gebückt den Gewölbegang entlang. Mit seinen Riesenschritten und ohne Orientierungshilfen war er im Nu an der Treppe. Ich vermutete, dass er so etwas wie Katzenaugen hatte. Wenn ich ihm zwischen die Hände käme, dachte ich, dann wäre ich platt. Vier Stufen überspringend, stürmte der weiß-schwarze Riese die Treppe hinauf. Zuvor blickte er flüchtig angewidert zur Kellertüre, hinter der sich die Magentatulpe befindet. Mit demselben Blick, den er in der vorherigen Nacht zur Saaltüre geworfen hatte. Das Handy vibrierte nun durchgehend, während ich ihm auf dem Tablet hinterherspionierte. Vorsichtig öffnete er die Glastüre der Standuhr, zog den Mechanismus auf und schubste das Pendel an. Daraufhin streckte er wieder den Zeigefinger zur Decke, schüttelte die langen Haare zurück und schob den Minutenzeiger vor, bis die Uhr Mitternacht schlug. Zum zweiten Mal stellte der weiß-schwarze Riese die Uhr exakt nach der meines Handys. Nachdem er die Glastüre geschlossen hatte, schaute er wie die Nacht zuvor auf den Boden vor sich, zeigte eine ärgerliche Miene und boxte in die Luft vor seinen Beinen, bevor er verschwand. Türe und Gatter zog er manierlich hinter sich zu.

Ich hatte erwartet, dass der weiß-schwarze Riese seine Nüstern aufs Neue zur Saaltüre blähte oder sich dieses Mal sogar getraute hereinzukommen. Deshalb hielt ich vorsichtshalber die Pistole in der Hand. Doch dann fiel mir ein, dass das Brennholz noch im Aufzug lag und der Kamin schon lange erloschen war. Durch das Einrichten meiner zwei neuen Zimmer und das Teetrinken hatte ich das Feuer gar nicht vermisst. Vielleicht nahm er die erkaltete Asche in dieser Nacht einfach nicht wahr.

Vom Gefühl her ging ich davon aus, dass er gewissen Bestimmungen folgte und nicht willkürlich die Klauselregeln missachtete. Ich hatte eher den Eindruck, dass er einer Angewohnheit, einer Konditionierung nachkam. Allerdings kannte ich zu diesem Zeitpunkt einen zu kleinen Teil seines Alltags, um mir sicher zu sein. Und wie würde er reagieren, wenn wir uns überraschend im Stall oder auf dem Feld über den Weg liefen? Die Pistole durfte ich nie vergessen, trichterte ich mir ein.

Es führte kein Weg daran vorbei, mehr von ihm in Erfahrung zu bringen, bis meine Hübsche mit mir sprechen würde, musste ich ihn beschatten. Die Sache war mir zu gefährlich. Natürlich hätte ich ihn einfach der Polizei melden können und wäre alle Sorgen los gewesen. Von Rechts wegen konnte ein Wesen wie er sowieso keinen Teil einer Immobilie besitzen, dafür muss man sich doch zumindest ausweisen. Aber warum hätte ich das tun sollen? Zumal ich mich mit der Pistole durchaus sicher fühlte. Sie hätten ihn vermutlich in ein Labor gesteckt oder gar eingeschläfert. Dazu bestand keine Notwendigkeit. Außerdem war das Kloster schon vor meinem Erscheinen sein Zuhause. Aus diesem Grund machte ich mir die Mühe, ihn zu beschatten. Darüber hinaus gab es ohnehin nichts Dringliches zu tun. Ich fand es sogar ein wenig aufregend, wenn auch mit einer nicht außer Acht zu lassenden Gefahr verbunden. Deshalb brauchte ich einen durchdachten Plan.

Also suchte ich um kurz nach Mitternacht die Pforte auf, studierte den Bauplan an der Wand und skizzierte auf einem Notizblock seine drei Zimmer und dessen nahe Umgebung. Der unterirdische Gang, der Ost- und Hauptgebäude verbindet, war im Plan nicht vermerkt. Mit einer anderen Farbe zeichnete ich ihn leicht dazu. Ich wollte mir ein Bild davon machen, wie ich am besten unbemerkt in das Ostgebäude kam, von wo aus er am einfachsten zu beschatten wäre, wo Kameras, Mikrofone, Bewegungsmelder genügten und wo meine Anwesenheit, meine Sinne nötig waren. Ich zeichnete Fenster und Türen seiner drei Zimmer und die Ein- und Ausgänge des Gebäudes ein. Nur eines der Zimmer ist mit einem Fenster ausgestattet, über das ich mir – mit einem kleinen Risiko, entdeckt zu werden – einen Überblick verschaffen konnte. Es ist der geräumigste Raum, mit Sicht in den großen Innenhof. Die anderen beiden haben kein Tageslicht, und das mittlere Zimmer erreicht man nur durch das große. Des Weiteren kommt man an drei Stellen in das Ostgebäude: über den Innenhof, den Stall und von den Äckern her. Zudem gibt es den unterirdischen Gang und den oberhalb des Osttors, um hineinzugelangen.

Letztlich kam ich zu dem Entschluss, dass ich mindestens zwei Tage selbst versteckt vor Ort sein musste, um einen brauchbaren Eindruck zu gewinnen, gefolgt von einer Woche Beschattung mittels Geräten, die ich gemäß diesem Eindruck installieren würde. Gleich nach meiner Stunde Schlaf wollte ich den Plan in die Tat umsetzen.

Die Standuhr schlug ein Uhr, als ich mich auf dem Weg zu meinem neuen Schlafzimmer befand. Anstatt überall das Licht an- und auszuknipsen, leuchtete ich mit dem Handy voraus. In Gedanken stellte ich das Equipment zusammen, das ich für solch eine Observierung zu benötigen glaubte. Auch als ich schon im Bett in der Zipfelmütze lag, ging ich noch einmal alles durch, bis ich in den Schlaf sank.

Das Buch einer wahren Gründerin

Kennen Sie den Zustand, wenn man aus dem Schlaf erwacht und sein Umfeld nicht erkennt? Ja, wenn man genau genommen sogar den Bezugspunkt zum eigenen Körper verloren hat und sich als Wahrnehmung, versehen mit einem Ichgefühl, das in den unendlichen Weiten des Bewusstseins schwebt, erlebt? Als Kind ist mir das oft widerfahren, und ich weiß, dass dies mit einem Moment des Schreckens einherging, bis ich wieder erkannte, wo ich mich befand. Was ich aber nicht schaffe, ist, dieses Gefühl ein weiteres Mal heraufzubeschwören. Ich habe es ein paar Mal versucht, auch mit anderen Ereignissen, die erst ein Jahr zurückliegen, doch es wollte mir nie gelingen. Als wäre das Gefühl abgeschirmt oder nicht mit dem Ereignis abgespeichert. Wie wenn man auf einer großen durchsichtigen Luftmatratze auf einem See dahintreibt und das Wasser darunter zwar sieht und aus Erfahrung weiß, wie es sich anfühlt, es jedoch nicht fühlen kann.

In jener Nacht erwachte ich wie üblich nach einer Stunde aus dem Schlaf und wusste wie zu Kinderzeiten für einen Moment nicht, wo ich mich befand. Nach einem kurzen Schreck setzte die Erinnerung wieder ein. Es war so finster in der Zipfelmütze, dass ich durch das Fenster der Südgaube die Sterne sehen konnte. Ich verschränkte die Hände hinter dem Kopf und fühlte mich pudelwohl. Doch es dauerte nicht lange, dann stand ich auf den Beinen. Am Brunnen füllte ich zwei Flaschen mit Wasser und steckte sie in den Rucksack zusammen mit den anderen Utensilien wie Messer, Kameras, Bewegungsmelder, Ladekabel, mein Notizbuch und einen Band, den ich blind aus dem Bücherregal zog, um die müßige Zeit zu füllen, die bei einer Observierung stets gegeben ist. Bevor ich mich in den großen Innenhof schlich, rückte ich die Pistole in meiner rechten Hosentasche zurecht, nur um mich zu vergewissern, dass ich sie bei mir trug.

Still und fast dunkel fand ich den Hof vor. Lediglich helle Gegenstände wurden von dem wiegenden Halbmond hervorgehoben. Ich wollte einen Blick in das Fenster des weiß-schwarzen Riesen werfen, wusste aber, dass es zu hoch lag, als dass ich ohne Hilfe hineinschauen könnte, und die zwei Eingangsstufen daneben waren zu weit entfernt. Deshalb ging ich in den Stall, wo ich einen dreibeinigen Hocker fand, den ich angeekelt mit drei Fingern unter das Fenster schleppte, und lehnte mich mit dem Rücken an die Wand darunter, denn die Tiere gaben Geräusche von sich. Das Fenster meiner Hübschen vis-à-vis lag im Schatten des Mondes, sodass ich nur vage Umrisse davon erkannte. Als nach zehn Minuten nichts Auffälliges geschah, stieg ich auf den Hocker und stellte mich auf die Zehenspitzen. Mein Kopf reichte gerade so über das Fenstersims. Weil sich meine Augen an die Dunkelheit gewöhnt hatten und der Halbmond in das Zimmer leuchtete, konnte ich den Raum den Gegebenheiten entsprechend gut erfassen. Das Handylicht hätte vermutlich nur an der Scheibe reflektiert, deshalb ließ ich es in der Hose. Das Gerät vibrierte ohnehin unentwegt. Ich hatte in der Automation des großen Innenhofs noch nicht die Option wie im Korridor aktiviert, die bei Anwesenheit meines Handys Mitteilungen unterdrückte.

Rechts hinten erblickte ich einen Schwedenofen nicht weit von der Zimmertüre. Links gegenüber sah ich so etwas wie eine Essecke mit einem Hocker und einem Tisch, dessen Platte sogar im Dämmerlicht fettig und unhygienisch wirkte, genau wie das dahinter an der Wand stehende Büffet mit grünen Glasscheiben. Neben ihm befindet sich die Türe in das mittlere Zimmer. Im vorderen Teil des Raums zu meiner Linken machte ich eine Art Küchenzeile aus, in der ein versiffter Keramiktrog, so groß wie eine halbe Badewanne, den Mittelpunkt darstellt. Er steht auf einem stabilen Holzgestell unter einem Wasserhahn, wie man ihn in Gartenanlagen verwendet. Daneben, fast vor dem Fenster, vermutete ich eine Feuerstelle, weil die Gegenstände ringsum mehr in der Dunkelheit verschwanden als andere; ein aus Backsteinen gemauertes Rechteck mit zwei Öffnungen nach oben und einer Pfanne auf der einen.

Keinen Fuß würde ich jemals in dieses Zimmer setzen, dachte ich mir bei dem Anblick. Im selbigen Moment erschreckte mich das vibrierende Telefon in meiner Hosentasche. Sicher hatte ich versehentlich einen weiteren Bewegungsmelder aktiviert, beruhigte ich mich und inspizierte weiter das Zimmer. Direkt unter dem Fenster vermutete ich seine Schlafstelle. Ich konnte nicht viel davon erkennen, nur dass es sich um eine selbst zusammengenagelte Mischung aus Bett und Couch handelte.

Auf dem Holzdielenboden hoben sich im Mondlicht Fußabdrücke hervor. Der weiß-schwarze Riese musste in irgendetwas hineingetreten sein, das sich in das Holz hineingefressen hatte. Für Sauberkeit und Ästhetik hatte er so viel übrig wie der Hahn im Stall fürs Eierlegen, dachte ich mir. Das lag offensichtlich nicht in seinem Naturell, denn in dem verwahrlosten Zimmer fand ich nirgends herkömmliches Geschirr. Nur Blechdosen, übergroße Messer, Edelstahltöpfe und eine aus einem Stamm herausgesägte Scheibe Holz, die wohl als Schneidebrett diente.

Plötzlich spürte ich, dass jemand hinter mir stand. Nicht unmittelbar, aber ich gewahrte eindeutig etwas, das mich beobachtete. Womöglich war ich so vertieft in meine Spionagetätigkeit gewesen, dass ich die Anwesenheit schon eine Weile nicht registriert hatte. Doch nun war mir, als flüsterte mir jemand in Gedanken zu, ich solle mich umdrehen. Mein Herz klopfte laut in die Stille. Langsam stieg ich vom Hocker und rief mich zur Fokussierung auf. Mit der einen Hand griff ich nach dem Telefon und mit der anderen nach der Pistole. Ich legte den Daumen über den Sicherungshebel, von dem ich immer noch nicht wusste, wie er stehen musste, damit die Waffe auch abfeuerte. Ruckartig drehte ich mich um, streckte gleichzeitig das

Handylicht und die Pistole in die Richtung, aus der ich die Anwesenheit spürte. Mein Zeigefinger übte schon Druck auf den Abzug aus. Alles geschah Schlag auf Schlag, ohne Raum für gedankliche Aktivität.

Später erinnerte ich mich an Sergejs Worte, als er mir die Pistole zuschob und ich ihm sagte, ich wäre gar nicht in der Lage, jemanden zu töten. Er erklärte mir damals, dass die Waffe nicht für die Person sei, die ihm gegenübersaß, sondern für jene, die erscheinen werde, wenn es ums Überleben gehe. Er sprach von einem Notfallprogramm, das dann ablaufe, und genau so fühlte es sich in dieser Nacht an.

Doch niemand hatte Böses mit mir vor. Das ist jedenfalls im Nachhinein mein Empfinden. Denn auf der gegenüberliegenden Seite erschien das weiße Kleid meiner Hübschen. Sie stand dort seelenruhig – vielleicht mit einem etwas besorgtem Gesicht, aber das konnte ich auf die Distanz nicht genau erkennen – und tippte drei Mal mit dem Zeigefinger in der Luft zum Stalltor. Als ich in die Richtung sah, schreckte ich zurück. Dort stand der weiß-schwarze Riese halb versteckt hinter dem Holztor. Für einen Augenblick glich seine Mimik einem Kind, das aus einem sicheren Versteck heraus dem Spielkameraden zusah, wie dieser ihn vergebens suchte. Als er aber entdeckte, dass er verraten worden war, trat er aus dem Spalt des Schiebetors hervor und boxte wie vor der Standuhr wutentbrannt in die Richtung meiner Hübschen. Nun wirkte er wiederum lächerlich und naiv, noch dazu in einer magentafarbenen kurzen Hose. Wegen seines massiven Körperbaus verlor er jedoch keineswegs seine respekteinflößende Ausstrahlung.

Ich konnte nicht erkennen, ob sich meine Hübsche fürchtete. Sie ging weder schnell noch langsam in ihr Zimmer zurück, während der weiß-schwarze Riese zu ihr hin boxte. Sowie sie die Türe hinter sich verschlossen hatte, wandte er sich mir zu. Seine Muskeln schienen schier zu platzen, als er mit gebeugten Beinen die Fäuste in die Luft rammte. Ich dachte: Renn, renn!, doch meine Füße waren wie im Boden verwurzelt. Als der weiß-schwarze Riese auch noch einen fürchterlichen Schrei ausstieß, stellten sich mir nicht nur die Haare auf, der gesamte Körper fühlte sich dumpf an, wie kurz vor einem Aufprall. Zu meiner Erleichterung rannte er anschließend in den Stall, wo ein ohrenbetäubendes Geschrei der Tiere ausbrach. Vor allem die Schweine quiekten wie am Spieß. Es dauerte nicht lange, dann sah ich ihn mit einem unter dem Arm in das Ostgebäude stürmen. Das quiekende Schwein verriet mir genau, in welchem Teil des Gebäudes er sich gerade befand. Als das Licht in dem Zimmer über mir in den Hof leuchtete, wagte ich, mich erneut auf den Hocker zu stellen. Das Tier versuchte, aus dem Griff mit aller Kraft zu entkommen, doch es hatte nicht den Hauch einer Chance. Der weiß-schwarze Riese hatte es fest unter seinem Arm eingeklemmt. Er riss die Türe neben dem Büffet auf und warf das Schwein dort auf einen Tisch. Der Raum dämpfte die Notschreie etwas ab, sie verloren jedoch nicht an Intensität. An dem Zeitpunkt, als er nach einem parat liegenden Messer griff, sprang ich von dem Hocker. Einen Moment dachte ich daran, einen Schuss abzufeuern, doch schon hörte ich, wie die Schreie des Tieres in dessen Blut versanken.

Sie können sich vorstellen, dass mir danach die Lust am Observieren vergangen war. Ich stand kurz davor, die Aktion abzubrechen. Solange er nur seine Zimmer verließ, um die Uhr aufzuziehen, dachte ich mir, musste ich nicht mehr über ihn wissen. Doch genau darin lag das Problem. Wenn ich mich in meinem Kloster jemals sicher fühlen wollte, blieb mir keine andere Möglichkeit, als herauszufinden, wer dieses grauenhafte Geschöpf, diese dunkle Seite der Erscheinungen des Lebens war. Ich sah keine Alternative zur Observierung. Deshalb entschied ich mich, wenigstens einen Tag im Ostgebäude zu verbringen, und am besten sofort zu beginnen, solange er noch beschäftigt war.

Ich schlich mich ins Gebäude und lauschte im Dunkeln, ob er sich immer noch in dem mittleren Zimmer befand. Es bestand kein Zweifel. Die Laute, die ich, ohne sie je davor gehört zu haben, dem Zerlegen eines Lebewesens zuordnen konnte, kamen aus ebendieser Richtung. Ich hielt die Geräusche kaum aus, wollte nur weg von dem ekelhaften Ort, zurück in meinen Saal, meinen Leuchtturm, meine Zipfelmütze und mein Schreibzimmer. Diese sägenden, hackenden, matschenden Laute waren das Widerwärtigste, was ich bis dahin erlebt hatte, und verursachten einen Würgereiz in mir. Die miefige Luft, die durch die Türritzen herausdrang, eine Luft, die niemand freiwillig in sich haben möchte, förderte dies noch. Ich redete mir zu, mich zusammenzureißen, zu fokussieren. Daraufhin steckte ich die Pistole widerwillig in die Hosentasche, benutzte den Jackenkragen als Luftfilter und leuchtete mit dem Handylicht den Gang nach einem geeigneten Platz für eine Kamera aus. Unter der Treppe zum Obergeschoss entdeckte ich eine Kommode, genau gegenüber den zwei Zimmertüren des weiß-schwarzen Riesen. Dreist stellte ich sie mittig darauf. Ob er sie sah oder nicht, war für mich in diesem Moment nachrangig. Ich hielt es einfach nicht mehr länger aus.

Anschließend stieg ich vorsichtig die knarzende Treppe hinauf und setzte mich oben gleich um die Ecke auf den Boden. Diese Distanz ermöglichte es mir, im Notfall zu flüchten und den Eingang zu seinem Wohnraum im Blick zu behalten. Überall griff ich mit den Händen in Staub und Spinnweben. Aber wenigstens bekam ich von dem Geschehen im Erdgeschoss nicht mehr so viel mit, und die Luft war auch erträglicher.

Alles hat eben seinen Preis. Es führte kein Weg daran vorbei, mindestens diesen einen Tag auszuharren, wenn ich mich in meinem Kloster sicher fühlen wollte. Also arrangierte ich mich mit der Situation.

Für diese Kamera eine Automation zu erstellen, war nicht nötig. Sie verfügt über eine Nachtsichtfunktion, einen Bewegungsmelder und ein Mikrofon. Damit ließe sich sogar mit einer davorstehenden Person über das Smartphone sprechen. Sollte vor den beiden Türen etwas geschehen, bekäme ich wie üblich eine Mitteilung. Deshalb streckte ich die Beine aus, lehnte den Kopf an die Wand und schloss die Augen. Im Moment gab es nichts zu tun. Die Szene im Hof spielte sich noch einmal vor mir ab. Es tauchten sogar solch überflüssige Gedanken auf wie: Warum dieses Kloster, und wo führt das noch hin? Sie verschwanden jedoch schnell wieder dahin, woher sie gekommen waren.

Diese Redensart, finde ich, ähnelt sehr dem Wort von Sonnenauf- und -untergang. Also, dass Gedanken kommen und gehen, meine ich. Es wäre doch denkbar, dass sie immer da sind und wir sie einfach nur nicht wahrnehmen. So wie die Sonne. Es sieht zwar aus, als ginge sie am Horizont auf und wieder unter, dabei wissen wir genau, dass wir es sind, die sich um sie drehen.

Ich legte die Hände entspannt in den Schoß und döste vor mich hin, bis es hell wurde. Der weiß-schwarze Riese werkelte noch etwa eine halbe Stunde im Erdgeschoss herum, bis endlich Stille eintrat. Ich vermutete, dass er schlief, aber ich schätzte es als zu riskant ein, nachzusehen. Fürs Erste genügte es mir, das Geschehen von oben zu verfolgen. Selbst die Zimmer auf dem Stockwerk weckten kein Interesse in mir. Mit diesem Gebäude wurde ich einfach nicht warm. Ich wollte es nicht. Es war nur ein Gegenstand, der dazu diente, dass meine Hübsche und ich über einen Innenhof verfügten. Einzig dafür stellte es einen Wert für mich dar.

Um halb sieben spazierte meine Hübsche darin wieder ihre Runden. Von Neuem genau neunundzwanzig. Bedauerlicherweise konnte ich mein Glück bei ihr nicht erneut versuchen und mich für die Warnung bedanken und erkenntlich zeigen, mit einer Tasse Tee oder auch einem Glas Wasser, falls sie immer noch so streng mit sich war. Wasser war nämlich das Einzige gewesen, was sie zu sich nahm. Doch ich freute mich, ihr wenigstens über die Kameras zu folgen, und amüsierte mich in jeder einzelnen Runde, wenn sie in der Nähe des Stalls sich die Atemwege mit ihrem Handschuh zuhielt. Natürlich hatte sie eine ebenso empfindliche Nase wie ich, weshalb es eine kleine Überwindung kostet, uns in seiner unmittelbaren Umgebung aufzuhalten. Ich verstand das als eine Art Verbundenheit. Hätte ich sie allerdings an jenem Tag das erste Mal gesehen, wäre mir bestimmt nichts Attraktives an ihr aufgefallen. Mein Blick war freilich vorbelastet. Er vermischte sich mit der Hübschen aus meiner Erinnerung, die im Seminar mit ihrer graziösen Ausstrahlung vor uns sprach, und der aus der Begegnung in dem Traum, als ihr Kleid zu Boden fiel und ihre makellose Figur mir das Herz zum Rasen brachte. Ihre Anziehungskraft drängte einen geradezu, ihren Körper mit Tausenden Küssen zu benetzen und keine Stelle dabei auszulassen. Sie strahlte etwas aus, was man sich gerne an die Wange drückt. Doch es ist noch nichts verloren, rief es mir. Wir bekommen das wieder hin.

Als ich aus dem Erdgeschoss knarzende Geräusche von trockenem Holz unter dem Gewicht des weiß-schwarzen Riesen vernahm, sah ich mich zu den Seiten nach einer Fluchtmöglichkeit um. Es war ein bisschen nachlässig von mir gewesen, mich einfach so auf den Boden zu setzen, ohne mich darum zu kümmern. Mittlerweile konnte ich schon Umrisse des Hausgangs erkennen, doch ein Ende war noch nicht auszumachen. Aus dem Plan wusste ich, dass er rechts von mir zum Hauptgebäude führte, deshalb stand ich auf, um nachzusehen, ob der Weg frei war. Die Türe im Hauptgebäude hatte ich aufgeschlossen, dem Bauplan nach durften zwar keine weiteren Türen den Übergang versperren, doch darauf wollte ich mich nicht verlassen. Allerdings knarzte der Boden jetzt, wo es still in dem Gebäude war, so laut, dass ich mich wieder setzte.

Und da aus dem Erdgeschoss keine Laute mehr heraufdrangen, beschloss ich, noch einen Moment zu warten, bis der Tag den Gang erhellte.

Sowie ich halbwegs die Hand vor Augen sah, holte ich mein Notizbuch aus dem Rucksack und begann zu schreiben. Dies tat ich bis elf Uhr. Als von unten immer noch kein Lebenszeichen des weiß-schwarzen Riesen zu hören war, übte ich ein paar Meridian-Stretchings aus, die nicht allzu viel Lärm verursachten, also nicht das gesamte Programm. Fragen Sie mich nicht, wieso, aber ich vergaß völlig, mich nach dem Fluchtweg in Richtung Hauptgebäude umzusehen. Stattdessen begann ich, in dem mitgebrachten Band zu lesen. Die Lektüre fesselte mich sofort. Doch als mir bewusst wurde, dass es sich dabei um die Vita der Klostergründerin handelte, ja sogar um die des Klosters selbst, konnte ich das Buch nicht mehr weglegen. Um genau zu sein, ich hielt ein Druckerzeugnis in den Händen, das in meinem Kloster gedruckt wurde.

Bevor ich mit dem eigentlichen Text eines Buches beginne, lese ich grundsätzlich die Titelei mit dem Impressum. Dabei interessiert mich hauptsächlich, wann es erschienen ist, in welcher Ausgabe, gekürzt oder überarbeitet, und wer daran beteiligt war. Oft vermittelt mir eine Widmung schon ein Gespür für den Autor und den Text. Doch dieser Band enthielt kein klassisches Impressum, wie wir es heute kennen. Weder am Anfang noch am Ende. Ich entdeckte aber so etwas in der Art. Auf der gegenüberliegenden Seite der Inhaltsangabe wollte das Buch mir doch tatsächlich vermitteln, dass ich im Besitz einer Druckerei war. Druck der Liebfrauenberger Buchdruckerei Ulm a. d. D., las ich dort. Und auf der Seite davor, am Fuß des Titelblatts, war die Rede von einer Stiftung: Selbstverlag der Stiftung Liebfrauenberg in Ulm a. d. D. Darüber fand ich einen Kreis als grafisches Element vor, darin die Worte OMNIBUS OMNIA, ALLEN ALLES. Der Titel des Buches lautet: Domitilla v. Maillot de la Treille – die Gründerin des Stifts Liebfrauenberg, dargestellt von Sr. Maria Elisabeth v. Maillot de la Treille. Der Titelseite gegenüber ist ein Schwarz-Weiß-Foto der Gründerin zu sehen. Eine bildschöne Frau in einem wuchtigen Kleid. Sie erinnerte mich ein bisschen an meine Hübsche in ihren besseren Tagen. Unter dem Bild heißt es, dass sie vom 24.10.1870 bis 30.10.1925 gelebt hat.

Das Buch ist in Fraktur gesetzt. Sie können sich also vorstellen, wie lange ich zum Lesen einer Seite benötigte. Anfangs war es sehr mühsam, und ich ließ manche Wörter unverstanden stehen, aber ich lernte von Seite zu Seite dazu. Schließlich handelte es sich ja um mein Kloster.

Ich erfuhr, dass der Vater der Gründerin – ein Adeliger niederen Ranges – die Liegenschaften von mehreren Besitzern aufkaufte, von einem Verwalter bewirtschaften und als Sommersitz einrichten ließ. Später zog er mit seiner Frau, die aus der Gegend stammte, auf den Hof, und sie gründeten eine Familie mit drei Kindern, von denen eines starb. Die anderen zwei waren die Gründerin meines Klosters und ihr jüngerer, geistig behinderter Bruder Christoph. Die Mutter verstarb früh an einer Lungenentzündung, und der Vater wurde, als Domitilla sechzehn war, wegen seines Widerstands in einem gewalttätigen Aufruhr sowie der treuen Haltung zur bayrischen Regierung gefangen genommen und misshandelt. Ein Jahr später, 1887, starb er auf dem Liebfrauenberg an den Spätfolgen der Gefangenschaft. Zu dieser Zeit hieß der Hof noch Frauenberg. Von nun an leitete Domitilla den Besitz. Sie kündigte bis auf einen Mitarbeiter allen Angestellten und half selbst mit in der Landwirtschaft, kümmerte sich um den Verkauf und um ihren geistig behinderten Bruder.

Offenbar war ihr Herz hin- und hergerissen. Einerseits wollte sie das Erbe im Sinne ihres Vaters erhalten und sich um ihren Bruder kümmern, andererseits sah sie sich ihrer Sehnsucht zu Gott verpflichtet und wäre gerne in ein Kloster eingetreten. Selbst als sie einen Mann kennenlernte und mit ihm den Bund der Ehe einging, aus der ein Kind entsprang, ließ sie die Sehnsucht zu Gott nicht los. Das vermittelt Sr. M. Elisabeth v. Maillot de la Treille, die Verfasserin und Tochter von Domitilla, sehr bildhaft. Unter anderem überliefert sie mehrere Briefe und Gebete ihrer Mutter, aus denen hervorgeht, wofür ihr Herz brannte. An einigen Stellen trieb es mir Tränen in die Augen. Angeblich formten ihre Lippen an manchen Tagen das Gebet von Niklaus von Flüe, auch während der Arbeit, zuweilen sogar hörbar: Mein Herr und mein Gott, nimm alles von mir, was mich hindert zu dir. Mein Herr und mein Gott, gib alles mir, was mich führet zu dir. Mein Herr und mein Gott, o nimm mich mir und gib mich ganz zu eigen dir.

Domitilla sah diese Worte nicht als Gebet. Vielmehr waren sie Ausdruck ihrer inneren Befindlichkeit, die sie als Träger und Ventil gebrauchte, um nicht an der Sehnsucht zu Gott zu ersticken. So beschreibt es Sr. M. Elisabeth.

Ich kann nur ahnen, wie es sich für ein Kind anfühlen mag, wenn all die Liebe der Mutter für etwas anderes bestimmt ist. Jedoch fand ich keinerlei Vorwurf oder einen daraus entstandenen Schaden in ihren Zeilen, eher Bewunderung, Verständnis und sogar Stolz. Sie berichtet auch, dass die Sehnsucht ihrer Mutter bis auf einmal nicht in Gewalt ausartete, sondern sich stets liebevoll und demütig äußerte. Doch an einem Tag fühlte sie sich so verzweifelt, dass sie sich ein glühendes Herz in die Mitte ihrer Brust brannte. Sr. M. Elisabeth sah es mit eigenen Augen. Weil sie ihrer Mutter beistehen wollte oder ebenso zu lieben wünschte wie diese, möglicherweise sogar beides, kniete sie sich zu ihr auf den Boden vor den offenen Kamin und sagte:»Mama, ich auch«. Natürlich verneinte die Mutter. Dies war ein weitreichendes Ereignis in Domitillas Leben. Von da an verstand sie sich als ein Werkzeug der Gnade Gottes, war vollständig überzeugt, dass nicht sie, sondern Christus durch sie lebte. Das Gebet des Niklaus von Flüe trat nicht mehr auf ihre Lippen, und ihr Verlangen nach Gott schien sich in völlige Hingabe gewandelt zu haben. All ihr Tun war nun ein Ausdruck der Nächstenliebe. Keinem eigenen Opfer ging sie aus dem Weg oder sah es überhaupt als ein solches an, schreibt Sr. M. Elisabeth. Die wenige freie Zeit, die ihr nach der Feldarbeit blieb, investierte Domitilla v. Maillot de la Treille in Gespräche mit Geistlichen und Regierungsverwaltern, und sie verfasste Briefe an die Diözese und an das Land, um ihren Wunsch zu verwirklichen. Den Wunsch, eine Stiftung für das Wohl von Schwachsinnigen, Blinden und Lahmen, Epileptikern und Krüppelhaftigen ins Leben zu rufen.

Ja, so haben sich die Leute früher artikuliert.

Als Domitilla ihren Ehemann darüber unterrichtete, meinte dieser, auch wenn sie verheiratet seien, sei es immer noch ihr Besitz, den sie der Stiftung übergebe.

Ich denke, dieser Mann war sehr untypisch für die damalige Zeit und diese Frau ebenso.

Jedenfalls gründete Domitilla v. Maillot de la Treille 1899 mit neunundzwanzig Jahren die Stiftung Liebfrauenberg. Im darauffolgenden Frühjahr trafen die ersten Kranken ein, und es dauerte nicht lange, dass sie an die Grenzen des Leistbaren stieß, sodass Domitilla, nach Bitten in der Pfarrei, Unterstützung von vier Schwestern eines Klosters bekam. Denn sie war zwar eine Frau, die unverdrossen arbeitete, persönliche Erschöpfung kannte sie ebenso wenig wie Lebensgenuss und Bequemlichkeit, aber der Tag enthielt nicht mehr genügend Zeit, um die Kranken zu pflegen und gleichzeitig dem landwirtschaftlichen Betrieb nachzukommen.

Im Jahr 1902 trat in Bayern das Zwangserziehungsgesetz in Kraft. Domitilla wurde angefragt, doch sie lehnte aus Platzgründen ab. Zudem fühlte sie sich dafür nicht berufen.

Für die Schwestern wurde eine kleine Kapelle errichtet und auf »Maria Heil der Kranken« getauft. Sie schliefen zusammen mit der Familie im Haus, wo es immer enger zuging. Aus diesem Grund machte Domitilla Pläne für einen Um- und Neubau des landwirtschaftlichen Anwesens und für den Haus- und Heimbetrieb. Sie beriet sich mit Architekten, fertigte detaillierte Zeichnungen, welche diese dann vollendeten. Abschließend einigten sie sich bei den Kosten auf die Summe von einer Viertelmillion Mark. Über diesen Betrag nahm Domitilla einen Kredit auf. Sie legte der Bank einen ausgearbeiteten Wirtschaftsplan vor und bürgte mit Haus und Hof.

Auch während der großen Bauphase trafen immerfort Kranke ein, sodass der Rohbau in Anspruch genommen werden musste. Domitilla machte Teile ihrer Räumlichkeiten frei und schlief in dieser Zeit oft in den Gängen der Krankenstationen. Ihr Mann arbeitete ebenfalls von morgens bis spät in die Nacht im landwirtschaftlichen Betrieb. Der Umbau dauerte von 1911 bis 1913 und endete mit der Fertigstellung der Hauskirche.

Um das anhaltende Wasserproblem zu lösen, wurde auf dem höchsten Gebäude ein Regenreservoir aufgestellt. Zudem trieb man im kleinen Innenhof ein Rohr fünfundsiebzig Meter in die Tiefe, um auf Wasser zu stoßen. Mehrere Male versandeten die Rohre, bis sie an der Stelle, an der sich heute der Brunnen befindet, Erfolg hatten.

Die idyllische Lage zwischen Edelkastanien und Weinbergen, die gute Luft und die Ruhe, all das sprach sich schnell herum, sodass nicht nur Kranke, sondern auch überarbeitete Geistliche hier Erholung suchten. Fortwährend erhöhte sich die Zahl der Schwestern, die sich dem Dienst an den Armen und der Nächstenliebe verschrieben hatten. In den Kellerräumen wurde eine Kneippanlage eingebaut, außerdem eine autarke Energieversorgung, für die Domitilla v. Maillot de la Treille selbst die Pläne entwarf.

Sr. M. Elisabeth schreibt, dass ihre Mutter und sie Dinge sahen, die den meisten Menschen verborgen blieben. Sie geht aber nicht näher auf diese »Dinge« ein. Ihre Mutter hatte es ihr untersagt, was ich gut verstehe, denn im Zusammenhang mit der autarken Energieversorgung konnte sie nur die zusätzliche Welt meinen. Und wie musste es erst damals gewesen sein, wenn einem heute noch bei Andeutungen in dieser Sache skeptische Blicke zufliegen. Jedenfalls bestätigt Sr. M. Elisabeth meinen Eindruck, als ich las, dass das Gebäude so positioniert wurde, um ein großes Loch, an dem ihre Mutter und sie sich oft aufhielten, darunter verschwinden zu lassen.

Sie können sich vorstellen, wie hellhörig ich an dieser Stelle des Buches wurde. Doch Sr. M. Elisabeth v. Maillot de la Treille hat Wort gehalten. Sie erwähnt nie die Magentatulpe, erzählt nur, was die Leute darüber tratschten, oder beschreibt das Erscheinungsbild ohne die zusätzliche Welt. Zum Beispiel umgab zu ihrer Kindheit noch keine Mauer die Stelle. Und weil schon fünf Männer mit Seilen versucht hatten, das Loch zu ergründen, aber niemals wieder auftauchten, bekam es in der Öffentlichkeit den Namen: das Loch der Verschwundenen. Man erzählte sich Geschichten über das Loch eines Vulkans oder eines, das bis zum Mittelpunkt der Erde reichte. Nachdem jedoch der Neubau darüber entstanden war, gerieten sie alle in Vergessenheit. Im Allgemeinen ging man sogar davon aus, dass das Loch verschlossen war.

Ich vermute, dass Domitilla v. Maillot de la Treille besorgt war, das Loch könnte zu viel Aufmerksamkeit bekommen – was sich gewiss nicht auf das Loch, aber auf das Umfeld ungünstig ausgewirkt hätte –, und deshalb das Haupthaus darauf platzierte. Sie war eine vielseitige Frau, mit vielen Talenten gesegnet, eine wahre Tausendsassin, gegenwärtig als Naturverbundene in der Landwirtschaft, als Herzensmensch in der Pflegestation, als Gründerin im kaufmännischen, als Erfinderin im architektonischen Bereich, sie war Seelsorgerin, Ehefrau, Mutter und Faszinierendes mehr, wie Sie bald erfahren werden. Überall, wo eine Lücke entstand, sprang sie kurzfristig ein; eine Gründerin, wie sie im Buche steht, zuständig und verantwortlich für alles. Sr. M. Elisabeth schreibt, ihre Mutter habe die Idee, mit dem Loch Strom zu erzeugen, bei dem Bild einer Getreidemühle gehabt, die von einem Wasserrad angetrieben wurde. So erstellte sie wieder einen Plan und ließ ihn während der großen Bauphase von einem Fachmann ausführen. Der war skeptisch, meinte, dass das bisschen Aufwind aus dem Loch niemals ausreichen würde, um die gesamte Anstalt mit Strom zu versorgen oder auch nur das Eisengestell anzutreiben. Aber Domitilla bestand darauf und entgegnete, er solle es nur funktionsfähig einbauen, um den Rest werde sich der Herr kümmern. Somit konnte sie die Kosten niedrig halten und den Kredit schneller tilgen.

Sie war klug, diese Domitilla v. Maillot de la Treille. Sie behielt das Wissen um die zusätzliche Welt für sich. Wie gesagt, halte ich das für gewöhnlich auch so. Seien Sie sich sicher, dass ich bis zum heutigen Tag niemals davon berichtet habe, außer denen, die sie selbst sehen. Aber ich erzähle Ihnen ja nicht einfach so darüber. Schließlich geht es um etwas, das es mir wert ist.

Ich saß mit dem Buch von Sr. M. Elisabeth v. Maillot de la Treille immer noch auf dem staubigen Boden im Obergeschoss des Ostgebäudes. Gelegentlich stand ich auf und streckte leise meine Glieder. Mittlerweile war es dreizehn Uhr durch, und ich konnte die Enden des Gangs erkennen. Links von mir schloss er an der Außenwand, und rechts erspähte ich eine Holztüre mit einer matten Glasscheibe. Das war jedoch nicht die Türe, die ich vom Hauptgebäude aus aufgesperrt hatte. Sie war nicht im Plan verzeichnet und wirkte schon aus der Ferne sehr unsolide. Bestimmt würde ich sie im Notfall ohne Weiteres aufbekommen, falls sie verschlossen wäre. Deshalb verzichtete ich darauf, den knarzenden Boden entlangzugehen und womöglich den weiß-schwarzen Riesen zu wecken, von dem ich immer noch nicht das Geringste hörte. Aber das war mir gegenwärtig gerade recht, denn ich wollte unbedingt mehr von meinem Kloster erfahren, vor allem wo ich nun wusste, dass Domitilla und ihre Tochter die zusätzliche Welt sehen konnten.

Elisabeth schreibt, dass die Schwestern nach der großen Bauphase sehr viel arbeiteten, dass die Stiftung gut angenommen wurde und stetig neue Ordensfrauen ihr Zuhause auf dem Liebfrauenberg fanden, um Kranke und Arme sowie Erholung suchende Geistliche aus dem ganzen Land zu versorgen. Als jedoch 1914 der Krieg ausbrach, gelangten alle an ihre körperlichen und geistigen Grenzen. Über die gesamten vier Kriegsjahre diente der Liebfrauenberg als Lazarett. Unablässig bangte Domitilla um das neu erbaute Haus. Insbesondere als es hieß, dass der Feind im Osten und Westen an den Grenzen stand, nutzte sie jede freie Minute, um zu beten, und wies auch die Schwestern an, jeden freien Augenblick Gebete für das Kloster in den Himmel zu schicken.

Am 29. November 1918 löste man das Lazarett auf. Der Liebfrauenberg verzeichnete eine Gesamtzahl der Verpflegten von 3514 Mann mit 133381 Pflegetagen. In Anerkennung ihres Dienstes erhielten die Ordensschwestern einige Auszeichnungen, darunter das König-Ludwig-Kreuz. Sie nahmen die Wertschätzung dankbar an, und zu einem gewissen Teil half sie ihnen, die zurückliegenden Jahre besser zu verarbeiten, aber über den mit verwundeten Leibern bemalten Bildern in ihrer Erinnerung brannte ein helles Licht.

Durch das Wegfallen der Verletzten verfügten die Schwestern über freie Zeit, die sie nutzten, um sich tiefer Gott zuzuwenden. Es war möglich, dass sie abwechselnd Exerzitien hielten, in denen sie fasteten, schwiegen und beteten, ohne die Kranken und Abgearbeiteten zu vernachlässigen. In Domitilla v. Maillot de la Treille brach die Sehnsucht nach Gott wieder derart aus, dass sie am Waldrand, nahe dem Westgebäude, eine fünfzehn Meter hohe Säule errichten ließ. Auf dieser verbrachte sie genau zwölf Mondzyklen, also etwa ein Jahr. Und nun konnten alle sehen, was einige schon ahnten und nur wenige wussten, schreibt Sr. M. Elisabeth. Dass ihre Mutter keine physische Nahrung zu sich nahm. So etwas kannten die Schwestern bisher nur aus Schriften, in denen von solchen Geistigen erzählt wurde.

Domitilla saß dort oben auf dem blanken Stein, auf einer Fläche von einem Quadratmeter. Aber nicht um zu zeigen, dass sie ohne Nahrung auskam, sondern weil etwas sie von innen her drängte, das sich nicht mehr mit Arbeit und dem Aufgehen in der Nächstenliebe unterdrücken ließ. Sie hatte genug von dem Elend der Welt, wollte nur noch mit Gott verschmelzen.

Hand aufs Herz. Suchen wir nicht alle Gott, uns selbst? Ist nicht das ganze Leben eine Suche nach Gott, nach uns selbst? Wollen wir nicht alle zurück in die Einheit? Ist die Liebe in uns nicht der Beweis dafür? In einem Lutscher, in einem Auto, in einem Partner, in einem Haus, in allem Möglichen suchen wir uns. Kann diese Suche jemals enden? Hat es je einen Menschen gegeben, in dem die Liebe aufhörte zu suchen, selbst wenn er sich den Tod herbeisehnte?

Entschuldigen Sie. Was ich eigentlich damit sagen möchte, ist, dass ich Domitillas Sehnsucht, mit Gott zu verschmelzen, für nichts Religiöses halte, sondern für etwas ganz Natürliches. Wie soll es in einer Welt der Polarität anders sein?

Jedenfalls musste ab diesem Zeitpunkt ihre Tochter die Stiftung leiten, denn ihr Vater stand damit in keinerlei Beziehung, und die Mutter antwortete nicht. So wie ich es herauslesen konnte, stellte dies für Elisabeth keine große Herausforderung dar. Mehrheitlich waren es sowieso Tätigkeiten, in die sie von ihrer Mutter eingewiesen worden war. Aber die Stiftung zu leiten war nicht das, was sie wollte. An mehreren Stellen in dem Buch erwähnt sie, dass sie ihre Mutter sehr gut verstand, dass sie vielleicht die Einzige war, die sie verstand. Sie hatte ebenso wenig Interesse am Weltlichen wie ihre Mutter und wollte am liebsten als Schwester ins Kloster eintreten.

Als Domitilla nach den zwölf Mondzyklen von der Säule stieg und wieder ihrer gewohnten Tätigkeit als Stiftsleiterin folgte, konnte Sr. M. Elisabeth ihren Wunsch verwirklichen und nach dem Noviziat ihre Gelübde ablegen. Dafür opferte sie sogar ihre zweijährige Liebe. Sie schreibt, dass ihr die Station St. Anna zugewiesen wurde, in der sie sowieso seit Anbeginn arbeitete. Darüber war sie sehr glücklich. Sie hatte die Schwachköpfe – wie sie ihre Pflegebedürftigen nannte – ins Herz geschlossen.

Sr. M. Elisabeth las gerne und viel. Ein weiterer Wunsch von ihr war, eine Druckerei zu gründen und das Land mit guter Lektüre zu versorgen. Domitilla gab ihr Einverständnis unter der Bedingung, die Druckwerke müssten mit der Stiftung harmonieren und die Kranken dürften nicht vernachlässigt werden. Nachdem sie zusammen die Details ausgearbeitet hatten, nutzte Sr. M. Elisabeth jede freie Minute und arbeitete bis in den frühen Morgen, um ihren Wunsch zu verwirklichen. Da sie nichts aß und sich zu den Mahlzeiten nie im Speisesaal einfand, sondern neuerdings während dieser Zeit auch noch mit Telefonaten und Briefen beschäftigt war, nahmen ihr dies einige Schwestern krumm. Die vorwurfsvollen Blicke setzten ihr auch wirklich zu, doch das Vorhaben fühlte sich für sie richtig an.

Als Sr. M. Elisabeth ihre Pläne fast umgesetzt hatte, brach trotz aller Bemühungen ein entscheidendes Zahnrad ab. Der Druckmaschinenbauer starb, und nirgendwo ließ sich jemand finden, der fähig war, den Torso fertigzustellen. Dennoch forderte sie die halb zusammengebaute Druckmaschine an. Sie konnte einen ordentlichen Nachlass aushandeln und bekam auch die restlichen Teile, die der Verstorbene schon hatte anfertigen lassen.

Ich erfuhr, dass die Anlage im Westgebäude errichtet wurde, wo jetzt meine Hübsche lebte. Sr. M. Elisabeth brütete dort jede Nacht darüber, wie sie die Maschine funktionstüchtig bekäme. Sie hatte alle losen Teile endlich eingesetzt, doch die Anlage wollte nicht anlaufen. Selbst ein Mechaniker aus dem Dorf winkte schnell ab. Während dieser Zeit waren ihre Hände und der weiß-blaue Habit nie ohne Ölspuren. Erst nach drei Monaten ergab sich die Lösung des Problems, als sie bei einem Nachmittagsspaziergang mit einem der Schwachköpfe einem spontanen Einfall nachgehen wollte. Dieser erwies sich zwar als Niete, doch der Schwachkopf, der die Maschine zuvor noch nie gesehen hatte, zeigte ihr ohne großes Tamtam, wo er einen Fehler sah. Sr. M. Elisabeth fiel dies zunächst gar nicht auf, weil das Mädchen für gewöhnlich immerfort auf etwas hinwies, von dem niemand wusste, was es meinte. Doch dank diesem Fingerzeig konnte Sr. M. Elisabeth die Anlage zum Laufen bringen. Zur Anerkennung wollte sie dem Schwachkopf die Ehre der ersten bedruckten Seiten erweisen. Aber als sie das Mädchen fragte, was sie denn gerne gedruckt haben möchte, gab diese Laute von sich, die niemand verstand, und zeigte wie eh und je auf Dinge, von denen keiner wusste, was damit sein sollte. Deshalb bedruckte Sr. M. Elisabeth hundert Testseiten mit folgendem Text: Die Maschine, die einzig und allein für den Druck wahrer Literatur und für die Verbreitung von Schriften christlicher Nächstenliebe angefertigt wurde, ist nun dank eines Schwachkopfs, welcher ausnahmsweise einmal verstanden wurde, bereit, ihren Dienst aufzunehmen. Diese Seiten schickte sie an die großen Diözesen,

Verlage und sogar an den Vatikan. Humor hatte sie, ohne Zweifel. Sr. M. Elisabeth begann eine monatlich erscheinende Zeitung namens Liebfrauenberger Sonnenaufgang herauszugeben. Zudem kamen Aufträge von Verlagen herein, sodass sich die Druckerei innerhalb weniger Jahre in ihren Kreisen einen Namen machen konnte. Nachdem sie jedoch ein Weihebuch für den Bischof von Ulm gedruckt und dieser zum ersten Mal daraus euphorisch die Messe gehalten hatte, verbreitete sich ihr Ruf. Jeder wollte aus einem Buch mit solch einer Ausstrahlungskraft lesen. Natürlich hatte Sr. M. Elisabeth Hilfe von einer Fachkraft aus einer renommierten Druckerei, die mit dem Handwerk vertraut war.

Ich fand es schon etwas eigenartig, dass das Buch, das ich in Händen hielt, in dem Gebäude gegenüber gedruckt worden war. Rein theoretisch, dachte ich mir, könnte ich meine Geschichten nun in der eigenen Druckerei drucken. Vom Gedanken bis zum fertigen Produkt aus einer Hand, sozusagen.

Mittlerweile war es nach fünfzehn Uhr, und von dem weiß-schwarzen Riesen drang immer noch kein Lebenszeichen zu mir herauf. Auf den letzten Seiten erzählt Sr. M. Elisabeth davon, wie ihre Mutter und sie sich ernährten oder besser gesagt: wie es bei ihnen ohne funktionierte. Ich las dies im Anschluss an ein paar leichte Meridian-Stretchings. Die Autorin verrät darin, welche körperlichen Veränderungen mit dem Verzicht auf Flüssigkeit einhergingen, was mich sehr wunderte, weil sie dadurch garantiert bei einem Großteil ihrer Leserschaft die Glaubwürdigkeit gänzlich verlor. Doch damit nicht genug, erwähnt sie sogar das über Jahrtausende gehütete Familiengeheimnis. Bis heute weiß ich nicht, was sie dazu wohl bewogen hat. Aber eines nach dem anderen.

Acht Monate – ich habe es mehrmals überprüft – nachdem Domitilla v. Maillot de la Treille von der Säule gestiegen war, kam sie im hohen Alter vermeintlich noch einmal in andere Umstände. Doch ihr Lebensalter und der Fakt, dass sie zu dieser Zeit, dem Buch zufolge, noch auf der Säule saß, war nicht allein der Grund, warum mir klar war, dass es nicht Domitillas Kind sein konnte. Nein, es ging aus den handgeschriebenen Briefen von Sr. M. Elisabeth hervor, die dem Buch beigelegt waren. In ihnen bittet sie ihre Mutter um Verzeihung dafür, dass sie ihr solch eine Last auferlegt hat. Sie schreibt es sich nach der Veröffentlichung des Buches von der Seele, als ihre Mutter längst dahingeschieden war. Den Briefen entnahm ich, dass ihr Herz in zwei Hälften geteilt war. Einerseits wollte sie jede freie Minute mit ihrem Kind verbringen und andererseits, wie ihre Mutter, sich von der Last des Körpers befreien, eins werden mit Gott, was sie mehr und mehr betrübte. Und aus reinem Pflichtbewusstsein gegenüber dem Familiengeheimnis – von dem ich gleich noch erzählen werde – trug sie als frischgebackene Nonne heimlich das Kind aus, das sie vor dem Ablegen ihrer Gelübde mit ihrem Lebensgefährten gezeugt hatte.

Eine gebündelte Konstellation, die Sr. M. Elisabeth in dieser Zeit erlebte. Die Leitung des Klosters, gefolgt von dem Eintritt in jenes, das Kind und die Druckerei, das alles ging nicht spurlos an ihr vorüber.

Die kleine Veronika wuchs also größtenteils bei Domitilla auf, die damit kein Problem hatte, selbst ihr Mann nicht. Vielmehr war es ihr Umfeld, das darin eine Unsittlichkeit sah, in ihrem hohen Alter noch ein Kind zu gebären. Die Lästereien hinter Domitillas Rücken schmerzten Sr. M. Elisabeth und entfachten Schuldgefühle in ihr.

Veronika hingegen erfuhr viel Herzenswärme in ihrem Lebenskreis. Sie durfte im Kloster herumtollen, wo es ihr lieb war, und wurde allerseits mit einem Lächeln begrüßt. Sie spielte und bastelte mit den Schwachköpfen und Kranken, machte sich in der Küche nützlich, bei der Weinlese, der Kartoffelernte, in der Bäckerei und in der Druckerei bei ihrer Mutter. Sie verbrachte viel Zeit bei Sr. M. Elisabeth. Spielerisch lernte sie jeden Winkel des Klosters kennen und wusste mit fünf Jahren mehr über das Kloster als die meisten Erwachsenen.

Dann starb Domitilla v. Maillot de la Treille. Tage zuvor schon wurde sie in ihrem Zimmer, das sie nicht mehr verließ, von vielen Schwestern, Kaplänen und Stiftshelfern besucht, die alle sehen konnten, was Domitilla offen aussprach. Dass sich das Wasser in ihren Organen immer mehr staute und ihr nur noch wenige Tage blieben.

Sowie die Gründerin meines neuen Zuhauses spürte, dass sich die Energie aus ihrem Körper zurückzog, rief sie zuerst Sr. M. Elisabeth und Veronika zu sich, um ihnen ans Herz zu legen, das Familiengeheimnis zu wahren und für Nachkommen Sorge zu tragen. Das legt Sr. M. Elisabeth im Buch offen. Anschließend bat Domitilla alle anderen in ihr Zimmer. Wer keinen Platz mehr fand, blieb an der Schwelle und vor der Türe stehen. Ihre letzten Worte waren: »Auflösung, Auflösung, beten, beten«, bevor ein Ruck sie durchfuhr und sie entseelt in die Kissen sank. Daraufhin beteten alle Anwesenden das Requiem aeternam. Domitilla v. Maillot de la Treille wurde in dem Kapellchen Maria Heil der Kranken vor dem Westtor nahe dem Wald begraben.

Damit endet das Buch. Die letzten Zeilen lauten: »Der Körper meiner Mutter, Domitilla v. Maillot de la Treille, war frei von der Folter der Nahrung. Er diente einzig und allein dem Liebfrauenberg, mehr als mit dem Auge sichtbar ist. Das ist die Bestimmung unserer Familie.«

Ich fragte mich, warum sie zum Schluss das Familiengeheimnis erwähnt. Natürlich aus dem Grund, weil alles geschieht, wie es geschehen soll. Aber mich interessierte, was sie damit bezwecken wollte. Vielleicht war es der Wunsch nach Anerkennung, der sie diese schweren und riskanten Andeutungen hinsichtlich des Familiengeheimnisses niederschreiben ließ. Ich kann es nur vermuten.

In den Briefen – wer auch immer sie in das Buch steckte – verrät sie sogar noch ein wenig mehr davon. Sie sind durchzogen von der Last des Familiengeheimnisses, das Domitilla keineswegs bedrückte, aber in Sr. M. Elisabeth ein Bündel aus Wut und Frust schnürte, das sie aufzufressen schien. Mehrmals erwähnt sie, wie geplagt ihre Familie mit dem Loch im Bauch sei, das ihnen die Seele raube, sie zu Marionetten mache und wofür sie von niemandem auf der Welt je Dank und Respekt erhielten. Auch werde dadurch die Welt keine Winzigkeit besser. Immer noch habe das Böse einen unermesslichen Platz darin, schreibt sie. Und sie sehe in der geheimen Familientradition keine Möglichkeit, dass das Gute jemals das Böse besiegen werde, dass sie am liebsten der Welt entschwinden, dem ganzen irdischen Dasein den Rücken kehren möchte, ob sie untergehe oder nicht, sei ihr einerlei. An dieser Stelle schreibt sie, dass sie aus der Familientradition ein für alle Mal ausreißen wolle. Doch es war ihr nicht bestimmt. Stattdessen trennte sie das Bündnis mit Gott und trat aus dem Kloster aus. Wie ihre Mutter stieg sie auf die fünfzehn Meter hohe Säule und verharrte dort ebenso zwölf Mondzyklen in Kontemplation, während Veronika die Leitung des Stifts übernahm. Sie spürte in sich einen Drang, mit allem zu brechen, allen voran mit ihrem Gott. Nichts bedeutete ihr noch etwas.

Leider war es mir nicht möglich, herauszulesen, was dieses Jahr auf der Säule in den beiden bewirkte. Die Verfasserin schreibt nur, ihr sei anschließend klar gewesen, dass sie nie aus der geheimen Familientradition ausreißen könne.

Ich mag keine Tratschtanten, aber ich hatte mir erhofft, von Sr. M. Elisabeth in diesem Punkt mehr zu erfahren, auch wenn sie schon viel zu viel verraten hatte, gerade über das Loch in ihrem Bauch, das sie, ihre Mutter und die Stammmütter davor an eine gewisse Aufgabe band, mit der sie sich wie eine Marionette vorkam.

Warum ich jedoch heiß auf Einzelheiten über diese geheime Familientradition war, erklärt sich dadurch, dass ich mit der Erwähnung des Bauchlochs zum ersten Mal ahnte, weshalb ich dieses Kloster gekauft hatte, denn auch wenn ich nicht aus dieser Familie hervorgehe, weise ich dennoch ein solches Loch im Bauch auf. Mir wurde klar, dass ich irgendwie in die Sache mit hineingezogen werde.

Vermutlich denken Sie: Jetzt hat er völlig den Verstand verloren. Ein Loch im Bauch. Wie soll das denn möglich sein? Doch so unvorstellbar ist das nicht. Denken Sie nur an die Ohrtunnel, die gerade im Trend liegen, oder an die des altägyptischen Königs Tutanchamun, der um 1300 vor Christus lebte. Afrikanische Stämme setzen sich riesige Teller in die Lippen und die brasilianischen Zoé-Indianer Pflöcke. Natürlich ist dieser Vergleich weit hergeholt, doch lassen Sie mich von einem Arzt erzählen, den ich aus Kindertagen kenne. Ich bekam einmal ein Gespräch mit, das er mit meinem Vater beim Abendessen führte. Irgendwie kamen sie auf das Thema: Löcher im Körper. Er erzählte, dass ihn schon drei ernst gemeinte Anfragen diesbezüglich erreicht hatten, mit der Bitte um ein medizinisches Urteil und einen Kostenvoranschlag. Darunter ein Bodybuilder, der mit einem Tunnelpiercing unterhalb des Bizeps seinen Oberarm verschönern wollte. Der Arzt meinte, dass dies aus chirurgischer Sicht keine große Herausforderung darstelle. So etwas sei sogar ohne bleibende körperliche Einschränkungen gut zu realisieren. Die anderen zwei Anfragen bekam er von Frauen, wobei eine vier Tunnelpiercings durch die rechte Hand wünschte, zwischen jede Sehne eines, sodass ihre langen Fingernägel beim Ballen der Faust am Handrücken herausschauen könnten. Man möchte meinen, dieses Bedürfnis sei an Bizarrheit nicht zu übertreffen, aber warten Sie, bis ich Ihnen von dem Anliegen der zweiten Frau erzählt habe. Sie hatte eben erst ihre Volljährigkeit erreicht, als sie den Chirurgen aufsuchte mit der Herzenssache, ein tennisballgroßes Loch direkt durch ihren Unterleib zu erhalten, wenn möglich zwischen Darmbein und Kreuzbein, um nicht die Hüfte zu beschädigen. Ihre Intention war, mit der Durchbohrung des Sakralchakras von ihrer ausgeprägten Libido erlöst zu werden. Was es nicht alles gibt, nicht wahr? Wir verzogen am Tisch allesamt das Gesicht, woraufhin sich der Arzt eher schmunzelnd als ernsthaft entschuldigte. Auf die Frage meines Vaters hin, ob dies auch so einfach zu operieren wäre – ich erinnere mich genau –, meinte er, in der Chirurgie sei heutzutage so gut wie kein Eingriff mehr unmöglich. Er würde es in allen drei Fällen sogar so ins Werk setzen können, dass kaum Narben zurückblieben. Doch würde kein Chirurg in unserem Land hierfür zum Schnitt ansetzen.

Halten wir also fest. Medizinisch gesehen ist ein Loch im Bauch kein Problem. Aber Sr. M. Elisabeth erwähnt nirgends auch nur mit einem Wort einen chirurgischen Eingriff. Weder bei ihrer Mutter, den Generationen davor oder ihr selbst. Ich war mir sogar ziemlich sicher, dass meine Hübsche auch über solch ein Loch in ihrem Bauch verfügte. Und zwar deshalb, weil sich nach einem erotischen Traum, in dem sie mir mit solch einem erschienen ist – von dem ich allerdings nicht mehr genau weiß, ob es nur ein sehr realer Traum war oder tatsächlich passierte –, in mir selbst eines entwickelte. Ich kann mir gut vorstellen, wie märchenhaft und viel zu weit hergeholt sich das für Sie anhören mag. Mir ginge es vermutlich ebenso. Erst was mit den eigenen Augen gesehen wird, erkennt man als wahr an. Deshalb trete ich später noch den Beweis an. Sie werden mir glauben müssen. Sie werden zu hundert Prozent wissen, dass ich Ihnen keine Lügenmärchen erzählt habe. Darauf gebe ich mein Wort. Nur eines kann ich nicht, darf ich nicht. Ich darf Sie nicht in die geheime Familientradition einweihen. Es ist nichts, was die breite Masse wissen soll. Ich würde dafür sofort mit dem Leben bezahlen. Doch nicht nur ich, Sie ebenso, und das muss doch nicht sein. Mit der Erwähnung des Bauchlochs bewege ich mich schon sehr nah an der Grenze, und ich erzähle Ihnen davon nur, weil Sr. M. Elisabeth es auch tat. Und wenn ich einmal dahinscheide, dann möchte ich friedlich gehen. So wie mein Opa im Schlaf und nicht laut schreiend, wie die Mitfahrer in seinem Auto. Nein, Spaß beiseite.

Ich habe noch ein klares Bild in meinem Gedächtnis, in dem die Abendsonne auf den Staubteppich im Gang des Ostgebäudes schien, auf dem ich seit den frühen Morgenstunden mit dem Rücken gegen die Wand gelehnt saß. Das ausgelesene Buch neben mir in der Hand wartete ich darauf, dass der weiß-schwarze Riese etwas unternahm. Ich fragte mich, wie weit die Verwicklung mit mir wohl zurückreichen mochte, denn, wie gesagt, ich wusste zu dem damaligen Zeitpunkt noch nichts Genaues über die geheime Familientradition. Davon erfuhr ich erst später in Gänze. Das Buch und die Briefe hinterließen in mir aber ein sicheres Gespür, dass es eine Verwicklung gab. Vielleicht war mein plötzlicher Geldsegen ein Teil dieser Sache oder womöglich sogar schon das Seminar bei meiner Hübschen, ich wusste es nicht, versuchte aber, im Geiste eine Verbindung zwischen den Schauplätzen zu assoziieren. Es kam mir so vor, als öffneten sich ein paar Fenster, durch die sich eine neue Wirklichkeit zeigte, die immer schon existierte, nur mir eben verborgen geblieben war. Zudem fühlte ich mich bewegungsunfähig. Ich musste warten, bis mir weitere Fenster mehr von der neuen Wirklichkeit zu sehen erlaubten. Ich wusste einmal mehr, dass dazu der Kontakt zu meiner Hübschen erforderlich war. Sie war meine Fensteröffnerin.

Das Telefon zeigte mir sechzehn Uhr dreißig an. Ich vermutete, dass sie eine halbe Stunde später ihre neunundzwanzig Runden im Innenhof drehen würde. Deswegen beschloss ich, die Überwachung für einen weiteren Annäherungsversuch zu unterbrechen. Dies barg natürlich das Risiko, nicht wieder ungesehen und sicher ins Ostgebäude zurückzugelangen oder etwas Wesentliches zu versäumen, doch der Bann des Buches hatte mich so sehr im Griff, dass mir die Entscheidung nicht schwerfiel. Ich wollte mehr über das Kloster, die geheime Familientradition wissen und darüber, wie ich darin verwickelt war; und natürlich auch über meine Hübsche. Ein bisschen kam ich mir vor wie Bastian, der Junge aus der Unendlichen Geschichte, der immer mehr ein Teil der Erzählung wurde.

Ich nahm mir vor, zwei Runden abzuwarten, um sie nicht zu überfallen, und dann hinauszuschleichen und zu versuchen, mich nicht wieder so leicht abwimmeln zu lassen. Aber erstens kommt es anders und zweitens, als man denkt.

Zehn Minuten bevor meine Hübsche ihre Runden begann, drangen von unten aus dem zum Innenhof liegenden Zimmer knarzende Laute herauf. Der weiß-schwarze

Riese war aus dem Dornröschenschlaf erwacht. Den Geräuschen nach ging er in seinem Gemach umher und hantierte mit etwas. Es hörte sich an, als werde Filterkaffee zubereitet, und tatsächlich dampfte mir wenige Minuten darauf der Geruch von Kaffee unter die Nase. Ein Duft, den ich gelegentlich gerne rieche.

Sowie das Smartphone mir mitteilte, dass meine Hübsche ihren Abendspaziergang begann, gab der weißschwarze Riese knurrende und jammernde Laute von sich. Als ob er Wut und Trauer zugleich verspürte.

Der Gang stand wieder im Dämmerlicht. Ich hätte zwar versuchen können, durch den Übergang in das Hauptgebäude zu gelangen und dann in den Innenhof, vielleicht war die Türe nicht verschlossen, dachte ich – daran, die Treppe nach unten zu nehmen, wagte ich nicht zu denken –, doch letztlich hielt ich an dem ursprünglichen Plan fest, den weiß-schwarzen Riesen zu beschatten, und nahm mir vor, gleich am Morgen darauf, wenn meine Hübsche ihren Morgenspaziergang beginnen würde, einen zweiten Annäherungsversuch ins Rollen zu bringen. Außerdem war mir nicht danach zumute, jemals wieder einen Fuß in das Gebäude zu setzen.

In regelmäßigen Abständen ertönte aus dem Zimmer des weiß-schwarzen Riesen sein wütendes Wehklagen. Ich konnte nicht eindeutig festmachen, ob er sich mehr nach einem Tier oder einem Menschen anhörte. Die Hauptsache war für mich, er blieb in diesem Zustand, wo er sich befand. Zur Sicherheit stand ich auf, damit ich schnellstmöglich die Flucht ergreifen konnte, falls nötig, und folgte meiner Hübschen auf dem Smartphone, wie sie eine

Runde nach der anderen auf den Boden blickend und nahe dem Stall Mund und Nase verdeckend dahinschritt. Während der dritten Umrundung des Lindenbaums fiel mir ein Rhythmus auf. Wenn sie an dem Zimmerfenster des weiß-schwarzen Riesen vorbeispazierte, drangen leise Knurrgeräusche herauf, und lief sie auf der gegenüberliegenden Seite des Innenhofs, wandelten sie sich zu Wehklagen. Als wolle er meine Hübsche, wenn sie in seine Nähe kam, gleich wie das Schwein unter den Arm packen und in das mittlere Zimmer verfrachten, und wenn sie sich von ihm entfernte, mit einem Klagelied davon abhalten, in das Westgebäude zu entschwinden. Ich war mir sicher, dass er sie vom Fenster aus beobachtete.

Als sie sich dann nach den neunundzwanzig Runden in ihre Räumlichkeit zurückzog, drehte der weiß-schwarze Riese völlig durch. Er kam aus dem Loch, stampfte durch den Gang zur Tür seines dritten Zimmers und marschierte wieder zurück. Wutentbrannt lief er diese Strecke hin und her. Dabei ging er mindestens ein Mal in die Beuge und boxte in die Luft zum Boden. Ich hätte ihn gerne über die Kamera beobachtet, aber ich durfte ihn auf keinen Fall aus den Augen lassen. In drei, vier Sätzen stünde er bei mir oben an der Treppe, dachte ich. Deshalb verfolgte ich aufgewühlt die Szene mit der Pistole in der Hand, vom Obergeschoss aus um die Ecke hinunterschielend. Falls er in seiner Rage die Klausel missachten würde, wollte ich die Flucht ergreifen, mich durch den Übergang in das Hauptgebäude retten und nur in höchster Not auf ihn schießen.

Seine Wut wollte schier nicht enden. Ohne zu ermüden, verschwand er gebückt in seinem Zimmer, schlug die Türe zu, stampfte mit den Füßen auf den Boden, dass mir oben an der Treppe noch die Sicht zitterte, riss die Tür wieder auf, und das Spiel begann von vorne. Aus dem Zimmer, das er offenbar hauptsächlich nutzte, leuchtete Kerzenschein in den dunklen Flur. Ebenso drang warme stickige Luft zu mir herauf, die in erster Linie nach Kaffee und faulen Eiern roch. Mit der freien Hand hielt ich mir den Jackenkragen vor die Nase und atmete flach, obwohl mein Herz hart gegen die Brust hämmerte. Dabei ließ ich das Untergeschoss nicht aus den Augen. Doch bald rang ich nach Luft und nahm mehrere tiefe Atemzüge, was mir ein Gräuel war.

Eine halbe Stunde muss er so herumgetobt sein. Mein Genick schmerzte schon. Ich fragte mich, ob er morgens und abends, wenn meine Hübsche im Innenhof spazieren ging, dies im gleichen Ausmaß vollzog oder ob es ihn einfach nur ärgerte, dass sie ihn in der Morgenstunde verraten hatte, um mich zu warnen.

Nachdem er die Fassung wiedergewonnen hatte, vernahm ich, wie brennendes Holz gegen Eisen krachte, und der Geruch von frisch entfachtem Feuer und altem Fett stieg zu mir herauf. Zwischenzeitlich saß ich wieder auf dem staubigen Boden im Dunkeln. Durch die marode Holztüre seines Zimmers bekam ich alles sehr gut mit. Fast jedes Geräusch konnte ich identifizieren. Zusammen mit dem, was ich durch das Fenster gesehen hatte, entstand hinter meinen Augenlidern eine bildhafte Vorstellung. Deshalb ahnte ich auch, was gleich auf mich zukommen würde. Der weiß-schwarze Riese schmiss Fleisch in heißes Öl. Ich sah förmlich, wie es um seine zwei Feuerstellen spritzte und dampfte. Etliche Male war ich kurz davor, die Überwachung abzubrechen. Sie müssen wissen, dass es für mich, seit ich nicht mehr esse, keinen unangenehmeren Geruch gibt als den von verbrannten, am Verwesen gehinderten Leichenteilen. Einen gleichwertigen ja, aber keinen übleren. Zumindest ist mir noch keiner unter die Nase gekommen. Ob sich das bei anderen, die nicht mehr essen, ebenso verhält, weiß ich nicht, nur dass es bei mir so ist. Bei dem Gedanken, dass sich diese Partikel in meinen Poren festsetzen und über die Lunge in meinen Blutkreislauf geraten, also in den Arterien und Venen in mir fließen, fröstelt und schüttelt es mich.

Jedenfalls hielt ich es auf dem Posten nicht mehr aus. Unmöglich. Mir stockte der Atem. Also rannte ich so leise wie möglich zu der Holztüre vor dem Übergang. Natürlich knarzte der Boden, aber es gelang mir, mich im Dunkeln dort hinzutasten, ohne dass der weiß-schwarze Riese mich bemerkte. Unerfreulicherweise war die Türe verschlossen. Doch wie ich schon vermutet hatte, wäre sie mit Leichtigkeit einzutreten gewesen, auch die Scheibe hätte ich durch leichtes Drücken unter Spannung bringen können. Ich wollte jedoch die Mission nicht leichtfertig hinschmeißen. Ich wollte wenigstens bis Mitternacht ausharren und in der Zeit, in der er mit der Standuhr beschäftigt war, seine Zimmer inspizieren und mit Kameras bestücken. Wollte ich in meinem Kloster in Ruhe leben, musste ich diese wenigen Stunden durchhalten, das war mir klar.

Nun saß ich zehn Meter weiter an die Türe gelehnt auf dem Boden und blickte in Richtung Treppenaufgang. Immer noch atmete ich den Bratgeruch Minute für Minute,

Stunde für Stunde in mich ein, wenngleich er mich nicht mehr so enorm malträtierte wie auf dem vorherigen Posten. Ich überlegte, etwas weiter vorne ein Fenster zu öffnen, damit der Gestank erst gar nicht bis zu mir ans Ende des Gangs drang, verwarf es jedoch als zu riskant. Was, wenn er einen ungewohnten Luftzug verspürte und ihm nachginge? Nein, ich musste die Zähne zusammenbeißen. Ich hoffte, der Jackenkragen werde die meisten Partikel filtern. Sie lachen wahrscheinlich, wenn ich Ihnen erzähle, dass ich meine Nase etliche Male vor den Türschlitz am Boden hielt, um einen halbwegs reinen Atemzug zu erhaschen. Und Hand aufs Herz: Am Bratgeruch wird vielleicht geschnuppert, er gehört jedoch nicht zu jenen Düften, wie sie beispielsweise eine Blume verströmt, denen der Zutritt tief in die Lungenflügel gewährt wird.

Wie auch immer. Wenn ich die Türe aufgebrochen hätte, wäre ich aufgeflogen und hätte mich um die Reparatur kümmern müssen. Der Weg über die knirschende Treppe in den Innenhof hätte mich ebenfalls entlarvt, vielleicht wären wir uns dabei sogar begegnet. Zudem hätte in beiden Fällen die Mission ein Ende genommen, und alles Bemühen und Standhalten wäre für die Katz gewesen. Deshalb verbrachte ich die Zeit bis Mitternacht, die sich, wie in solchen Situationen üblich, im Schneckentempo bewegte, mit den Kameraaufzeichnungen und meinen Überlegungen. Zuerst sah ich mir die Aufzeichnungen von der Kamera unter der Treppe an. Während der weiß-schwarze Riese darin außer sich mit wehender Körperbehaarung von Zimmer zu Zimmer lief und albern in Richtung Boden vor sich in die Luft boxte, gewährte mir die Kameraausrichtung Einsicht in den vorderen Teil seines Wohnraums. Ich sah sein zusammengenageltes Bett unter dem Fenster und die Küchenzeile, auf der eine stattliche Kerze brannte. Anschließend durchforstete ich die Aufzeichnungen der damaligen Nacht. Aus allen möglichen Blickrichtungen sah ich mir dabei zu, wie ich den Hocker aus dem Stall holte, auf ihn stieg und in das Zimmer des weiß-schwarzen Riesen lugte. Ich sah, wie er in dem Spalt des geöffneten Stalltors erschien und mich beobachtete, sah, wie bei meiner Hübschen die Türe aufging und sie ihn und mich beobachtete. Ein einziges Beobachtungs-Triell.

Ich fragte mich, ob sie ebenso wie ich nur diese eine Stunde zwischen zwei und drei Uhr schlief und deshalb wach war. Hatte sie zufällig aus dem Fenster geschaut, oder wusste sie, was ich vorhatte? Vielleicht offenbart sich jemandem, der jahrelang keine Nahrung zu sich nimmt, ungeahntes Potenzial, dachte ich, so wie bei meinem Teefreund Sergej, der schon seit Jahren nichts mehr isst, wodurch ihm nicht nur die Sicht der zusätzlichen Welt zuteilgeworden ist, sondern auch die Fähigkeit, Gedanken zu sehen.

Jedenfalls war mir klar, dass meine Hübsche beabsichtigte, mich zu warnen. Mit anderen Worten: Ihr lag etwas an mir. Sie brachte sich dafür sogar in Gefahr. Als der weiß-schwarze Riese in ihre Richtung boxte, blieb sie nicht stehen, sondern ging zügig in ihr Zimmer. Zumindest schneller als bei ihren Hofrunden. Sie machte so kleine Schritte, dass ihre Füße nie aus dem bodenlangen Kleid hervorschauten. In den Aufzeichnungen wirkte dies, als schwebe sie über dem Boden.

Anschließend sah ich mir meine Hübsche in älteren Aufnahmen etwas genauer an, was in mir wieder das Bedürfnis hervorrief, ihr in irgendeiner Weise zu helfen. Einmal mehr wollte ich sie am folgenden Morgen ansprechen. Nachdem der weiß-schwarze Riese so geräuschvoll gegessen hatte, dass ich es am Ende des Gangs noch hören konnte, wurde es wieder still. Ich vermutete, dass er erneut schlief.

Die restliche Zeit bis Mitternacht verbrachte ich mit Überlegungen, wie ich mein Geld in nutzbares Geld verwandeln könnte. Aber es wollte mir partout keine Idee einfallen.

Als es dann endlich kurz vor vierundzwanzig Uhr war, schlich ich mich auf dem knarzenden Boden zum Treppenabgang und wartete, bis der weiß-schwarze Riese aus dem Zimmer kam. Auch wenn sich der Bratgeruch etwas gelegt hatte, stank es immer noch widerlich. Bei der Vorstellung, gleich in die Nähe der Ursache zu treten, dichteten sich in mir imaginär alle Körperöffnungen hermetisch ab.

Die Kameras hatte ich so weit alle gerichtet. Schrauben und Schraubendreher für eine eventuelle Montage steckten in der Gesäßtasche. Ich war bereit, es hinter mich zu bringen.

Fünf Minuten vor Mitternacht öffnete sich im Erdgeschoss die Türe. Mit dem weiß-schwarzen Riesen trat ein bestialisches Bündel an Gestank heraus, der mich schier überwältigte. Aber die Befürchtung, dass mich dieses Kraftpaket entdecken könnte, hielt mich fokussiert. Er schritt in sein anderes Zimmer, aus dem ich hörte, wie er Holzstufen hinunterstieg. Da hat er doch tatsächlich einen eigenen Zugang zum Hauptgebäude, dachte ich und schlich so schnell wie möglich auf Zehenspitzen die Treppe hinunter. Mir blieben allerhöchstens sechs Minuten, dann musste ich aus dem Gebäude verschwunden sein. Ich drückte mit dem Zeigefinger die Klinke nach unten und trat in sein Zimmer ein, während er sich in meinen Räumlichkeiten aufhielt. Auf dem Esstisch und in der Küchenzeile rann das Wachs von den Kerzen ungehindert auf das Holz. Ich blickte mich rasch um, denn die Zeit lief, und in dem Raum war es so stickig, dass ich die Atemluft als Widerstand wahrnahm. Hinter dem Esstisch, wo sich auf dem Büffet staubiges Geschirr stapelte, stellte ich dazwischen die größere der beiden Kameras, die mit der guten Auflösung und dem Mikrofon. Sie war weiß, fiel kaum auf und hatte fast den gesamten Raum im Blick. Zudem ersparte ich mir eine Wandmontage.

Anschließend öffnete ich wider Willen die Türe daneben, die in das mittlere Zimmer führt. Ein Schwarm Fliegen schoss mir am Kopf vorbei, sodass ich nicht allein von dem Gestank verwesender und geräucherter Tierteile zurückschreckte. Auf dem zwei Meter langen Tisch lagen immer noch Körperteile des Ferkels.

Es schüttelt mich aufs Neue, wenn ich davon erzähle. Bitte entschuldigen Sie, dass ich überhaupt über so etwas berichte. Selbstverständlich werde ich Ihnen die Details ersparen und schildere ihnen nur so viel, dass Sie sich ein umfassendes Bild machen können. Ich habe es ja nicht einmal geschafft, einen Fuß in diesen Raum zu setzen. Mit Müh und Not zwang ich mich, meinen Kopf mit angehaltenem Atem und zusammengekniffenen Augen für zwei Sekunden hineinzustecken. Eine Sekunde blickte ich nach links, die andere nach rechts und ließ sofort die Türe zurück ins Schloss fallen. Von der Decke hingen an die fünfzig mehr schlecht als recht am Verwesen gehinderte Leichenteile samt Hufen und solche Sachen herab. Ein weiß gefliestes Becken und Gerätschaften wie Hackebeil, Säge und Dutzende Messer lagen ungesäubert herum. Mit weiteren Details möchte ich Sie nun aber nicht mehr belasten.

Während ich mich in seinen Räumen aufhielt, vibrierte mein Smartphone unablässig. Ein Blick darauf verriet mir, dass ich noch etwa eineinhalb Minuten Zeit hatte, bis der weiß-schwarze Riese eintreffen würde.

Geschwind schaute ich mich weiter um. Die Küchenzeile mit den zwei Feuerstellen sah aus, als hätte sich eine Horde Kerle aus einem Western ein Mahl zubereitet. Gegenüber dem Büffet flackerte Feuer im Schwedenofen. Auf dem Fenstersims lagen Kugelschreiber, Aschenbecher und bayrische Spielkarten ausgeblichen und mit einer Staub- und Fettschicht überzogen wild durcheinander. Die hatte sicher seit Jahren keiner mehr angerührt. Dort legte ich eine kleine Würfelkamera dazu, direkt neben den Aschenbecher. Nichts Hochwertiges, aber versehen mit Nachtsicht und Bewegungsmelder genügte sie, um den überschaubaren Bereich abzudecken, den die andere Kamera nicht erfasste.

Ich versuchte, einen Blick in den Innenhof zu werfen, nahm aber nur das im Kerzenschein leuchtende Zimmer wahr und den Gedanken, dass meine Hübsche mich von ihrem Fenster aus beobachten könnte. Doch ich hatte keine Zeit, mich damit zu befassen, denn das Handy zeigte null Uhr an.

Der weiß-schwarze Riese schloss also gegenwärtig das Glastürchen der Standuhr und machte sich auf den Weg. Aber ich wollte mir noch schnell ein Bild von dem dritten Zimmer machen, deshalb rannte ich im Halbdunkel durch den Flur und leuchtete mit dem Handy, auf dem sich die Mitteilungen überschlugen, hinein. Tatsächlich entdeckte ich in diesem Raum einen Treppenabgang, der nicht in dem Bauplan verzeichnet ist und wie ein Provisorium auf mich wirkte. Aus ihm drangen der mir bekannte Geruch feuchter Mauern und die hallenden Schritte des weiß-schwarzen Riesen. Hektisch kramte ich eine weitere Würfelkamera aus dem Rucksack und platzierte sie in der hintersten Ecke. Und weil dieser Raum direkt mit meinem Hauptgebäude verbunden ist, stellte ich zur Sicherheit einen Bewegungsmelder hinter die Türe, dessen Batterien im Gegensatz zu der kleinen Kamera bei häuslichem Gebrauch ein Jahr halten sollten. Das galt wohl auch für ein Kloster, dachte ich. So würde ich über ein Jahr hinweg, wenn auch keine Bilder, wenigstens eine Mitteilung erhalten, sobald er in den Keller hinabstieg, ohne mich noch einmal in seine Gegenwart begeben zu müssen. Vor allem wenn ich in die Nähe des Gatters müsste, um Brennholz zu besorgen, wäre dieser Bewegungsmelder eine gute Unterstützung.

Vom Gatter bis zu dem Treppenprovisorium sind es zehn Meter. Als ich es quietschen hörte, brachte ich die Türe in ihre ursprüngliche Stellung, tappte unter Herzrasen zum Eingang und trat die zwei Stufen in den Hof hinaus.

Endlich war es vorbei. Ich füllte meine Lungen mit der kalten Winterluft, wollte durch sie so schnell wie möglich die widerliche Luft ersetzen, die ich über die Stunden davor hatte einatmen müssen. Durch die Nase sog ich sie tief ein und blies aus dem Mund helle Nebelschwaden in die Nacht. Sie trübten mir die Sicht auf das Fenster meiner Hübschen. Auf der Blumeninsel unter der Linde fiel mir ein Lavendelstrauch auf. Ich knickte einen Zweig davon ab und ging damit zum Eingang des Hauptgebäudes. Dort legte ich den Rucksack ab, leerte die Taschen und entkleidete mich vollständig. Frierend tappte ich mit dem Lavendelzweig, dem Smartphone und der Pistole durch den Korridor zur Station St. Klara. Bei meinem Rundgang vier Tage zuvor hatte ich dort ein Badezimmer mit einer Wanne gesehen. Ich wusch sie gründlich aus und drückte den Stöpsel in den Ablauf. Dabei dachte ich daran, dass ich mich ewig schon nicht mehr gebadet oder geduscht hatte. Seit ich nicht mehr esse, empfinde ich dies auch nicht als notwendig. Mein Körper gibt keinen unangenehmen Duft von sich. Ich weiß, das hört sich für Sie zweifelhaft an, aber ich lege hohen Wert auf Reinlichkeit. Es ist einfach ein Faktum, dass der Körper, wenn ihm keine Nahrung zugeführt wird, nur sehr selten, zum Beispiel in emotionalen Situationen oder eben wie in jener Nacht, wenn die Umstände es bedingen, üble Gerüche verbreitet.

Ich legte die Pistole griffbereit neben die Wanne, stieg ins Badewasser und schloss die Augen. Die Ereignisse des letzten Tages waren so aufwühlend, dass mir für circa eine halbe Stunde Bilder und Szenen davon erschienen. Der weiß-schwarze Riese und seine Zimmer, der Schlachttisch, die herabhängenden Tierteile, das Buch von Sr. M. Elisabeth über ihre Mutter, das Kloster und die geheime Familientradition, in die ich irgendwie verwickelt schien, die Hübsche, wie sie warnend zum Stalltor zeigte, die Pistole, die nervenden vibrierenden Mitteilungen in der Hosentasche, all das lief wie eine Diaschau hinter meinen Augenlidern ab. Als sie verblichen, rieb ich mich mit dem Lavendelzweig ab. Ob mich das von dem Gestank befreien würde, wusste ich nicht, auch hatte ich dies noch nie zuvor so getan, es kam mir in den Sinn, und ich tat es einfach. Anschließend zog ich den Stöpsel und brauste das schmutzige Wasser von mir ab. Erst jetzt bemerkte ich, dass ich kein Handtuch parat hatte, deshalb lief ich nach oben in meine Zipfelmütze und zog eines aus dem Karton. Ich kleidete mich neu ein und ging entlang den nassen Fußspuren zurück. Dann entleerte ich den Rucksack, steckte das stinkende Gewand mitsamt den nahezu neuen Turnschuhen hinein und warf alles in den Müll.

Als das getan war, freute ich mich auf eine wärmende Tasse Tee. Dafür schaltete ich den Carrera-Wasserkocher auf hundert Grad, gab einen gehäuften Teelöffel Makaibari SF in einen Papierfilter und ließ ihn in der Teeschale zwei Minuten zehn ziehen. An meinem gewohnten Platz an der langen Tafel wartete ich die Zeit ab. Meine Haut roch immer noch nach dem Bratgeruch, gemischt mit Lavendel. Beides empfand ich als störend. Ich mag es nicht, wenn der Körper nach etwas riecht. Ich habe es gerne, wenn er nach sich selbst riecht, kaum wahrnehmbar und fast schon mit einem Empfinden zu verwechseln. Außerdem fühlte ich mich ungewohnt energielos.

Als der Handytimer Je t'aime anspielte, zog ich den heißen Teebeutel aus der Schale, drückte das Teewasser aus ihm heraus und legte ihn auf einen Teller neben der Pistole. Dort riss ich ihn auf und beugte mich darüber. Nur wer schon einmal qualitativ hochwertigen Tee getrunken hat, also keine Infusion oder Beutel mit gehäckseltem Verschnitt, sondern richtigen Tee, in dem man noch das Blatt des Teebaums erkennt, der kann nachempfinden, wie wohltuend das duftet.

Ich nehme an, dass hier oben bei Ihnen auch viel Tee getrunken wird. Ich habe einen sehr feinen mitgebracht. Vielleicht können wir im Anschluss ein Teekränzchen halten. Zwar kann man erst mit drei Personen einen richtigen Kranz bilden, aber bleiben wir bei der einfachen Sprache. Dabei fällt mir eine Anekdote meines Teefreunds Sergej ein. Er ist viel beruflich in der Welt herumgekommen und wurde deswegen einmal gefragt, was eigentlich der Unterschied zwischen Engländer, Iren und Schotten sei. Er erklärte es mit einem kleinen Teeschwank. Er meinte, wenn Sie in England beim Teekränzchen um Zucker bitten, so wird Ihnen die Hausfrau ein besonders kleines Stück aus der Dose reichen. In Irland wird sie Ihnen die Dose hinstrecken und Sie bitten, sich zu bedienen. Und äußern Sie sich in Schottland, dass der Tee nicht süß genug ist, wird die Hausfrau sagen: Sie haben sicher nur noch nicht umgerührt.

Na ja, ich will meinen Bericht nicht in die Länge ziehen. Vermutlich werde ich sowieso über Nacht bleiben müssen.

Wie schon gesagt, genieße ich den Tee mit allen Sinnen und meistens alleine, sodass man nicht von einem

Teekränzchen sprechen kann, sondern eher von einem Teepünktchen. Doch in dieser Nacht kam ich nicht in die übliche Stimmung. Ich fühlte mich zusehends unwohler. Die Nase schloss sich, und jeder Schluck Tee schmerzte im Hals.

Nachdem ich meinen Makaibari SF ausgetrunken hatte, ließ ich das Geschirr stehen, ging hinauf in den Leuchtturm, legte das Handy auf den Schreibtisch und stieg im Dunkeln die Leiter in die Zipfelmütze nach oben. Dort schlüpfte ich angezogen ins Bett und schlief zu meiner gewohnten Zeit mit der Pistole neben mir ein. Allerdings wachte ich nicht um drei Uhr wieder auf, sondern wurde dreieinhalb Stunden später durch das Vibrieren des Handys geweckt.

Der Ort, der für das Gleichgewicht von Gut und Böse sorgt

Bis dahin hatte ich seit gut einem Jahr stets nur diese eine Stunde geschlafen; zwar bin ich, wie gesagt, einmal nach dem Einrichten des Leuchtturms für eine halbe Stunde eingenickt und hatte einen Monat zuvor durchgemacht, aber dass ich so lange schlief, war ungewöhnlich.

Ich ging zuerst davon aus, dass es zwischen zwei und drei Uhr war. Deshalb eilte ich mit der Pistole die Treppe hinunter, denn wenn nicht irgendein Tier einen Bewegungsmelder im Innenhof ausgelöst hatte, konnte nur meine Hübsche oder der weiß-schwarze Riese zu dieser ungewohnten Zeit aktiv sein. Womöglich hatte er eine der Kameras in seinem Zimmer entdeckt und war zornig gestimmt auf dem Weg zu mir. Ich dachte auch daran, demnächst ein Licht in der Zipfelmütze zu installieren, bevor ich noch irgendwann die Leiter hinabsauste.

Als ich dann aber die Menge der Mitteilungen sah, die allesamt Bewegungen im großen Innenhof anzeigten, und am Bildschirmrand sechs Uhr dreißig stand, war ich mir sicher, dass meine Hübsche wieder ihren Spaziergang unternahm, was die Kameraübertragungen bestätigten. Wie auch die letzten Male folgte sie ihrer gewohnten Spur um die Blumeninsel. Die hellen Nachtsichtbilder deuteten darauf hin, dass das Licht der Sonne schon ein wenig den Horizont erreichte. Ich schaute zum Ostfenster hinaus, wo ich durch die beschlagene Scheibe einen rosafarbenen Lichtstreifen ausmachen konnte. Fast alle Fenster im Kloster laufen, wenn es kühler wird, nachts an, und es bilden sich im Winter darauf nicht selten Eisrosen, die bis in den Mittag hinein oder länger in Blüte stehen.

So richtig vital wie nach meiner üblichen Stunde Schlaf fühlte ich mich jedoch nicht. Außerdem hatten sich die Symptome in Mund und Nase nicht gebessert. Trotzdem eilte ich die Leiter hinauf, zog mir eine Jacke über und flitzte durch den Korridor in den großen Innenhof. Vermutlich vermisste ich das Vibrieren in der Hosentasche, denn am Haupteingang bemerkte ich, dass ich das Handy auf dem Schreibtisch liegen gelassen hatte und auch die Pistole. Doch ich lief nicht zurück, sondern zog den Reißverschluss bis unter das Kinn zu und wartete, bis sie bei mir vorbeikam. In dem Durchgang wehte ein kalter Wind, der mir unter die weiße Jeans fuhr. Ich bemerkte den Impuls, Siri nach der Temperatur auf meinem damaligen Balkon zu fragen. Für den Temperatursensor einen passenden Platz auszusuchen, setzte ich ebenso wie die

Lichtinstallation in der Zipfelmütze auf meine imaginäre Liste in die Rubrik »kann warten«.

Dann erschien sie auf einmal vor dem Durchgang. Mit ihren kleinen Schritten schwebte sie vorbei. Ich wusste nicht, wie ich sie ansprechen sollte, deshalb räusperte ich mich schnell, ehe sie sich wieder entfernte und ich eine weitere Hofrunde lang warten musste. Zu meiner Verwunderung blieb meine Hübsche stehen und fragte mich freundlich, ob ich schon ausgeschlafen hätte. So wie sie es formulierte, wie sie zu mir rübersah, ihre graziöse Haltung annahm, mit geradem Rücken und entspannt herabhängenden Armen, erinnerte sie mich sogar wieder an meine Hübsche aus dem Seminar. Ich ging auf sie zu, bedankte mich für die Nachfrage, sagte, dass ich viel zu lange geschlafen hatte und dass ich vermutete, mir etwas eingefangen zu haben, weshalb es wohl besser wäre, wenn ich ihr nicht zu nahe käme. Während ich sprach, sah sie immer wieder neben meinen Kopf und meinte, nachdem ich fertig geredet hatte, ich müsse keine Rücksicht nehmen, da es sich um nichts Ansteckendes handle. Außerdem fragte sie mich, ob ich ihr beim Spaziergang Gesellschaft leisten wolle, worauf ich erstaunt, aber begeistert einwilligte. Ich bemerkte, wie sich ihre Ausdrucksweise meiner anpasste. Es klang etwas übertrieben freundlich. Ebenso fühlte es sich seltsam an, wie ich mich ihren kleinen Schritten fügte.

Wir gingen nebeneinander am Hauptgebäude entlang auf ihre Türe zu. Dabei fragte sie, ob ich den Liebfrauenberg gekauft habe, was ich mit einem Lächeln bejahte. Sie erkundigte sich nach dem Preis, und als ich ihn ihr

nannte, bemerkte ich, dass sich in ihrem Gesicht ein ...
ja, Schmunzeln wäre übertrieben, aber ihre Mundwinkel
zuckten erfreut, als sie sagte:»Guter Preis.«

Anschließend wollte sie wissen, ob der Russe unverrich-
teter Dinge ausgezogen sei. Mir war nicht genau klar, was
sie damit meinte, deswegen fragte ich nach, ob sie dabei an
die Pferderennstrecke denke.

»Ja, und an alles was dafür nötig ist«, antwortete sie in
einer sehr angenehmen Sprechweise.

»So gut kenne ich das Kloster natürlich noch nicht«,
sagte ich, »doch zu meiner Zufriedenheit scheint er zu
nichts gekommen zu sein. Alles macht auf mich den Eindruck, als wäre es schon immer so gewesen.«

Sie lächelte wie jemand, der sich nach etwas erkundigt,
wobei er die Antwort bereits ahnt und sich bestätigt fühlt.

Darüber sei sie sehr glücklich, meinte sie. Und ich sah,
dass sie nicht log.

Als wir uns dem Stall näherten, hob sich meine Hübsche
ihren weißen Handschuh vor die Atemwege, und ich zog
den Jackenkragen über die Nase. Da sie rechts von mir
ging und ich somit dichter am Stall entlangschritt, nutzte
ich die Gelegenheit als Vorwand, um ihr etwas näher zu
kommen; so weit, dass wir uns fast berührten. Ich hatte
nicht den Eindruck, dass sie dies als zu aufdringlich empfand. Sie erhöhte zwar das Tempo, aber das tat sie am Stall
generell.

Am Fenster des weiß-schwarzen Riesen versuchte ich,
drinnen etwas auszumachen, doch es war noch zu dunkel,
und die Sonne ging hinter dem Gebäude auf, sodass ich
nicht einmal die Umrisse der Möbel und Wände erkennen

konnte. Ein Knurren, Jammern oder Brüllen drang eben-falls nicht heraus.

Sowie wir unsere erste gemeinsame Runde beendet hat-ten und wieder am Hauptgebäude vorbeispazierten, eröff-nete meine Hübsche erneut das Gespräch.

»Du warst gestern bei ihm?«, fragte sie mit einem fest-stellenden Unterton.

»Hast du mich gesehen?«

»Du riechst danach«, sagte sie, ohne dabei despektierlich zu klingen.

»Ja, stimmt«, bestätigte ich, und es war mir wirklich un-angenehm, gleich beim ersten Gespräch so zu stinken. »Ich hoffe, ich bin den fürchterlichen Geruch bald los. Mir ist noch nichts Widerlicheres unter die Nase gekommen.«

Sie stimmte mir zu, meinte mit einem Nicken zum Stall, dies sei schon schlimm genug, doch verbranntes Fleisch einfach nur unerträglich.

Zunächst wollte ich weiter auf den weiß-schwarzen Rie-sen eingehen, aber ich hatte das Bedürfnis, ihr anzubieten, dass sie ihre Spaziergänge auch gerne anderswo auf dem Grundstück unternehmen könne, wo immer es ihr lieb war, an einem Ort, an dem es nicht so stank. Ich sagte, von mir aus müsse sie die Klausel nicht beachten.

Mit einem selbstbewussten Lächeln bedankte sie sich und meinte, das sei nett von mir und sie werde darüber nachdenken.

Bis wir wieder in die Nähe des Stalls gelangten, er-zählte ich ihr, dass ich im April letzten Jahres ihr Seminar hier im Kloster besucht hatte und dass ich seither nicht mehr aß. Allerdings erwähnte ich nicht, dass ich dafür ihr

Wischiwaschimischimaschi-Konzept nicht verwendete. Auf keinen Fall wollte ich zwischen uns eine Distanz schaffen, sondern mir zuerst einmal anhören, wo sie stand, und dann weitersehen. Seit wir uns unterhielten, war ich mir sowieso nicht mehr so sicher, ob sie überhaupt Hilfe benötigte. Zwar wirkte sie schon etwas abgemagert, aber lebendig und voll bei der Sache. Nicht so zerstreut und geistig abwesend wie die Tage zuvor bei ihren Spaziergängen. So ganz traute ich der Harmonie jedoch nicht.

Jedenfalls hielten wir uns, so gut es ging, die Atemwege zu, bis wir an dem Fenster des weiß-schwarzen Riesen vorbei waren. Das dauerte fast eine halbe Hofrunde. Anschließend erzählte ich weiter. Vor allem um herauszuhören, wie sie darüber dachte. Ich sagte, dass ich auf das Teetrinken nicht verzichten könne. Auch wenn es mir den Magen dabei reize, könne ich mich von der Vorliebe nicht trennen und sehe überdies gar keinen Grund dafür.

Sie erinnere sich noch sehr gut an mich, versicherte sie mir, und ich solle sie mir nicht so zu Herzen nehmen, meine Teesucht. Manche Probleme lösten sich nicht von heute auf morgen.

Daraufhin entgegnete ich, dass mir das Teetrinken Freude bereite und ich nicht vorhabe, etwas aufzulösen.

»Sagte der Alkoholiker und nahm einen Schluck aus der Flasche«, sagte sie ernsthaft, worüber ich prompt lachen musste.

Ich hatte keine Lust auf eine spirituelle Unterhaltung dieser Art, deshalb ließ ich das Gespräch ins Leere laufen.

Ihre letzten paar Sätze verrieten mir aber zu meinem Bedauern, dass sie immer noch ihrem Konzept anhaftete.

Sie sah sich immer noch als jemand, der sich von seinem Körper befreien, aus ihm ausbrechen wollte, ja gedachte, ihn transzendieren zu müssen. Und Teetrinken ist in ihren Augen eine Fessel an den Körper. Darüber hinaus gehört meine Hübsche nicht zu jenen, die etwas aus einem Trend heraus ausüben, nein, wenn sie von einer Sache erfasst wird, dann mit Haut und Haar, bis zum Ende.

Ich erkundigte mich nach ihrem Mann und den Kindern. Mit wehmütiger Stimme erzählte sie mir ungehemmt, dass sie vor einem Jahr an einem Punkt angelangt war, an dem sie nicht mehr konnte, dass sie Zeit für sich benötigte, dass sie alle Termine absagten und sich vorübergehend trennten. Sie einigten sich darauf, dass er die Kinder mitnahm.

Und da fiel es mir wie Schuppen von den Augen. Es war dieselbe Leidensgeschichte wie bei der Gründerin Domitilla v. Maillot de la Treille und ihrer Tochter Sr. M. Elisabeth. Von der Tochter Sr. M. Elisabeths, Veronika, wusste ich nur, dass sie auch das Kloster leitete, doch ich zählte eins und eins zusammen. Dabei hatte ich zwar die Jahreszahlen nicht im Kopf, war mir nichtsdestoweniger meiner Voraussicht ziemlich sicher. Wenn sich mein Verdacht erhärtete, dachte ich, dann war meine Hübsche die Tochter von Veronika, sprich: Sophia v. Maillot de la Treille. Denn wenn sie früher schon ihren Familiennamen beibehalten hatten, so in der heutigen Zeit ganz gewiss. Es konnte nicht anders sein. Ihre Lebensläufe zeigten dieselben Muster, sie alle hatten genug von ihrem Menschsein, wollten es transzendieren und gaben alles dafür, sogar ihre Kinder. Sie alle trugen eine Art Weltekel in sich. Bei Veronika wusste ich es nicht, aber bei ihrer Mutter und Großmutter konnte ich es eindeutig aus dem Buch herauslesen, und bei meiner Hübschen lag es auf der Hand.

Die Gemeinsamkeiten beschränkten sich jedoch nicht auf ihre Weltabgewandtheit, sondern: Sie aßen alle nicht, hatten das Loch im Bauch und lebten als Frauen an dem Ort, den ich gekauft habe. Ich war überzeugt, dass die Jahrgänge eine Einheit bildeten. Es war einfach zu offensichtlich. Alles passte zusammen und offenbarte sich mir mit einem Mal wie die letzten Zahlen eines Sudokus, als ich die Intension hinter den Worten meiner Hübschen spürte. Es war dieselbe Energie, die ich aus dem Buch und den Briefen darin herausgelesen hatte.

Ihr Fokus lag stark auf dem Leid der Welt oder deren Sinnlosigkeit. Natürlich suchten sie nach einem Ausweg. Wenn nicht gesehen werden kann, dass die Dualität Voraussetzung unserer Welt der Erscheinungen ist und dass Gut und Böse sich exakt die Waage halten, wenn auch nur ein Funken Sinn in ihr gesehen oder gesucht wird, versumpft ein empathisch geprägter Mensch leicht in Schwermut.

Es lag mir auf der Zunge, meine Hübsche auf ihre Familientradition anzusprechen, doch ich wollte nicht mit der Tür ins Haus fallen. Zwar konnte ich sie nicht jedes Mal beim Spazierengehen abfangen, aber es würde sich sicher noch die Gelegenheit dafür ergeben, dachte ich, schließlich war ich ja irgendwie darin verwickelt.

Stattdessen fragte ich sie, wie gut sie sich in dem Kloster auskannte.

»Genauso gut wie in meinem Zimmer«, gab sie augenblicklich zur Antwort.

Und nachdem ich mich nach der Waschküche erkundigt hatte, deutete sie mit der Hand auf das zweite Westgebäude, das nicht Teil des großen Innenhofs ist und gegenüber dem Hauptgebäude steht. Ihrer Meinung nach sollte ich dort alles funktionsfähig vorfinden. Ich bedankte mich und wagte einen kleinen Annäherungsversuch, indem ich ihr mitteilte, dass es mich freuen würde, falls sie einmal Zeit hätte und ihr nach Gesellschaft zumute wäre, wir ja gemeinsam eine Maschine mit weißer Wäsche laufen lassen könnten. Bei mir laufe sie sowieso nur halb leer, meinte ich, außerdem könnte sie mir dabei etwas über unser Kloster erzählen. Es interessiere mich alles, was sie darüber wisse. Ich könne auch mein schönstes Teegeschirr herrichten, doch würde ich ihr damit bestimmt keine Freude bereiten, fügte ich witzelnd hinzu. Sie rang um eine Antwort. Ich erwähnte, dass ich nicht nur morgens Zeit hätte, sondern dass sie, wann immer ihr gerade danach sei, bei mir im Hauptgebäude klingeln könne. Daraufhin sagte sie zu, und unsere Blicke trafen sich zum ersten Mal, seit ich auf den Liebfrauenberg gezogen war. Wir schenkten uns dabei sogar ein kleines Lächeln, was sich so anfühlte, als öffnete sich zwischen uns ein Tunnel, durch den etwas wie Zuneigung sauste. Das klingt kitschig, doch genau so habe ich es empfunden, und ich freute mich so, dass ich nicht einmal unbewusst die Runden mitzählte, die wir liefen.

Unsere Unterhaltung wurde danach vertrauter, flüssiger und verlor ihre formelle Manier. Doch es wunderte mich, dass sie zuvor auch schon so affabel gewesen war. Im April letzten Jahres, in ihrem Seminar, hatte es auf mich gewirkt, als wiche sie den Gesprächen der Teilnehmer aus oder plauderte teilweise so lange, dass kaum jemand anderes zu Wort kam. Und als sie mich im Hof mir nichts, dir nichts stehen ließ, hatte ich Bedenken, ob sie mit mir überhaupt etwas zu tun haben wollte. Irgendetwas musste in der Zwischenzeit vorgefallen sein, oder sie hatte einfach keine Lust auf eine Unterhaltung gehabt, dachte ich. Aber es führt zu nichts, solche Überlegungen anzustellen. Am Ende ist man so schlau wie zuvor.

Zwei Mal hatte ich das Gefühl, meine Hübsche wolle unser Gespräch in eine spirituelle Richtung lenken. Dabei stellte ich mich einmal dumm, und das andere Mal, als sie mich fragte, wie ich mir eine perfekte Welt vorstelle, stieg ich ein und gab ihr zur Antwort, dass ich sie mir nicht perfekter vorstellen könne, dass eine Welt ohne Gegensätze nicht möglich sei, Gut und Böse bedingten einander, und dies könne durchaus als ein Dilemma bezeichnet werden.

Dabei wurde ich von dem Stallgestank unterbrochen. Sowie wir an ihm vorbei waren, fügte ich noch hinzu, wir wüssten überhaupt nicht, was Erleichterung sei, wenn wir nicht zuvor zum Beispiel an dem Stall vorbeigegangen wären.

Meine Hübsche sah mich mit zusammengekniffenen Augen an und fing an zu lachen. Es war überhaupt das erste Mal, dass ich sie lachen sah. Dabei kamen ihre kleinen Zähne zum Vorschein, und sie wirkte gelöst und authentisch. Auch die eingefallenen Augen und das knochige Gesicht verloren hierbei ihre Härte.

Sicher kennen Sie Personen, die grundsätzlich mürrisch dreinschauen, sodass man völlig verwundert ist von der Schönheit, die von solch einem Menschen ausgeht, wenn er einmal lächelt. So ging es mir bei meiner Hübschen, und ich lachte nicht minder gelöst mit.

Anschließend erkundigte ich mich, wie sie mit ihren Räumlichkeiten zurechtkomme, ob sie sich nicht eingeengt fühle, und falls ja, würden wir bestimmt etwas Adäquateres finden. Ich stellte es mir unschön vor, die Toilette im Wohn-Schlafraum integriert zu haben, und wie anders sollte es bei ihr zugehen.

Sie sah wieder prüfend zu mir herüber, überlegte, inwieweit sie mich in ihr Erlebtes einweihen wolle, und es freute mich, dass sie unseren Tunnel nicht verschloss, sondern offen zu mir sprach. Sie meinte, dies seien noch die friedlicheren Gedanken gewesen, die sie malträtierten, als sie sich zurückzog.

Anschließend bestärkte sie meine Ahnung, indem sie von ihrer Familie berichtete. Es habe in dieser seit jeher weibliche Nachkommen gegeben, die sich meist schon in der jüngeren Lebensphase an einen Ort begaben, wo sie sich für zwölf Mondzyklen jeglicher physischer Nahrung – einschließlich Wasser – enthielten, und dagegen sei ihr Zimmer fürstlich ausgestattet.

Sie machte eine kleine Pause. Bevor meine Hübsche weitersprach, sah sie erneut zu mir herüber. Als ich ihren Blick erwiderte, bemerkte ich, dass sie an meinem Kopf vorbeisah.

»Sobald die Mütter registrierten«, fuhr sie fort, »dass das erstgeborene Mädchen an dem Leid der Welt verzweifelte und in ihr der Drang erwachte, sich von dem Menschsein um jeden Preis zu befreien, wurde es in eine damit verbundene Tradition in der Familie eingeweiht und entsprechend vorbereitet. Dieser innere Drang hat seit ewigen Zeiten noch keine Generation ausgelassen. Es ist unumgänglich, dass er in einem der Mädchen anfängt zu nagen. Und auch wenn es den Anschein hat, es handle sich um eine Art erbliche psychische Störung, ist es alles andere als das. Meine Mutter erklärte mir, dass der Drang notwendig sei, um sich mit dem Thema Gut und Böse auseinanderzusetzen, und dass er nach den zwölf Mondzyklen ebenso plötzlich verschwindet, wie er gekommen ist.« Unterdessen wägte sie sichtlich ab, in welchem Umfang sie sich mir anvertrauen konnte. Sie sagte, der Wegfall des Drangs sei nicht gleichzusetzen mit der Transzendenz ihres Menschseins, sondern sie sehe nun die Welt mit völlig anderen Augen, und es komme ihr so vor, als wäre sie von einem Schleier oder einer Hypnose befreit worden. Außerdem stimmte sie ihrer Mutter zu, dass der Drang nichts Schlechtes sei, sondern eine grundlegende Notwendigkeit, um überhaupt gemäß der Familientradition agieren zu können.

Ich spürte, dass ihr Befreiungsschlag noch nicht allzu lange her sein konnte. Und mir lagen viele Vermutungen auf der Zunge, die bestätigt werden wollten. Zum Beispiel: War Veronika die Mutter meiner Hübschen? War die Säule im Wald der Ort, an dem sie die zwölf Mondzyklen verbracht hatte, und existierte diese wirklich? Was hatte es mit der geheimen Familientradition auf sich, dem Loch in meinem Bauch, der Magentatulpe und dem weiß-schwarzen Riesen? Und warum sprach sie mit mir so offen darüber? Doch ehe ich dazu kam, die Vermutungen auszusprechen, sagte sie schelmisch, ihre üblichen neunundzwanzig Runden seien beendet und sie werde sich nun wieder in ihr Zimmer zurückziehen. Bevor die Türe ins Schloss fiel, meinte sie etwas streng, dass sie es in der Nähe von Handystrahlen und dergleichen nicht lange aushalten könne. Wenn ich also wolle, dass wir unsere Unterhaltung fortsetzten, solle ich das doch berücksichtigen.

Kurz bevor meine Hübsche hinter dem Türspalt verschwand, brach sie ihre Strenge mit einem neckischen Lächeln, weshalb ich annahm – denn von ihr ging immer noch eine gewisse graziöse Ausstrahlung aus –, dass sie auf einen unsensiblen Charakterzug von mir anspielte. Auf dem Weg zum Haupteingang leuchtete mir dann ein, warum sie meinen ersten Annäherungsversuch zwei Tage zuvor ignoriert hatte. Wegen des Smartphones, meiner Rückendeckung. Deshalb auch die Neckerei. Es ist tatsächlich so, dass sich meine Hübsche, Strahlungen dieser Art ausgesetzt, sehr unwohl fühlt und sie … ja, wie eine Katze das Wasser, meidet.

Beschwingt von dem frühmorgendlichen Erfolgserlebnis bereitete ich mir anschließend einen Grüntee zu. Dazu erwärmte ich in der kleinen Küche Teewasser auf sechzig Grad, gab drei Löffel Gyokuro aus Shibushi in eine Kyusu, befahl Siri, den Timer auf zwei Minuten zu stellen, und übergoss in der Folge die Teeblätter. Die Szene, wie ich den Tee an dem üblichen Platz an der langen Tafel zu mir nahm, während die ersten Sonnenstrahlen auf den Raureif fielen, steht mir heute noch bildhaft vor Augen. Ich hatte das Gefühl, dass die Verbindung zu meiner Hübschen nun eine erfreuliche Richtung nahm. Am liebsten hätte ich für uns beide einen Tee zubereitet,

171

doch ich war schon zufrieden, dass wir uns so gut unterhalten hatten und die Chemie harmonierte.

Als mir ihre Bedingung für eine weitere Verabredung in den Sinn kam, stellte ich die Teeschale auf den Tisch und sah mich im Saal um. Nirgends konnte ich einen Router oder Repeater ausmachen, und ich erinnerte mich auch nicht, im Kloster schon einmal einen gesehen zu haben. Ich war mir sicher, dass zu dem damaligen Zeitpunkt, als meine Hübsche in dem Saal noch ihre Seminare hielt, kein lückenloses Netzwerk installiert war, das mir ermöglicht hätte, von jedem der Kamerastandorte Daten an meine Geräte zu übermitteln. Das hätte sie nicht ausgehalten. Wenn mich meine Hübsche also wirklich im Hauptgebäude besuchen würde, dachte ich, wäre es wohl am einfachsten, die Sicherungen herauszunehmen. Ich ging auch stark davon aus, dass ihr die vielen funkenden Geräte im großen Innenhof und in den Gebäuden zusetzten, und nahm mir vor, sie, sobald ich die Gefahr des weiß-schwarzen Riesen einschätzen konnte, zu demontieren.

Der zweite Aufguss schmeckte natürlich nicht mehr so rund und vollmundig wie der erste, aber er wärmte mich. Ich machte es mir so bequem wie möglich auf den steifen Stühlen und überlegte, worauf ich im Anschluss Lust hatte. Dabei wurde ich immer wieder abgelenkt von dem anbrechenden sonnigen Wintertag, der sich hinter den beschlagenen Scheiben der Terrassentüren darbot.

Einem Impuls folgend kam ich zu dem Entschluss, mich an die Arbeit mit den Kleiderkommoden zu machen. Dies ließ sich zudem sehr gut mit einer weiteren Besichtigung meines Klosters verbinden, weil, wenn möglich, wollte ich vorhandenes Material verwenden. Allerdings sollte das Holz keinen fremden Geruch an sich tragen, was ich als die eigentliche Schwierigkeit ansah, denn Möbel standen ja genug herum. Außerdem benötigte ich für ein ansprechendes Erscheinungsbild viel Holz von derselben Sorte. Den Anblick von zusammengewürfeltem Hausrat finde ich wenig anziehend.

Als Erstes fielen mir dazu die Bänke in der kleinen Kirche ein. Es wäre das ideale Ausgangsmaterial gewesen. Aber bei aller Liebe für das Projekt konnte ich meine kleine Kirche nicht so entstellen. Außerdem hatte ich Bedenken, dass mir später die Kleiderkommoden nachts das Vaterunser vorbeteten.

Im Nachhinein kommt es mir – wie alles – offensichtlich vor, dass bei so vielen Betten irgendwo Regale für die dazugehörige Wäsche stehen mussten. Ich gelangte jedoch nicht durch diese Überlegung zu dem hervorragenden Holz, sondern weil ich mir die Waschküche näher ansehen wollte, die sich laut meiner Hübschen in dem anderen Westgebäude gegenüber der Großküche befand.

Von der Planwand nahm ich den entsprechenden Schlüssel für das Gebäude und für die Hintertüre der Küche, durch die einstmals angeliefert wurde, und benutzte den direkten Weg durch sie hindurch. Hier stank es fürchterlich nach altem Fett. Vergleichbar mit einem nach ranziger Butter riechenden Schneidebrett. Die damit geschwängerte Luft lag schwer im Raum. Kurzatmig eilte ich durch die Türe hinaus, ohne mich großartig umzusehen, und schwor mir, nie wieder diese Abkürzung zu benützen.

Ich überquerte die Straße und schritt durch den Eingang, der sich in der Mitte des etwa dreißig Meter langen Gebäudes befindet. Über ihm hängt ein Holzschild, auf dem in kindlicher Schrift »St. Anna« steht. Vor mir entdeckte ich durch die offen stehende Flügeltüre der Waschküche gleich die Waschmaschinen, und mir drang Chlorgeruch in einem erträglichen Maße unter die Nase, den ich als Hinweis auf Sauberkeit auffasste. In einem Kasten links vor der Türe, unmittelbar neben einem Holzschild, das die Waschküche ausschilderte, drückte ich alle Sicherungen rein.

Zehn große Trommeln stehen in dem Raum aufgereiht an einer Wand. Sie sind so geräumig, dass zwei ausgewachsene Personen hineinklettern könnten. Als ich an dem Knopf eines neueren Modells drehte, leuchtete das Display auf. Allesamt wirkten auf mich durchaus bedienbar.

Auf einem weiteren Holzschild an der Türe links von der Waschküche las ich ab, dass sich dahinter eine Bastelstube befand. Ein Blick hinein bestätigte dies. Der Raum rechter Hand trug das Schild mit der Aufschrift »Saubere Wäsche«. Ich trat ein, riss die Augenbrauen hoch, stülpte meinen Mund zu einem »O« und ließ den Laut lang gezogen ertönen. Wie Bücherregale in einer Bibliothek oder Lebensmittelregale in einem Supermarkt fand ich hier Regale in der Breite von einem Meter aneinandergereiht vor, hauptsächlich mit Bettwäsche belegt, aber ebenso mit Hand- und Geschirrtüchern, Waschlappen und Nonnentrachten, und bis auf die Habite war alles aus reinlichstem weißem Stoff. Der gesamte Raum leuchtete mir – ausgenommen die Ordenstrachten und das Material meiner zukünftigen Kommode – weiß entgegen. Unterwäsche oder Bekleidung der geistig Behinderten entdeckte ich keine. Das naturbelassene Holz war in einem guten Zustand, die Bretter nicht im Geringsten durchgebogen, ebenso wenig miteinander verleimt und nur verschraubt, wo es unbedingt nötig war. Außerdem roch es hygienisch. Geradezu perfekt für mein Vorhaben. Ich streifte durch die Reihen, inspizierte die Regale und merkte mir, welches Werkzeug ich zum Demontieren brauchte. Ich fühlte mich wohl zwischen der sauberen und ordentlich zusammengelegten Wäsche. Rein theoretisch, dachte ich, müsste ich nie wieder mein Bettzeug waschen, so viel wie hier herumlag. Ich versuchte, mir vorzustellen, bis wohin der Stoff reichen würde, wenn ich die Stücke aneinanderknotete, kam aber zu keinem Ergebnis.

Bevor ich jedoch mit dem Abbauen begann, erkundete ich oberflächlich das Gebäude. Ich schlenderte durch breite und schmale Gänge, öffnete eine Türe nach der anderen und warf einen flüchtigen Blick in die Zimmer. Hin und wieder ging ich in eines ohne bestimmten Grund hinein, entriegelte ein Fenster und sah in den fünf Meter entfernten Wald oder auf der gegenüberliegenden Seite zum Hauptgebäude. In jedem Raum erspähte ich ein Kruzifix und meist auch ein Waschbecken. Sie sind spärlich möbliert. Bei einigen fehlt sogar ein Kleiderschrank. Überall auf den Gängen hängen selbst gemalte Kinderzeichnungen und gebastelte Gegenstände wie beispielsweise Bilder, die durch das Spannen von bunten Fäden auf einem Nagelbrett entstanden sind. Darunter mehrere Kreuze und das Abbild Jesu. Nichts davon habe ich seither verändert oder abgehängt. Wasser, Strom, Heizung, es funktionierte alles tadellos. St. Anna war sozusagen bezugsbereit. Wo vermutlich einst das Leben tobte, spazierte es nun darin herum, kam es mir damals in den Sinn. Die Ruhe erschien mir geradezu grotesk neben den ganzen Bildern und Basteleien. Mein Verstand assoziierte damit schreiend herumtobende Kinder.

Sie werden mir sicher zustimmen, dass es die reinste Verschwendung darstellt, dass eine einzige Person wie ich diese Vielzahl an Gebäuden und Zimmern besitzt, für die ich nicht einmal ansatzweise Verwendung finde. Aber das war zu Beginn nun mal Tatsache. Ich dachte, wenn es mir schon zur Verfügung steht, dann sollte ich wenigstens ein, zwei Räume davon benutzen, obgleich es unpraktisch und unökonomisch ist. Deshalb nahm ich mir vor, die Waschmaschinen an Ort und Stelle zu lassen und in das Bastelzimmer eine Werkstatt einzubauen. Das wird doch der Eigentümlichkeit des Raums gerecht, finden Sie nicht, zumal er dann weiterhin keinem anderen Zweck dient, und das Gebäude verliert nicht gänzlich seinen Nutzen.

Als ich mich in einem der letzten Räume befand – der ziemlich sicher als Speisesaal genutzt wurde –, sah ich von der Mitte aus durch das Fenster im Wald etwas Herausstechendes, etwas, das nicht typisch für einen Wald ist. Deshalb ging ich ans Fenster und öffnete es, was sich als nicht so leicht herausstellte, denn die Gummidichtung war mit dem Rahmen verklebt. Doch mit ein wenig Kraftaufwand gelang es mir. Außen hatte sich, wie auch bei den anderen Fenstersimsen auf dieser Seite, ein kleiner Moosteppich gebildet. Nie im Leben würde ich hier mit Fensterputzen anfangen, dachte ich mir. Vorher ließe ich das Gebäude mit Efeu überwuchern, sodass es einem Fabeltier aus dem Wald gleichkäme, mit vielen Fensteraugen und Efeufell, das im Wind umherweht.

Ich streckte meinen Kopf aus dem Fenster und sah zu den Bäumen hinüber. Dabei drückte ich mit dem Oberschenkel die Pistole besorgniserregend an die Wand. Die trockenen Blätter raschelten, und Nadelzweige tanzten schwungvoll in der kalten Luft, die ich hinter der Scheibe nicht vermutet hatte, denn die Sonne schien ungehindert durch ein endloses Blau wie an einem Sommertag.

Normalerweise wäre es mir wohl überhaupt nicht aufgefallen, aber dadurch, dass zwischen all den tanzenden Bäumen etwas statisch blieb, wurde meine Neugier geweckt. Ich überlegte, was das sein könnte, dachte, vielleicht irgendetwas, das zu dem Truppenübungsplatz weiter hinten im Wald gehört, oder ein Strommast, war jedoch von meinen Vermutungen nicht überzeugt. Deshalb prägte ich mir den Standort ein und beschloss, dort hinzugehen. Dass ich deswegen die Einrichtung der Werkstatt und den Bau der Kommoden auf meiner imaginären Liste unter die Rubrik »kann warten« verschieben musste, löste leichtes Unbehagen in mir aus. Auf dem Weg ins Erdgeschoss hatte ich es allerdings schon wieder vergessen und rätselte über den statischen Gegenstand im Wald. Am Eingang angelangt verschloss ich die Türe, schritt auf die Giebelseite des Hauses meiner Hübschen zu und verließ durch das Tor zwischen den beiden Gebäuden die Anlage. Ich zog den Reißverschluss der Thermojacke bis unter die Nase zu und ging an der Rückseite der Behausung entlang zu der

Stelle, die ich mir im Gedächtnis behalten hatte. Auf dem Weg dahin begutachtete ich das Kloster von außen. Diese Seite am Wald war zu dem Zeitpunkt in einem schlechten Zustand. Pflanzen hatten den Putz am Sockel gesprengt, wuchsen sogar schon aus dem Mauerwerk heraus, und die strukturlose Fassade wies eine graubeige Patina auf. Mittlerweile habe ich sie sanieren lassen.

In die Fenster konnte ich nicht hineinsehen, dafür hätte ich die Statur des weiß-schwarzen Riesen benötigt. Die drei Stockwerke des Westgebäudes ragten neben mir wie eine unüberwindbare Festung in den Himmel. Die von dieser Stelle vier Schritte entfernten Bäume schwankten unentwegt zum Dach, was von unten so wirkte, als flirteten sie mit ihm.

Auf Eicheln, Bucheckern und Laub bewegte ich mich zu einer Stelle, von der aus ich meinte, das Objekt auf dem kürzesten Weg zu erreichen. Rechts von mir sichtete ich einen abgeknickten Ast. Ich ging hin, um nachzusehen, ob ich dort durch das Gebüsch in den Wald gelangen konnte, und fand auf Brusthöhe einen weiteren abgebrochenen Ast. Besonders alt sah die Bruchstelle nicht aus. Vielleicht von einem Reh oder einem Spaziergänger, vermutete ich und nutzte die bequeme Einstiegsmöglichkeit. Gebückt bahnte ich mir einen Weg durch das Strauchwerk. Dabei musste ich äußerst konzentriert vorangehen, da überall gemeine Brombeerranken lauerten. Sie kamen mir vor wie ein Stacheldrahtzaun, der Eindringlingen wie mir den Zutritt in den Wald verwehren sollte. Oder sie verhinderten, dass etwas heraustrat, was draußen nichts zu suchen hatte.

In dem etwa zwei Meter breiten Streifen Dickicht fielen mir noch weitere drei geknickte Äste auf, weshalb ich skeptischer wurde. An den Dornen der Brombeersträucher haftete kein Fell, und was hätten Spaziergänger dort im Gestrüpp verloren? Doch als ich auf der anderen Seite in den lichtdurchfluteten Wald trat und den statischen Gegenstand erblickte, war mir klar, dass meine Hübsche die Äste abgeknickt haben musste. Ich schlug mir in Gedanken an die Stirn, fand das Ausmaß meiner Stumpfsinnigkeit aber so immens, dass ich eine anschließende physische Ausführung für angebracht hielt. Natürlich, wir haben keinen Einfluss darauf, welche Gedanken wir wahrnehmen und welche nicht. Aber gerade deshalb nervte mich diese Einfalt.

Jedenfalls stand ich nun auf trockenem Laub und schaute mich um. Vor mir ragten fast nur dicke Buchenstämme empor, vereinzelt auch Eichen und Kiefern. Ein lichter Waldbereich, in dem mir winterliche Sonnenstrahlen im Gesicht schmeichelten und mir die Thermojacke aufheizten. Keine dreißig Meter entfernt stand die Säule. Die Säule aus dem Buch von Sr. M. Elisabeth. Und ich war mir ziemlich sicher, dass dort oben bis vor Kurzem noch meine Hübsche saß, um von ihrem Menschsein beziehungsweise dem inneren Drang erlöst zu werden. Es passte alles zusammen.

Der Wind und ich verursachten die einzigen Geräusche. Ich öffnete den Reißverschluss bis zum Hals und schritt zur Säule. Je näher ich kam, desto wuchtiger und imposanter wirkte sie auf mich. Etwas Gefährliches und Mystisches ging von ihr aus. Zumindest empfand ich es so. Sie ist unten etwa drei Meter breit und wird nach oben hin eine Idee schlanker. Ein riesiges Bauwerk, um die dreißig Meter hoch, es ragt ein wenig über die Baumkronen. Das Mauerwerk gleicht dem des Klosters an den Ecken, wo die Natursteine sichtbar vermauert wurden. Ich legte meine Hand darauf und ging einmal um sie herum. Es verwunderte mich, dass ich keinen Eingang fand. Ich hatte angenommen, dass eine Treppe innen nach oben führt, denn wie sollte man sonst an das obere Ende gelangen? Ein weiteres Mal schaute ich an ihr hoch und umkreiste sie dabei. Vielleicht befand sich ja etwas weiter oben ein Eingang, der aus Sicherheitsgründen nur mit einer Leiter erreichbar war, oder ein Fenster, aus dem Rapunzel blickte. Doch nichts dergleichen konnte ich finden. Einem Profi, dachte ich, würde es eventuell gelingen, an ihr hochzuklettern, aber selbst für so jemanden hielt ich es für sehr gefährlich. Und dass sie eine Leiter angefertigt hatten, die bis ganz nach oben reichte, konnte ich nicht glauben. Wo sollte so ein langes Teil auch deponiert sein? Um mich herum sichtete ich nichts dieser Art. Grübelnd stand ich zwischen den Buchen und schaute an das obere Ende. Jetzt vernahm ich das Hämmern eines Spechts. Natürlich hatte er längst für seine Unterkunft gesorgt und war auf der Suche nach Nahrung, aber ich weiß noch, wie ich dabei dachte: Hau rein, bald schneit's.

Nachdem ich eine Weile mit dem Rücken an die Säule gelehnt dem Wind und dem Specht gelauscht hatte, fiel mir eine verrückte Idee ein. Vielleicht befand sich irgendwo im Mauerwerk eine Geheimtüre, die sich durch Drücken auf einen bestimmten Stein öffnen ließe. Auch wenn ich selbst nicht daran glaubte, konnte ich nicht widerstehen, auf manche zu drücken. Doch kein einziger rührte sich nur einen Millimeter. Rätselnd schaute ich wieder an der Säule hoch. Es erschienen mir keine weiteren Ideen. Wenn sich dort oben nicht irgendetwas wie Rapunzel befände, die ihr Haar herunterlassen konnte – und nein, ich rief nicht –, dann wäre es doch nicht auszuschließen, dass unter dem Laub eine Leiter lag, dachte ich. Also suchte ich nach der Leiter.

Im nahen Umkreis der Säule wischte ich mit den Turnschuhen das Laub hin und her. Dabei stieß ich auf einen Ast, eine Wurzel, einen Stein und … eine in Beton gefasste Eisenplatte, etwa zwei Meter von dem stattlichen Bauwerk entfernt. Als ich die Platte von dem Laub befreite, kam ein Schild mit der Aufschrift »Zugang für Unbefugte verboten« zum Vorschein. Möglicherweise befand sich darunter ein Treppenabgang, über den man unterirdisch zur Säule gelangte, spekulierte ich erfreut. Dabei dachte ich an amerikanische Filme, in denen die Häuser außen solch einen Abgang zum Keller hatten. Ebenso gut konnte es aber auch ein Schacht sein.

Neben dem Schild fand ich ein Vorhängeschloss und einen angeschweißten Griff. Vor meinem inneren Auge erschienen die Baupläne in der Pforte. Dort sah ich dafür keinen Schlüssel hängen, weil die Säule oder diese Eisenplatte überhaupt nicht eingezeichnet sind. Das wäre mir aufgefallen. Die Neugierde ließ mich nicht los. Ich musste das Schloss aufbrechen, sofort. Deshalb rannte ich zurück ins Kloster und kramte in den Umzugskartons nach dem akkubetriebenen Multifunktionsgerät, mit dem sich solch kleine Tätigkeiten wie das Durchtrennen eines Vorhängeschlosses erledigen lassen. Sowie ich es gefunden hatte, rannte ich damit in den Wald.

Nachdem ich das Dickicht erneut unbeschadet durchdrungen hatte und wieder vor der Eisenplatte stand, blieb ich erst einmal ruhig stehen und vergewisserte mich, dass ich alleine war. Dann öffnete ich den Koffer, schraubte eine Trennscheibe so groß wie eine Zwei-Euro-Münze auf das Gerät und schaltete es an. Ich hielt das Schloss fest und durchtrennte den Bügel. Dabei musste ich sehr vorsichtig sein, denn die kleinen Scheiben brechen beim geringsten Verkanten und fliegen unkontrolliert in der Luft herum. Nun versorgte ich die Maschine und öffnete die Luke. Tatsächlich lag zu meinen Füßen ein Treppenabgang. Die Betonstufen sind von der Witterung schwarz und grün verfärbt und führen zur Säule hin. Damit jeder sehen konnte, hier ist wer vor Ort, ließ ich den Werkzeugkoffer sichtbar liegen und den Einstieg offen. Zwar hielt ich die Wahrscheinlichkeit für gering, dass mich jemand einsperrte, doch ich war fremd in der Gegend und konnte die Lage somit nicht genau einschätzen, zudem gab es ja noch den weiß-schwarzen Riesen. Ich würde nie wieder von dort drinnen unten herauskommen oder von oben außen herunter. Ein beunruhigendes Gefühl erfasste mich. Am liebsten hätte ich die Eisentüre ausgehängt, aber das war nicht möglich.

Auf der untersten der acht steilen Stufen angekommen stand ich bis zu den Oberarmen in dem Abgang. Ich bückte mich und konnte durch das einfallende Licht am Ende des unterirdischen Gangs die Umrisse einer Wendeltreppe erkennen. Allerdings war nicht genau auszumachen, in was ich alles treten würde, bis ich bei ihr war. Also leuchtete ich mit dem Handylicht das kurze Stück aus. Ich war erstaunt über die Sauberkeit, die ich vorfand. Bis auf die Blätter, die beim Öffnen hineingefallen waren, wirkte der Gang makellos. Nicht einmal Spinnweben waren zu sehen. Vielleicht hatte meine Hübsche sauber gemacht, dachte ich, wenn sie denn vor ein paar Tagen dort war. Die Eisenplatte liegt zwar passgenau in der Betonfassung, aber Spinnen finden immer eine Ritze. Ich war jedoch froh, keine Schlangen oder Krabbeltiere anzutreffen.

Noch einmal blickte ich in den sonnendurchfluteten kalten Wald und horchte, dann ging ich gebückt durch den unterirdischen Gang und stieg die Treppe hinauf. Wer kommt schon auf die Idee, zuerst nach unten zu steigen, um auf die Säule zu gelangen? Ich schätzte die Wandstärke auf fünfzig Zentimeter. Und wie gesagt, gibt es nirgends ein Fenster. Alles besteht aus Natursteinen, was mich sehr beruhigte, denn Stahl wäre dort stark der Korrosion ausgesetzt.

Stufe für Stufe drehte ich mich im Kreis nach oben. Es dauerte keine fünf Minuten, und ich hatte einen Drehwurm. Die Tritte sind etwas höher angelegt als der Norm entsprechend. Ich hielt an, lehnte meine Schulter an die Wand und verschnaufte. Die Treppe machte wie das gesamte Bauwerk einen sehr gut verarbeiteten Eindruck auf mich. Es war immer eine Steinplatte auf der rechten Seite akkurat in die Außenwand eingefasst und auf der anderen im Treppenauge vermauert. Das Material würde heute sicher Unsummen kosten.

Ich wollte gerade weitergehen, da erschien auf meinem Smartphone die Mitteilung, dass der Akku nicht mehr weit reichen würde, deshalb beschloss ich, ohne Licht voranzugehen. Schon allein um wenigstens über den Aufenthaltsort des weiß-schwarzen Riesen Bescheid zu wissen. Die Fingerspitzen der rechten Hand ließ ich über die Wand streifen. Auch als sie nach kurzer Zeit begannen, pelzig zu werden, war dies immer noch angenehmer, als links, wo die Stufen schmaler werden, die Treppe hinunterzustürzen.

Nachdem sich meine Augen an die Dunkelheit gewöhnt hatten, sah ich zwischen geöffneten und geschlossenen Lidern keinen Unterschied mehr. Ich rieb sie mir, bis ich bunte Farben sah, die jedoch schnell vom reinen Schwarz der Finsternis absorbiert wurden. Weder von oben noch von unten drang Licht zu mir, und da es ständig ohne Etagen im Kreis aufwärtsging und ich deshalb die Himmelsrichtungen verlor, wusste ich auch nicht mehr, auf welcher Höhe ich mich befand. Ich schätzte, dass ich etwa die Hälfte hinter mir hatte, aber darauf hätte ich nichts verwettet.

Nach einer Weile gönnte ich meinen Beinen erneut eine Pause, es kam mir jedoch vor, als ginge ich weiter nach oben. Panisch berührte ich die Stufen vor mir und setzte mich neben die Wand. Gefühlte fünf Minuten später sah ich mich wieder in der Lage, weiterzugehen, und erhob mich vorsichtig von der kalten Treppenstufe.

Da ich mich völlig abgeschottet von der Außenwelt im Dunkeln bewegte, war es auch schwer, das Raum-Zeit-Gefühl aufrechtzuerhalten. Hier wurde mir klar, dass die

Uhrzeit dafür nicht so sehr ausschlaggebend ist. Vielmehr fand ich, dass die gewohnten Maßstäbe, die wir für eine Zeitorientierung unterbewusst wahrnehmen, wie zum Beispiel fahrende Autos, die Sonne, Vögel, Menschen, die Bewegung der Bäume und vor allem die meines Körpers, die ich ja nicht mehr sehen konnte, viel entscheidender sind. Eigentlich logisch, dass Bewegung Zeit vermittelt. Aber auch meine räumliche Vorstellung war quasi beschränkt auf Tast- und Hörsinn, die nicht darin geschult waren, diese Aufgabe alleine zu stemmen.

Dennoch fühlte ich mich nicht unwohl in der dunklen Säule, mal abgesehen von einer gewissen gesunden Vorsicht in der neuen Umgebung. Die reduzierten Sinnesreizungen versetzten mich fast schon in den Zustand des Dösens. Nein, das ist natürlich etwas übertrieben. Vor allem das pelzige Gefühl in den Fingerkuppen unterband dies bereits.

Mittlerweile wechselte ich die Finger ab, um sie zwischendurch zu entlasten. Mal streiften Ringfinger und kleiner Finger an der Wand, mal Mittel- und Zeigefinger oder der Daumen. Als meine Schritte nach oben hin gedämpfter widerklangen, benutzte ich erneut das Handylicht, um nicht mit dem Kopf an die Decke zu stoßen, denn es war immer noch kein Tageslicht auszumachen.

Natürlich darf die Säule oben nicht ohne Wetterschutz offen sein. Im Nu würde sich munter drauflos neues Leben in ihr bilden. Regen, Schnee, Bäume, Vögel, Ameisen, alles, was über die Luft und das Mauerwerk hineinfliegen oder hinaufkrabbeln kann, würde sich darin niederlassen und die Säule nach und nach zersetzen.

Ich leuchtete hinauf, sah aber nur die nächsten Stufen von unten, das Treppenauge war sowieso gemauert. Weit konnte es trotzdem nicht mehr sein, dachte ich. Auch wenn noch keine Außengeräusche zu hören waren, hallten meine Tritte – und ich trat bewusst fest auf – nach unten hin ins Unermessliche, während sie über mir fast schon so gedämpft klangen wie in meiner damaligen Dachwohnung, in den kleinen Räumen unter der Schräge, in denen man nur auf Knien kriechen oder in der Hocke wie eine Ente watscheln konnte. Sicher kennen Sie diese Abstellkammern.

Und tatsächlich sah ich kurz darauf, wie die Stufen vor mir in ein Betonelement übergingen, das für meine Begriffe in einem noch sehr guten Zustand war für etwas über hundert Jahre im Wald. Und an dieser Stelle befindet sich eine Aussparung, die mit einer weiteren Eisenplatte bedeckt ist, durch die man nach draußen gelangt. An dieser Aussparung konnte ich die enorme Stärke des Betonelements von etwa einem halben Meter erkennen. Der untere Teil ist betoniert, der obere mit Natursteinplatten belegt. Errichtet für die Ewigkeit.

Ich ärgerte mich, dass ich den Koffer mit dem Multifunktionsgerät unten stehen gelassen hatte. War doch klar, dass die Säule oben ebenfalls eine Luke haben musste. Als ich mich jedoch bäuchlings auf den Stufen ausstreckte und an die Decke leuchtete, bemerkte ich, dass die Luke nur einfach verriegelt war. Ich drehte den Bolzen dieses Unikats über die Sicherung und drückte die Stahlplatte einen Spalt nach oben. Abrupt prallte die Außenwelt auf mich ein. Die grelle Wintersonne stach mir in die Augen, der

Wind heulte herein. Ich kam mir vor wie ein Maulwurf, war gewillt, die Öffnung wieder zu schließen, doch ich hätte sie sowieso gleich noch einmal aufgemacht. Niemand steigt dort hinauf, öffnet kurz die Luke und begibt sich, ohne sich wenigstens umgesehen zu haben, nach unten.

Sowie sich meine Augen an das Licht gewöhnt hatten, ließ ich die Stahltüre auf halber Höhe zur Seite fallen, blieb aber bis zur Hüfte in der Säule stehen. Es gibt ja nirgends ein Geländer. Eine bezaubernde, erhabene Kulisse tat sich ringsum auf, aus einer ganz und gar neuen Perspektive. Gegen Westen hin schwappten Baumkronen wie Wasser auf offenem Meer hin und her. Ihr Ende war nicht auszumachen. Man konnte meinen, sie feierten nach einem reichen Sommer die bevorstehende Ruhephase. Und weil ich anfing, mit zu schaukeln, musste ich mich festhalten und mich auf die Natursteine auf dem Betonelement konzentrieren, um nicht umzufallen oder zu glauben, die Säule wanke. Nie zuvor habe ich lebende Baumkronen aus solcher Nähe zu Gesicht bekommen. Natürlich nicht. Wann kommt man schon zu so einer Gelegenheit? Sie ähnelten auf eine gewisse Art fast einer Naturwiese, durch die der Wind fegt. Eine Wiese aus Tannenspitzen und Tannenzapfen, mit gelben, roten, braunen und grünen Blättern und auch ohne. In die Vögel hinein- und hinausflogen und in der Flechten lebten.

Eine lebendige, fröhliche Energie tanzte über den Bäumen. Und das meine ich nicht poetisch. Weit und breit waren keine M-Schnecken zu sehen. Das Schauspiel nahm mich so ein, dass ich erst Minuten später den anderen Himmelsrichtungen mehr Aufmerksamkeit schenkte.

Da der Wald bis an die Mauern reicht, hinter denen meine Hübsche ihr Zimmer hatte, sah ich von dort oben aus gerade mal noch zwei Ziegelreihen des Gebäudes; ebenso von dem daneben, in dem sich die Waschküche und die zukünftige Werkstatt befinden. Das Dach über meiner Hübschen zerschnitt das gegenüberliegende größere Gebäude des weiß-schwarzen Riesen genau an der Stelle, wo das Dach beginnt, sodass ich aus meiner Perspektive nur zwei übereinanderliegende Bedachungen sah. Die Krone der Linde dazwischen vermittelte etwas Räumliches. Die Ackerfelder und Weinberge dahinter konnte ich durch das Gefälle zur Stadt hin nicht ausmachen. Lediglich zwischen Ost- und Hauptgebäude blitzten über dem Übergang die Reben und Obstbäume hindurch, sogar einen Teil meiner kleinen Kirche samt deren Glockenturm konnte ich sehen. Zwischen den beiden Gebäuden am Waldrand zeigte sich das Haupthaus fast bis zum Boden. Von der Säule aus wirkte es noch viel attraktiver. Vor allem wegen der Fülle an Magentakugeln, die es umschwebten. Ost- und Westgebäude sahen dagegen aus wie Beistellwerk. Der Wasserspeichertank auf dem Dach schmälerte jedoch etwas die Harmonie.

Ich erkannte meine Zipfelmütze und den Zwiebelturm, aber der kleinere Innenhof ließ sich nur erahnen. Den Garten mit den Obstplantagen dahinter, den der Russe vermutlich für seine Pferderennstrecke planieren wollte, schätzte ich auf die Größe von zwanzig Fußballfeldern, er hatte schon die Gestalt der kalten Jahreszeit angenommen. Links hinter dem Stall, der überhaupt nicht zu sehen war, entdeckte ich fünf Schafe oder Ziegen und zwei Pferde.

Alles in allem sahen Haus und Grund aus wie in den Wald gestempelt.

Nachdem ich die Umgebung inspiziert hatte, schaute ich mir die Säulenbedachung genauer an. Ich ging ein paar Stufen weiter nach oben, beugte mich vor und legte meine Hände darauf. Natursteine berühre ich gerne. Die, aus denen die Säule gemauert wurde, sind offenporig, griffig und leicht zu bearbeiten. Die etwa eineinhalb Meter im Durchmesser große Bedachung zeigt ein Sonnenmuster. Man hat dafür um einen kleinen kreisrunden Stein dreieckige längliche Steine eingebaut, deren Spitzen bis an den Rand der Säule verlaufen. Um das gesamte Kunstwerk zu sehen, musste ich natürlich die Luke schließen. Es war mir zwar nicht wohl dabei, auf circa zwei Quadratmetern in geschätzten dreißig Metern Höhe herumzukrabbeln, aber das war es mir wert. Ich vergewisserte mich, dass der Sicherungsbolzen nicht versehentlich durch das Schließen verriegelt werden konnte, und klappte die nicht ganz leichte Eisentüre zu. An einem Eisenbügel, mit dem sich die Luke öffnen lässt, hielt ich mich fest und streckte Arme und Knie weit zu den Seiten. Ich muss ausgesehen haben wie ein Frosch auf einem Stein.

Das Sonnenmuster endet nicht an der Eisentüre, sondern überbrückt sozusagen die Aussparung in Form von aufgeschweißtem Metall, das einmal gelb lackiert gewesen sein muss. Die gesamte Bedachung ist dezent wie ein flacher Pilz gewölbt. Vermutlich damit kein Wasser darauf stehen bleibt. Durch die Fugen zwischen den einzelnen Sonnenstrahlen kann es von der Mitte bis zu den Spitzen am Rand der Säule abfließen. Zudem ist die Luke so konzipiert, dass kein Regenwasser ins Innere dringt. Ein durchdachtes Meisterwerk.

Den kalten Eisengriff fest umklammernd rückte ich näher an den Rand der Säule und wagte einen Blick an ihr hinab. Der Treppenabgang im Waldboden stand immer noch offen. Er wirkte so winzig von dort oben. Und der Koffer des Multifunktionsgeräts sah aus wie ein Stück Lakritze. Doch die Höhe war mir nicht geheuer. Ein mulmiges Gefühl breitete sich in mir aus und zog an den Innenseiten meiner Oberschenkel bis in den Intimbereich. Deshalb rückte ich schnell wieder zur Mitte. Wie sehr doch der Organismus auf Überleben ausgerichtet ist, dachte ich, während ich mich auf den runden Sonnenstein konzentrierte. Den Frauen machte dies in ihrer damaligen Verfassung vermutlich nichts aus.

In der Pose eines Frosches zählte ich die steinernen Sonnenstrahlen. Als Anhaltspunkt begann ich mit dem, auf welchen ich meine rechte Hand stützte. Eigentlich hatte ich vor, auf einen Spucke fallen zu lassen, aber auf der Suche nach einer gesitteteren Methode fiel mir dann die Hand ein. Ich verzeichnete zwölf Steine. Beim Zählen fielen mir Kratzer auf, mutwillig in das Gestein gefurcht. Anfangs dachte ich, sie würden von der Bauphase herstammen, doch dafür waren einzelne davon zu neu. Bei näherer Betrachtung fiel mir auf, dass sich in jedem der zwölf Sonnenstrahlen vier dieser Kratzer, etwa fünf Zentimeter lang, befanden. Bei denen, die durch die Eisenplatte geteilt sind, wurden sie weiter innen und einmal sogar außen in der Spitze eingezogen, jedoch immer vier an der Zahl. Als ich dann feststellte, dass ihre Patina unterschiedlich stark war, leuchtete es mir ein. Vier Personen in unterschiedlichen Epochen hatten sich damit ihr Zeitgefühl bewahrt. Domitilla, Sr. M. Elisabeth, Veronika und meine Hübsche. Auf den zwölf Sonnenstrahlen notierten sie sich die zwölf Mondzyklen. Was für eine Verkehrung ins Gegenteil, finden Sie nicht? Ich sah mir ein weiteres Mal alle Sonnenstrahlen genau an. In jedem befanden sich vier Kratzer. Also waren alle Maillot de la Treilles zwölf Zyklen lang dort oben auf der Säule. Man muss schon ziemlich abgeschlossen haben mit der Welt, um ein Jahr hier oben auszuharren, dachte ich. Bei Wind und Wetter, wie sollte das überhaupt funktionieren? Vielleicht setzten sie sich ja unter die Luke auf die Treppenstufen, wenn es schneite, stürmte, regnete oder Minusgrade hatte, überlegte ich. Aber selbst dann hält ein Mensch doch so etwas auf die Dauer nicht aus, oder? Jemand, der nur noch durch einen seidenen Faden mit der Welt verbunden ist, wie die vier Frauen es waren, doch sowieso nicht. Sobald so jemand zum ersten Mal völlig durchnässt war oder eine Nacht hindurch gefroren hatte, würde er doch dem Leid ein Ende setzen und sich von der Säule stürzen, oder? Es ist ohnehin total verrückt, dass sich ein Mensch in einer schwermütigen Lebensphase als Ort der Einkehr eine dreißig Meter hohe Säule ohne Geländer aussucht, um auf ihr zwölf Mondzyklen zu verbringen. Womöglich war der seidene Faden die Familientradition, dachte ich. Eine Tradition zerstört so schnell nichts. Ein Spinnenfaden zum Beispiel, der so hauchzart wirkt, übersteht die größten Stürme und Schauer.

Es gibt eben die seltsamsten Umstände im Leben, und letztlich spielt es keine Rolle, was wir davon halten, die Dinge ereignen sich einfach so, wie sie sich ereignen sollen. Aus einem Bucheckersamen entspringt eine Buche, aus einer Eichel eine Eiche, und die vier Maillot de la Treilles mussten auf die Säule. Punkt. Für mich war die Höhe selbst bei Sonnenschein nichts. Deshalb wollte ich die Luke öffnen, um mich aus einer sicheren Position weiter umzusehen. Die Eisenplatte ließ sich aber nicht anheben, dabei konnte ich mit Bestimmtheit sagen, dass der Bolzen nicht über die Sicherung gesprungen war, als ich sie schloss, denn ich hatte sie sanft abgelegt. Mehrere Versuche, sie am Eisenbügel aufzuklappen, scheiterten. Sie hob sich lediglich um eine Bleistiftstärke und stieß dann gegen einen harten Widerstand. Nach etlichen Bemühungen geriet ich etwas in Panik, riss mit vollem Einsatz an dem Bügel, doch vergeblich. Selbst mit der zusätzlichen Kraft, die der Körper in einer solchen Situation aufbringt, gelang es mir nicht. Nach einer Weile malte ich mir aus, wie ich mit Anlauf in die Baumkronen sprang und mir dabei die Äste ins Gesicht stachen, ja, ich sah meinen Körper schon als Skelett in der Froschpose auf der Säule liegen, mit einem Buchensprössling aus dem Schädel wachsend und teils bemoost. Dabei geriet ich in lautes Lachen. Als ich mir der Panik bewusst wurde, versuchte ich, mich zu beruhigen, indem ich mich auf den Atem konzentrierte, was mir auch gelang. Denn nichts ist kontraproduktiver, als in solch einer Situation den Verstand nicht zu gebrauchen.

Mein linker Arm hatte keine Kraft mehr, ich konnte mich kaum noch aufstützen, und wie all meine Glieder zitterte er. Ich registrierte, wie eine kleine Flamme des Aufgebens meine Brust erwärmte. Sie schien mir sagen zu wollen: Hör einfach auf und schon hast du deine Ruhe und kannst dich entspannt auf den angenehmen Naturstein legen. Aber der Selbsterhaltungstrieb hatte sein gesamtes Potenzial noch nicht verspielt. Ich krabbelte in eine Stellung, die es mir ermöglichte, mit beiden Händen an dem Eisenbügel zu ziehen. Meine Knie schmerzten fürchterlich unter der Dauerbelastung. Was hat mich nur geritten, dieses Kloster zu kaufen, sagte ich ärgerlich vor mich hin. Dann hob ich unter Schmerzen die Eisenplatte ein wenig an, um zu spüren, wo sich der Widerstand befand. Ich stellte fest, dass sie nicht in der Mitte, wo der Bolzen sitzt, klemmte, sondern ganz links in der Ecke. Deswegen zog ich den Griff in die entgegengesetzte Richtung und öffnete die Luke.

Mir fiel ein Stein vom Herzen. In solch einer misslichen Lage befallen einen die absurdesten Gedanken. Ich hatte mir schon zusammengereimt, jemand habe mich absichtlich ausgesperrt. Und nach der Bekanntschaft mit dem weiß-schwarzen Riesen war dies gar nicht so abwegig. Woher sollte ich wissen, was für Gestalten in meinem neuen Zuhause noch alles umhergeisterten.

Ich stieg ein paar Stufen die Treppe hinunter und setzte mich auf den letzten Tritt. Erschöpft saß ich dort, ohne an etwas Bestimmtes zu denken, und meine Sinne hafteten auch an nichts. Ob es fünf Minuten oder fünfzehn waren, weiß ich nicht mehr. Irgendwann registrierte ich die warmen Knie und sehnte mir einen Aufzug herbei. Bevor ich mich jedoch an den Abstieg machte, wollte ich den Ausblick noch einmal genießen. Ich nahm die Unterarme von den Oberschenkeln und blickte ein letztes Mal rundum, doch nichts sprach mich mehr an. Also schob ich den Bolzen hinter die Sicherung und stieg, mit dem Handy vorausleuchtend, die Säulenstufen hinunter. Zu meiner Überraschung machten die Knie gut mit. Nur bei den ersten paar Schritten schmerzten sie.

Unten angekommen klappte ich die Eisenplatte auf den Abgang, verdeckte ihn mit Laub und ging geradewegs hinauf ins Schlafzimmer. Dort entkleidete ich mich bis auf die Unterhose, stieg ins Bett und deckte mich bis übers Kinn zu. Eigentlich hatte ich noch vorgehabt, die Werkstatt einzurichten und mit dem Abbau der Regale zu beginnen, auch die Beleuchtung der Zipfelmütze stand noch an, doch ich war so erschöpft von der Aktion auf der Säule, dass ich mir keine großen Chancen ausrechnete, an diesem Tag von der Lust ereilt zu werden, eines dieser Vorhaben zu erledigen. Vielleicht die Videoaufzeichnungen durchschauen, dachte ich. Zu mehr fühlte ich mich nicht im Stande. Ich wollte einfach nur im Bett liegen und dösen. Dabei erschienen mir Bilder meiner Hübschen, wie sie im Regen auf der Säule saß oder Schnee sie bis zum Bauchnabel bedeckte. Bilder, in denen eisiger Wind und Frost ihr die Kleidung versteinerten. Ich konnte nicht glauben, dass so etwas möglich war. Auch die Vorstellung, in der sie kauernd wie in einem Kerker unter der Luke saß, schüttelte ich mit einer Kopfbewegung aus meiner Fantasie. Zwar habe ich schon von Shaolin-Mönchen gehört, die Undenkbares leisten können, doch in mir erschien kein Bild, in dem meine Hübsche dies vollzog. Stattdessen sah ich, wie sich

Vögel auf ihrem Kopf und ihren Schultern niederließen und ein Eichhörnchen sie beschnupperte oder wie Spinnen und Ameisen über sie krabbelten, während sie ungerührt von alldem versunken im Schneidersitz saß.

Wie sie es letztlich angestellt hatte, war mir ein Rätsel. Allerdings wusste ich aus dem Buch von Sr. M. Elisabeth, dass mehrere Personen bezeugten, wie Domitilla v. Maillot de la Treille zwölf Monde ohne Nahrung auf der Säule verbrachte und diese auch nicht verließ. Danach sahen die Menschen nicht mehr nur zu einer Barmherzigen auf, sondern zu einer Heiligen, schreibt ihre Tochter. Drei-, vierhundert Jahre früher hätte man sie gewiss verbrannt, und heute weckt ihr Tun bei nur wenigen überhaupt ein Interesse. Jedenfalls musste es irgendwie funktioniert haben, dachte ich, wenn man der Verfasserin Glauben schenken wollte, und das tat ich.

Nach kurzer Zeit ließ ich von der stagnierenden Grübelei ab und genoss dankbar mein warmes, bequemes, sauberes Bett.

Apropos: »Wo waren Sie in der fraglichen Nacht zwischen zwei und drei Uhr?«

»Im Bett«

»Zeugen?«

»Ich hab's versucht, Euer Ehren.«

Es war fünfzehn Uhr, als ich auf das Handy schaute. Teezeit. Ich zog eine frische weiße – wie all meine Kleidungsstücke – Leinenhose und einen Pullover aus einem der Umzugskartons, zog mich an und schlenderte über den Gang von St. Klara nach St. Verena, wo ich die Wendeltreppe hinuntertrottete. In der kleinen Küche bereitete ich mir einen Singbulli FF zu, trug das Geschirr auf einem Tablett an den gewohnten Platz an der langen Tafel und sah zu den Terrassentüren hinaus in den Garten, bis der Timer meinen träumerischen Blick klärte und mich darauf aufmerksam machte, dass der gewünschte Geschmack nun erreicht war. Ich hob den Beutel aus der Teeschale, drückte mit Daumen und Zeigefinger das restliche Teewasser heraus und riss ihn über einem Tellerchen auf, das ich mir daraufhin unter die Nase hob, und atmete so lange das feuchte Parfüm der Teeblätter ein, bis es nichts Besonderes mehr darstellte. In der Folge schlürfte ich an dem heißen Tee und sah mir die Videoaufzeichnungen an. Ich war schon gespannt, was die Kameras in den Räumen des weiß-schwarzen Riesen aufgenommen hatten.

Zuerst allerdings hatten die Bewegungsmelder im großen Innenhof reagiert, als meine Hübsche pünktlich um sechs Uhr dreißig aus der Tür trat. Kamera 9, die ich ihrer Eingangstür gegenüber installiert hatte, sprang an, noch während sie sie öffnete. Wie üblich stieg sie die zwei Stufen hinunter und begann, im Uhrzeigersinn die Linde zu umkreisen, wo die weiteren Kameras, eine nach der anderen, ansprangen. Sie schalteten sich erst nach zwei Minuten automatisch aus. Da aber meine Hübsche nie so lange für einen Rundgang benötigte, liefen sie die neunundzwanzig Runden in einem fort. Anders ergab es auch keinen Sinn. Natürlich sah ich mir nicht die Aufzeichnungen aller Kameras an, außer es geschah etwas Besonderes, wie zum Beispiel als ich auf den Hocker stieg und durchs Fenster in das Zimmer des weiß-schwarzen Riesen spähte, wo er und meine Hübsche mich beobachteten, da war ich um die verschiedenen Perspektiven dankbar. Ansonsten genügten ein, zwei Kameraaufzeichnungen völlig, um das Wesentliche gesehen zu haben. Eine von der Kamera, die aus dem Hauptgebäude heraus aufzeichnete und so gut wie den gesamten Innenhof im Visier hatte, und eventuell noch von einer der beiden, die ich gegenüber am Stall installiert hatte. Selbstverständlich waren die Echtzeitübertragungen einfacher zu betrachten, weil ich in den verschiedenen Kameraaufzeichnungen nicht ständig zu einem bestimmten Zeitpunkt, an dem etwas Interessantes geschah, vorspulen musste.

Sowie meine Hübsche am Stall vorbeispazierte, fingen zuerst die Kühe und dann die Hühner an zu lärmen. Zu dieser Zeit reagierten auch die Kameras im Wohnraum des weiß-schwarzen Riesen. Aber ich glaube nicht, dass er von den Tierlauten geweckt wurde, dazu sind die Häuser zu massiv gebaut. Trotzdem muss er blitzartig an das Fenster gesprungen sein, denn als die Aufzeichnungen begannen, stand er schon an der Fensterlaibung und beobachtete versteckt meine Hübsche. Dadurch, dass die Kamera auf dem Büffet sehr hoch positioniert war, sah ich gerade noch ihren Kopf vor dem Fenster vorbeischweben.

Der weiß-schwarze Riese war wieder ungehalten. Er knurrte laut, zappelte schon nervös herum, als müsse er auf die Toilette, und wie meine Hübsche ihm den Rücken zukehrte, explodierte er. Er sprang auf seine zusammengenagelte Schlafstelle, drückte die Nase an die Scheibe und schlug dabei einmal mit beiden Fäusten auf das Fensterbrett, sodass das Bild der Würfelkamera zitterte. Anschließend rannte er zum Zimmer hinaus. An dieser Stelle stoppte ich die Aufzeichnungen des Wohnraums und startete »Kamera 4 Ostgebäude«. Das war die im Flur unter der Treppe. Tatsächlich sah ich, wie er wild über den Boden vor sich boxte, bevor er in das letzte Zimmer rannte. Genau wie bei der Observierung tags zuvor.

Ich fragte mich, warum er so auf meine Hübsche reagierte. Hasste er sie wegen irgendeines früheren Vorfalls? War er etwa geil, mordlüstern oder gar ein Menschenfresser? Ich wusste es nicht, konnte ihn nicht einordnen, nur so weit, dass ich ihn auf die Kehrseite der Gut-Böse-Medaille prägte.

Befand sich meine Hübsche auf der gegenüberliegenden Seite, wimmerte er ihr dicht vor der Scheibe nach. Ich konnte mir damals keinen Reim auf diese Hassliebebeziehung machen. Ich musste warten, bis meine Hübsche mich einweihte.

Völlig außer Rand und Band geriet er dann, als ich zur dritten Runde dazustieß. Er sprang in seinem Wohnraum mit dem Rücken bis an die Decke. Dabei schwebten seine Füße kurzzeitig über einen Meter in der Luft, bevor er sie mit aller Kraft wieder in den Boden rammte. Drei, vier Mal hintereinander tat er dies. Dass wir davon nichts mitbekamen, zeugt von der guten Bausubstanz meines Klosters. Zumindest nahm ich davon keine Notiz. Im Nachhinein betrachtet war es schon ein bisschen leichtsinnig gewesen, die Pistole nicht mitzunehmen. Er hätte uns in seiner Wut einfach so zerquetschen können.

Jedenfalls, von einem Wimmern war nun nichts mehr zu hören. Im Flur boxte er breitbeinig schier endlos über dem

Boden in die Luft. Er zog seine Kraft aus einer unerschöpflichen Quelle. Sobald wir an seinem Fenster vorbeispazierten, stand er wieder hinter der Wand und beobachtete uns genau. Als meine Hübsche und ich dann auch noch zu lachen begannen, sprangen ihm alle Sicherungen raus. Mit einem Wisch der linken Hand räumte er die Fensterbank ab, samt der Kamera. Das hatte etwas zu bedeuten, denn auf dem Sims lag zentimeterdick alter Staub. Während dieser Szene fiel mir die Pistole ein. Ich ärgerte mich über meine Leichtsinnigkeit und überlegte, wo ich sie liegen gelassen hatte. Nachdem ich an diesem Morgen nicht wie gewohnt nach einer Stunde aufgewacht war, sondern von dem vibrierenden Handy im Schreibzimmer geweckt wurde – in dem ich bis dahin übrigens nicht einen Satz geschrieben hatte –, rannte ich mit der Pistole hinunter und ließ sie in der Aufregung mitsamt dem Telefon auf dem Schreibtisch liegen. Später nahm ich das Handy wieder zu mir, dachte aber nicht an die Pistole. Abermals stieg Ärger in mir auf, und ich ermahnte mich im Stillen, besser aufzupassen. Ich drückte die Pausetaste und holte die Waffe zu mir in den Saal.

Nachdem der weiß-schwarze Riese die Fensterbank abgestaubt hatte, landete die Würfelkamera auf dem Kopf auf seinem Schlafgestell und blickte weiterhin zu der anderen Kamera. Er stapfte zur Tür des mittleren Zimmers, riss sie auf, sodass sie gegen den Ofen knallte, und löste das Bein von einem ehemaligen Lebewesen, das an einem Haken von der Decke hing, indem er einfach daran zog, als benötigte er dafür keine Kraft – als würden Sie eine Seite aus einem Buch reißen. Ich drehte das Tablet, um das auf dem Kopf stehende Video besser zu sehen. Der Haken glitt durch das Gewebe wie ein Messer und flog anschließend auf den Boden. Das gewaltige Bein knallte satt auf den Tisch, wo er es mit dem Hackebeil im Sekundentakt portionierte. Zack, zack, zack … Dafür benötigte er keine zwei Minuten, denn in der Aufzeichnung der Kamera auf dem Büffet, die ich parallel und auf die Uhrzeit abgestimmt laufen hatte, sah ich unsere Köpfe vor dem Fenster vorbeischweben und ihn daneben, uns beobachtend. Ich war erstaunt über sein Zeitgefühl. Er hatte keine Uhr, wusste aber genau, wann sie zu stellen war oder wir vor seinem Zimmer vorbeigingen. Ich drehte das Tablet wieder um und nippte beiläufig von dem Singbulli FF.

Stets aufs Neue, wenn meine Hübsche und ich das Fenster passierten, beobachtete er uns, ja, er lauschte direkt, und befanden wir uns in entsprechender Entfernung, sprang er wie von Sinnen im Raum herum, sodass seine lange schwarze Körperbehaarung in der Luft schwebte, was mich an eine Qualle denken ließ, die sich mit einer zusammenziehenden Bewegung ihres Schirms fortbewegt. Dabei trat seine weiße Haut zum Vorschein, die der Nachtsichtmodus der Kamera deutlich hervorhob. Und wie gesagt, im Flur tobte er nicht weniger, die gesamten neunundzwanzig Hofrunden und noch darüber hinaus.

Ich sah nach der Pistole und zog sie zu mir heran. Wenn er in dieser Verfassung war, wollte ich ihm keinesfalls begegnen, schon gar nicht unbewaffnet. Einmal mehr wurde mir klar, dass ich mit meiner Hübschen über diese Sache reden musste. Vielleicht war sie sich der Gefahr gar nicht bewusst. Das bedeutete aber, dass ich ihr von den Überwachungskameras erzählen musste. Gut, dachte ich, es müssen ja nicht alle erwähnt werden. Allerdings wollte ich sie auch nicht anlügen oder ihr etwas verschweigen – was sowieso nicht funktioniert hätte.

Es geisterten so viele Fragen in mir herum, dass ich dachte, eine Nacht würde nicht genügen, um sie alle beantwortet zu bekommen. Und ich bin nicht jemand, mit dem man sich stundenlang unterhalten kann. Ziemlich schnell fühle ich mich gelangweilt, oder es wird mir zu viel. Dass ich mich Ihnen so weitschweifig anvertraue, ist zum einen dem ehrlichen Interesse meinerseits betreffend Ihres Objekts geschuldet und zum andern einem gewissen Zeitdruck. Es fiele mir nicht im Traum ein, Ihnen ohne Grund und noch dazu in dieser Ausführlichkeit von meinen Erlebnissen zu erzählen. Allzu lange machen wir heute aber nicht mehr, oder?

Jedenfalls zielte ich nicht darauf ab, mich meiner Hübschen aufzudrängen. Zwei Mal hatte ich ihr bereits während des Spaziergangs aufgelauert. Wäre ich noch einmal so vorgegangen, hätte sie sich womöglich belästigt gefühlt oder gemeint, ich belauere sie, was natürlich schon darauf hinauslief. Deshalb überlegte ich mir etwas anderes, um ihre Aufmerksamkeit zu gewinnen. Mein Körper hatte sich von der Tortur auf der Säule regeneriert, und ich fühlte mich aufnahmefähig. Also steckte ich die Pistole in die Hosentasche vorne rechts und ging, nachdem ich die Schale Darjeeling geleert und noch einmal an den kalten Blättern gerochen hatte, hinüber in die Bastelstube. Dieses Mal nahm ich jedoch nicht die Abkürzung durch die Küche, in der das Fett ranzig in der Luft schwebte, sondern überquerte den großen Innenhof. Ein paar Minuten vor siebzehn Uhr fing ich an, alle unbrauchbaren Gegenstände aus der Bastelstube zu entfernen. Bis auf vier Schränkchen, die sich mit einer Arbeitsplatte verbunden an die Wand reihten, und zwei Tische mit einem Stuhl räumte ich alles in eines der anderen Zimmer. Dabei ließ ich die Türen offen und erzeugte ordentlich Krach. Die Stühle zog ich am Boden schleifend hinter mir her, und beim Zerlegen eines Schranks klopfte ich unnötig auf das trockene dünne Holz der Seitenwände, was klang wie Schläge auf eine große Trommel. Ich hängte alle Bilder ab und schubste ein Sofa zentimeterweise vor die Tür. Beim Ausräumen der Schränkchen holte ich einzeln die Gegenstände heraus und schloss geräuschvoll die Türen. Abschließend tat ich so, als würde ich alle noch einmal auf ihren Inhalt kontrollieren, und knallte sie zu. Die Bastelutensilien stapelte ich zu den Möbeln in meiner neuen Abstellkammer. Ich kam gehörig ins Schwitzen, doch je leerer der Raum wurde, desto mehr sah ich in ihm die perfekte Werkstatt. Acht Schritte von der Türe zu den Schränkchen und acht von den Fenstern zur Wand. Das genügte vollkommen, um ein paar Möbelstücke zusammenzuschreinern.

Das letzte Mobiliar, für das ich keine Verwendung fand, war einer der Tische. Er stand hinten in der Ecke. Ich schubste ihn rückwärts mit dem Po Zentimeter für Zentimeter quer durch den Raum zur Tür. Natürlich nicht wegen seines Gewichts, sondern ausschließlich, um ein letztes Mal Lärm zu erzeugen. Der Geräuschpegel nervte mich nach Kurzem selbst, sodass ich mir die Zeigefinger in die Ohren steckte. Als ich an die Türschwelle stieß, nahm ich die Finger heraus und drehte mich um. Was glauben Sie, wer dort stand? Natürlich. Ich hatte selbst nicht an den Erfolg meines Vorhabens gedacht, deswegen schreckte ich zurück, als ich sie im Türrahmen erblickte. Ihr Schmunzeln verriet mir, dass sie schon länger dagestanden haben musste. Die Situation wirkte so gestellt auf mich, dass ich zu lachen anfing. Ebenso zog sie – wenn auch etwas skeptisch – die Mundwinkel auseinander. Ich sehe sie noch vor mir stehen, wie sie mir ihre Unterwäsche und ihre Kleider sauber übereinandergelegt auf der rechten Hand präsentierte und sagte:

»Vierzig Grad, pflegeleicht.«

Ich freute mich, dass sie meinem eher scherzhaften Vorschlag gefolgt war, wir könnten bei Gelegenheit zusammen Wäsche waschen.

»Wie schön, dich wiederzusehen«, platzte es aus mir heraus.

»Ich sehe, du hast die Waschküche gefunden und …«, sie beugte sich über den Tisch in den Raum und ergänzte fragend: »… die Bastelstube?«

»Die Stube wird gerade zur Statt«, sagte ich. Auf ihren erwartungsvollen Blick hin vervollständigte ich: »Werkstatt.«

»Natürlich«, meinte meine Hübsche und bot sich an, mir mit dem Tisch behilflich zu sein. Wir trugen ihn – jeder an einem Ende – in die Rumpelkammer, wo er gerade noch Platz fand.

Ich sagte, ich hätte auch zwei, drei Kleidungsstücke für die Wäsche und ob sie einen Augenblick warten möchte, dann würde ich sie holen. Sie antwortete erneut: »Natürlich«, drehte sich um und verschwand in der Waschküche. Dabei streifte ihr Blick die Pistole in meiner Hosentasche, sie zeigte jedoch keinerlei Besorgnis, weder in ihrer Mimik noch in ihrer Aura.

Um sie nicht allzu lange warten zu lassen, nahm ich die Beine in die Hand und rannte in die Zipfelmütze, wechselte die Kleidung und legte die getragenen Sachen mit der Unterwäsche von den Tagen zuvor grob zusammen. Als ich die Taschen ausräumte, fiel mir das Handy ein. Ich ging ein kleines Risiko damit ein, den weiß-schwarzen Riesen einfach unbeaufsichtigt zu lassen, und ich fühlte mich gewiss nicht wohl dabei, doch das war die einzige Möglichkeit, bei meiner Hübschen zu sein. Deshalb ließ ich das Handy im Saal liegen und eilte gerade so schnell in die Waschküche zurück, dass ich nicht außer Puste geriet. Auf dem Weg kramte ich aus einem Umzugskarton ein Waschmittel heraus.

Meine Hübsche stand an einem der Fenster und schaute in den Wald, als ich wieder in die Waschküche trat. Die Wäsche lag schon in der digital gesteuerten Maschine, ein Programm war eingestellt.

»Da bin ich wieder«, rief ich ihrem Rücken zu und warf meine Wäsche dazu. Unterdessen stieg mir der Geruch von Essig und Chlor scharf in die Nase.

»Das Waschmittel benötige ich nicht«, meinte sie, während sie die Trommel schloss.

Ich debattierte nicht darüber, sondern bat sie, einen Augenblick zu warten. Dann ging ich in den Flur und schob das Sofa wie ein defektes Auto über die Fliesen in die Waschküche vor die laufende Maschine.

»So«, sagte ich, »jetzt können wir endlich über das Kloster reden.«

Sie wirkte verhalten und fragte nach, mit welchen Informationen sie denn dienen könne.

»Alles«, entgegnete ich, »mich interessiert alles, aber machen wir es uns doch erst einmal gemütlich.« Dabei deutete ich auf das Sofa. Wir setzten uns, jeder an eine der Armlehnen, und schlugen die Beine übereinander. Das Display der Waschmaschine zeigte eine Stunde und zwölf Minuten an. »Vielleicht fangen wir mit unserem gemeinsamen Mitbewohner im Ostgebäude an. Was ist denn das für eine Gestalt, und warum darf so etwas überhaupt frei herumlaufen?«

Sie drehte sich zu mir und sah kurz an meinem Gesicht vorbei. Anschließend ruhte ihr Blick auf den Fingern ihrer rechten Hand, die über der Linken auf dem Oberschenkel lag, der sich unter ihrem weißen Kleid abzeichnete.

»Du verfügst über einen sauberen Charakter. Ich weiß, dass du ein Geheimnis für dich behalten kannst. Außerdem hast du als Besitzer des Klosters das Recht, zu wissen, was es mit ihm auf sich hat.«

Diese Unterhaltung auf dem Sofa ist in meine Erinnerung eingespeichert wie ein auswendig gelerntes Gedicht aus der Schulzeit. Bis heute sind die Bilder kein bisschen verblasst. Handelte es sich um eine Datei auf einem Computer, würde ich sie »Das Gespräch in der Waschküche – der weiß-schwarze Riese« nennen.

»Das sehe ich genauso«, bestätigte ich in verschmitztem Tonfall meiner Hübschen. »Vor allem würde ich gerne wissen, ob er uns gefährlich werden kann.«

Bevor sie antwortete, schielte sie versteckt auf den Pistolengriff, der aus meiner Hosentasche herausstand. »Bis heute hat er sich noch nie an einem Menschen vergangen, doch auszuschließen ist es nicht. Er ist schon sehr alt, und da er das einzige Wesen seiner Art ist, gibt es keine Erfahrungsberichte über sein Verhalten.«

»Wie alt ist er denn?«, fragte ich.

»Sehr alt«, antwortete sie gedankenversunken.

Mein Bauch verkrampft sich bei solchen Formulierungen. Ich sagte: »Niemand weiß, was sehr alt heißt. Man muss es mit zeitlichen Begriffen wie Jahr, Tag, Stunde oder dergleichen ausdrücken oder anhand eines Vergleichs veranschaulichen. Beispielsweise: Hundert Jahre oder so alt wie das Kloster …«

An dieser Stelle unterbrach sie mich und fing an, mir von dem weiß-schwarzen Riesen zu erzählen. »Es mag verwunderlich erscheinen«, sagte sie auf ihre graziöse Art mit einem Augenzwinkern, »aber das Herumspielen an Erbsubstanzen ist nicht erst für die Menschen von heute interessant. Wer weiß, wie lange das schon praktiziert wird, doch sicher bereits im mittleren neunzehnten Jahrhundert. Mein Ururgroßvater, der die Liegenschaften des Liebfrauenbergs erworben hat, der Vater der Gründerin der gleichnamigen Stiftung, empfand dies als seine Passion. Er experimentierte mit Pflanzen, aber sein Hauptaugenmerk galt den Lebewesen. Öffentlich bekannt war, dass er die ertragreichsten Pflanzen, die größten Schweine und stärksten Ackergäule des Landes züchtete, und wir gehen davon aus, dass er in vielem ein Pionier war. Was jedoch niemand außer dem engsten Familienkreis und einer Handvoll Auserwählter wusste, war, dass mein Ururgroßvater an etwas forschte, das von der Idee her in etwa dem gleichkommt, was wir Roboter nennen. Sprich, er wollte etwas erschaffen, das uns die unangenehmen Arbeiten abnimmt, damit wir ein entspanntes Leben führen können. Zu seiner Zeit wusste aber noch niemand von Computern, und es lag nicht in seinem Wesen, eine Maschine dieser Art zu erfinden. Er dachte an einen Roboter aus Fleisch und Blut, etwas Lebendiges, das er anschließend in großer Stückzahl in die ganze Welt verkaufen konnte. Wie gesagt, lag ihm daran, den Menschen das Leben zu erleichtern, damit sie ihre Zeit für Höheres verwenden könnten; gleichgültig, welcher Gesellschaftsschicht sie entstammten. Zuerst hatte er jedoch die Gutsituierten im Sinn, und später, wenn genug Geld eingegangen wäre, wollte er sich den Bedürftigen zuwenden.

Natürlich, im Nachhinein betrachtet war dies eine sehr naive Einstellung«, sagte meine Hübsche nach einer kurzen Pause, in der ich nichts zu alldem sagte, sondern wartete, bis sie weitererzählen würde. »Ich weiß nicht, wie er an den Genen herumexperimentierte, aber hätten Gläubige in seinem Umfeld davon erfahren, wäre er gewiss gelyncht worden. Das Verbrennen vermeintlicher Hexen lag noch nicht allzu lang zurück.

Den Überlieferungen unserer Familie zufolge war mein Ururgroßvater verantwortlich für viele Missgeburten mit ungeheurem Bizeps, langen Füßen, Menschen mit Pferdeköpfen und eine beachtliche Anzahl unaussprechlicher Gestalten, die allesamt keine Überlebenschancen aufwiesen. Das war der maßgebliche Grund, warum meine

207

Urgroßmutter Domitilla v. Maillot de la Treille die Liebfrauenbergstiftung ins Leben gerufen hat. Sie wollte den Namen unserer Familie reinwaschen, indem sie vor allem geistig Behinderten ein Zuhause gab.« Erneut legte sie eine Pause ein, in der sie gedankenversunken ihre Hände auf den überschlagenen Beinen fokussierte, und ich wartete, bis sie weitererzählte.

»Seine Züchtungen verbesserten sich lange Zeit nicht. Aber er gab nicht auf, angetrieben von der festen Überzeugung, dass seine Vision Wirklichkeit wird. Und dann gelang es ihm, einem Braunbären was auch immer zu entnehmen und es einem Menschen einzusetzen; von dem letzten Bären aus den Wäldern des Liebfrauenbergs und vermutlich auch des Landes.« Nun sah sie mich an und sagte: »Du hast ihn gesehen, unseren Mitbewohner. Ich glaube, du weißt, worauf die Sache hinausläuft.«

»Nicht so genau. Ich meine, ist unser Mitbewohner ein Nachfahre der damals gezüchteten Gestalt? Es kann ja nicht derselbe sein. Wenn ich richtig liege, dann war das alles vor zweihundert Jahren. Weder werden Menschen so alt noch Braunbären, oder?«

»Ich weiß nicht, was mein Ururgroßvater noch in den Topf getan hat, oder ob bei der Kreuzung von Mensch und Bär eine Symbiose entsteht, die sich auf die Lebenszeit auswirkt. Sicher ist jedoch, dass unser Mitbewohner genau das Wesen ist, in dem mein Ururgroßvater eine Chance sah.«

Ich fand, das klang schlüssig, finden Sie nicht auch? Außerdem konnte ich sehen, dass mich meine Hübsche nicht anlog.

Nach diesen Worten schauten wir beide für ein paar Minuten der purzelbaumschlagenden Wäsche zu, bevor sie wieder weitererzählte.

»Es müssen damals grauenvolle Zustände auf dem Liebfrauenberg geherrscht haben. Ich will es mir gar nicht vorstellen. Mein Ururgroßvater ließ nämlich nicht nur Tiere seine Züchtungen austragen, sondern ebenso seine Frau. Das möchte ich nicht näher darlegen, nur so viel, dass klar war, auch wenn meine Ururgroßmutter die Vision ihres Mannes teilte, würde sie eine weitere solche Geburt nicht überleben.«

Ich vertraute meiner Hübschen von Anbeginn an, hatte nie das Gefühl, dass sie mir vorsätzlich Lügen auftischte, schaute aber nun zu ihr, um mich davon zu überzeugen, dass sie nicht log. Das klang für mich alles wie aus einem Gruselfilm. Doch ich habe den weiß-schwarzen Riesen gesehen, und auch wenn er natürlich nicht in dem Buch von Sr. M. Elisabeth erwähnt wird, deckte es sich mit dem Rest, was meine Hübsche mir erzählte. Trotz alledem habe ich später ein wenig nachgeforscht und herausgefunden, dass zu jener Zeit tatsächlich in dieser Gegend noch Braunbären lebten. Sie können es im Internet nachlesen. Auch dass der Ururopa meiner Hübschen die Gemarkungen gekauft hatte, fand ich bestätigt. Domitilla v. Maillot de la Treille ist auf einer Ahnenforschungsplattform als seine Tochter eingetragen. Man kann sich dort anmelden und kostenlos schier bis zu Jesus von Nazareth recherchieren. Sogar der weiß-schwarze Riese ist registriert, und nicht nur dort, sondern auch in staatlichen Unterlagen wie den meinen vom Notariat. Zu dem Zeitpunkt meiner Nachforschungen war ich über diese Verhältnisse nicht mehr verwundert, hatte meine Hübsche mich doch auf dem Sofa bereits aufgeklärt. Ohne innezuhalten, sprach sie Themen an, die nicht für jedermanns Ohren bestimmt sind. Doch es stellt kein Risiko für uns dar, wenn ich Ihnen vorbehaltlos davon berichte.

Als sie von sich aus nicht weitererzählte, fragte ich, wie so eine Gestalt überhaupt zu einem Ausweis kam und unbemerkt im Kloster wohnen konnte, was sie mir wieder mit einer plausiblen, wenn auch komplexen Schilderung verständlich machte. Nachdem sie die Beine umgekehrt übereinandergeschlagen hatte, sagte sie:

»Nun, das wird zusehends aufwendiger. Früher genügte ein Wort unserer Familie, und ein Dokument erhielt seinen Stempel. Das meiste galt ohnehin mit Handschlag als amtlich. Durch die Stiftsgründung meiner Urgroßmutter, mit der sie den gesamten Besitz an die Kirche abtrat, standen sowieso alle Türen offen. Erst meine Mutter bekam zu spüren, dass unser Name nicht mehr Tür und Tor öffnet. Es lag auch nie in unserem Interesse, eine Lobbyposition innezuhaben. Das ist nicht die Aufgabe unserer Familie. Und als die Kirche das Kloster abgetreten hat, entstand natürlich ein Problem mit der Geheimhaltung unseres Mitbewohners. Ich habe versucht, die Stiftung mit dem Kloster zu retten, indem ich, wie du weißt, Seminare für spirituell interessierte Menschen gehalten habe. Das wich zwar von der herkömmlichen Tätigkeit der Stiftung ab, nicht jedoch von ihrer ursprünglichen Ausrichtung – allen alles sein. Unter dem Strich hat es sich aber nicht ausgezahlt.

Jetzt bin ich etwas ins Uferlose abgeschweift«, sagte meine Hübsche und wirkte wie eben aufgewacht. Ich lächelte ihr zu. »Dass unser gemeinsamer Mitbewohner, ohne großes Aufsehen zu erregen, hier leben kann«, sprach sie weiter, »liegt vor allem daran, dass unsere Familie trotz alledem gut vernetzt ist, und das wird sich niemals ändern. Zusammen mit dem Kloster sind wir für gewisse Familien unentbehrlich.

Darüber hinaus, und ich empfinde einen leichten Ekel bei dieser Äußerung, stammt er aus dem Bauch meiner Ururgroßmutter, und somit steht ihm, als ältestem noch lebenden Familienmitglied, der im entferntesten Sinne sogar wie ein Urgroßonkel mit mir in Beziehung steht, ebenso wie mir das Recht zu, bis zu seinem Dahinscheiden hier zu leben.«

»Moment mal, Moment mal«, unterbrach ich sie. »Ich habe zwar kürzlich ein Buch über die Gründerin dieses Klosters gelesen, und ehrlich gesagt dachte ich mir bereits, dass du zu dieser geheimnisumwobenen Familie gehörst, doch darin stand nichts davon, dass unser Mitbewohner auch dazugehört, natürlich nicht, ist mir schon klar, aber die Informationsflut überwältigt mich gerade.«

»Domitilla v. Maillot de la Treille – die Gründerin des Stifts Liebfrauenberg«, sagte sie mit einem leichten stolzen Tonfall und ebensolcher Haltung.

»Genau, du hast es sicher auch gelesen.«

»Ja, meine Großmutter hat es geschrieben. Selbstverständlich habe ich es gelesen.«

»Natürlich«, sagte ich und versuchte, die vielen neuen

Informationen einzuordnen. »Du sagst, deine Ururoma hat den weiß-schwarzen Riesen geboren?«

»Wenn du damit unseren Mitbewohner meinst, ja. Wir nennen ihn den Bären-Maillot.«

»Den Bären-Maillot«, wiederholte ich schmunzelnd. »Ihr habt keine Angst vor dem, oder?«

»Er sollte nicht unterschätzt werden. Du hast ihn ja in Rage erlebt.«

»Rage klingt ein klein wenig zu sachte ausgedrückt, finde ich.«

»Gewiss. Wenn er in dieser Verfassung ist, hält man sich besser fern von ihm. Er sucht sich in erster Linie etwas Lebendiges, das er zerstören kann. Er reißt Hühnern einfach den Kopf ab und verschlingt ihn an Ort und Stelle. Mein Ururgroßvater konnte ihn offenbar nicht gänzlich domestizieren. Also, völlig ungefährlich ist es in seinem Umfeld nicht. Doch er macht mir keine Angst. Ich weiß, was zu tun ist.«

»Hat er sich schon mal an Menschen vergangen?«

»Mir ist nichts davon bekannt«, sagte sie, aber ich hatte den Eindruck, dass sie überlegen musste.

»Weißt du, was der Grund für diese ausartende Wut ist?«

»In unserer Familie heißt es, er war schon von klein auf so. Er hasste alles und jeden. Vielleicht spürte er, dass er von niemandem gemocht wurde, vielleicht ist es aber auch genetisch bedingt. Letztlich kann man sagen, dass der Hass ihm wie ein Stachel in der Ferse steckt.«

»Gibt es überhaupt etwas, was er mag, außer zu hassen?«

»Mir ist nichts bekannt. So wie Menschen ab einem gewissen Maß an Freude das Bedürfnis haben, sie nach außen zu tragen, so verspürt er nach einem gewissen Maß an angestautem Hass den Drang zur Zerstörung.«

»Ich schätze, daran würde auch eine Bär-Maillotin nichts ändern.«

»Vermutlich nicht«, sagte sie lächelnd. »Im Moment allerdings personifiziert er nur das Böse.«

»Und das alles für das Gute«, sagte ich und lächelte zurück.

Daraufhin leuchteten ihre Augen auf, sie fingen sogar an zu glitzern, als sie mit Tränen der Freude befeuchtet wurden. »Dass Gut und Böse gleichermaßen vonnöten sind, war mir früher nicht gegenwärtig. Bis vor Kurzem hat mich das Grausame in der Welt innerlich fast zerrissen. Nach und nach dringt diese Erkenntnis jedoch mehr und mehr in meinen Alltag«, sagte sie.

Nun erschienen mir Bilder von der Säule, und ich musste an die geheime Familientradition denken.

Solche Unterhaltungen wie diese mit meiner Hübschen dringen in mein Gedächtnis wie Tattoofarbe. Schon seit jeher. Sobald ich später darauf schaue, liegen sie wie ein Gemälde bis ins Detail vor meinem inneren Auge. Sie verblassen kaum. Deshalb hoffe ich, dass es für Sie nicht allzu anstrengend ist, wenn ich manch entbehrliche Einzelheit der Verbundenheit wegen mit erwähne. Aber für mich ist es einfacher, das gesamte Bild wiederzugeben, als die wichtigsten Punkte herauszufiltern. Natürlich schildere ich Ihnen nicht alle Bilder, nur die von Bedeutung im Ganzen, denn die Zeit ist knapp.

Jedenfalls, als wir auf das Thema Polarität, Gut und Böse kamen, dachte ich an die Leidensgeschichte der

Maillotfrauen, den inneren Drang und die damit verbundene geheime Familientradition. Ich war erfreut, dass meine Hübsche offenbar diese Beschwernis hinter sich hatte. Das erklärte auch ihre auflebende körperliche Verfassung.

»Das freut mich wirklich«, sagte ich. »Eine Erkenntnis, die nicht in den Alltag dringt, ist nichts als ein heißer Furz.« Ich erschrak selbst über meine Ausdrucksweise und entschuldigte mich dafür.

»Die einfachen Worte bringen es auf den Punkt«, sagte sie mit einem Lächeln, das ich gerne erwiderte. Anschließend wollte ich wissen, was es mit dem Wohnrecht auf sich hatte, wie es dazu gekommen war.

»Wie du weißt, hat Domitilla v. Maillot de la Treille den gesamten Besitz der kirchlichen Stiftung übertragen, die sie Liebfrauenbergstiftung nannte. Sie leitete und diente der Stiftung im kirchlichen Zweck mit dem Schwerpunkt: Pflege von geistig Behinderten. Dieses Jahr wurde die Stiftung aufgelöst, und die Kirche verkaufte den Besitz«, sagte sie ohne Wehmut. »Allerdings existierte eine Klausel im Stiftsvertrag, die besagt, dass direkten Nachkommen unserer Familie ein Wohnrecht zusteht, wenn auch sehr eingeschränkt. Das Kloster war somit nicht einfach zu vermitteln, denn die Kirche musste diese Klausel beim Verkauf aufrechterhalten.«

»Und Domitilla v. Maillot de la Treille hat wirklich alles der Kirche geschenkt?«

»Der kirchlichen Stiftung. Was letztlich nichts anderes bedeutet. Eine kirchliche Stiftung hat natürlich auch Vorteile. Zum Beispiel untersteht sie nicht dem Staat. Für die

Pflegeeinrichtung war es eine gute Entscheidung. Die Kirche hat Macht, Geld, und zu jener Zeit gab es auch viele Schwestern, die ihr Leben einzig Gott und der Nächstenliebe widmeten.«

»Ja, natürlich, nur, es ist ein wirklich wunderbarer Ort, ein geheimnisvoller Ort, ein einzigartiger Ort, den man nicht einfach so hergibt.« Dabei dachte ich an die Magentatulpe und die vielen Magentakugeln, die sich daraus über den gesamten Liebfrauenberg verteilen, und ich beobachtete sie genau, während ich sprach.

Sie sah mich an, schmunzelte, wie eben jemand schmunzelt, wenn er mehr weiß als der andere, und ich spürte, wie ich in eine Sache hineingezogen wurde, aus der ich so schnell nicht mehr herauskäme, weil ich schon viel zu tief drinsteckte.

»Nun«, sagte sie, »wer auch immer aktuell im Besitz des Liebfrauenbergs sein mag, ist es nur pro forma. Der echte Besitzer wird immer unsere Familie sein oder besser gesagt: Der Liebfrauenberg besitzt uns. Er braucht uns. Wir sind unzertrennlich. Was hat in Anbetracht dessen Besitz für einen Wert? Seit jeher ist dieser wunderbare, geheimnisvolle, einzigartige Ort, wie du es so schön formuliert hast, mit unserer Familie verbunden. Zudem ist er ein zentraler Ort. Es ist nämlich der Ort auf der Welt, an dem für das Gleichgewicht der Gegensätze von Gut und Böse gesorgt wird.«

Ich staunte nicht schlecht, wusste zwar aus dem Buch von Sr. M. Elisabeth, dass die Familie und ihre geheime Tradition irgendwie mit dem Kloster zusammenhing, doch so sehr ging sie nicht ins Detail. »Der Ort in der Welt, an dem für das Gleichgewicht der Gegensätze von Gut und Böse gesorgt wird«, wiederholte ich langsam. »Jetzt hast du mich aber neugierig gemacht. Auch eine schöne Formulierung, allerdings war mir bis zu diesem Augenblick nicht bewusst, dass es dafür einen Ort braucht.«

An dieser Stelle ist es unumgänglich, die zusätzliche Welt zu erwähnen. Wie gesagt, spreche ich nicht gerne davon. Es lässt mich unglaubwürdig erscheinen. Ich sage das, damit Sie wissen, dass ich mir darüber im Klaren bin, ein hohes Risiko einzugehen, Sie nicht überzeugen zu können und in der Folge mit leeren Händen nach Hause zu gehen. Es ist aber wichtig, zu verstehen, was den Liebfrauenberg zu einem einzigartigen Ort auf dieser Welt macht. Wie Sie sich denken können, war ich selbst verblüfft über die Aussage meiner Hübschen, dass der Liebfrauenberg, den ich gekauft hatte, der jedoch immer im Besitz der Familie Maillot de la Treille bleiben sollte, der Ort in der Welt sei, an dem für das Gleichgewicht von Gut und Böse gesorgt werde. Aber ich spürte, dass sie mir nicht irgendeine Wischiwaschimischimaschi-Theorie auftischte, sondern versuchte, ihre Gedanken so zusammenzubauen, damit ich sie verstehen konnte.

»Ich weiß, du hast die Einsicht in die farbliche Welt«, sagte sie.

»Ja, ich nenne sie zusätzliche Welt«, erwiderte ich.

»Eine treffliche Formulierung.«

»Ja.«

»Und sicher hast du schon im Keller den Raum unter dem Saal entdeckt.«

»Ja, sie ist wunderschön.«

»Sie?«

»Ach, entschuldige. Dieses wunderschöne Naturschauspiel dort unten erinnert mich an eine Tulpe. Deshalb habe ich es als magentafarbene Tulpe abgespeichert.«

»Oh, abermals eine schöne Formulierung«, sagte sie und legte dabei den Kopf leicht zur Seite. »In unserer Familie wird sie ihrer Funktion entsprechend ›das Feuer der unbedingten Liebe‹ genannt.«

Ich stutzte etwas bei dieser theatralischen Aussage – ich meine, Bedingungen sind doch immer vorhanden – und gab ein »Ah« mit hochgezogenen Augenbrauen von mir. Meine Hübsche erkannte meine Skepsis und setzte noch einmal an.

»Möchtest du wissen, warum wir es so nennen?«

»Natürlich, Entschuldigung«, sagte ich und legte für Sekunden reflexartig die Hand auf ihren Unterarm. Ich dachte dabei überhaupt nicht daran, einen Flirt zu beginnen, aber ich bemerkte, dass ich währenddessen beobachtete, wie sie darauf reagierte; ob sie es womöglich als unangenehm empfand. Doch das Gegenteil war der Fall. Sie schenkte mir ein herzliches Lächeln und legte ihre Hand ebenso für einen Augenblick auf meinen Handrücken. Das war der Moment, in dem das Eis zwischen uns schmolz. Der Moment, in dem eine Barriere fiel und Leitungen zwischen uns geöffnet wurden. Leitungen, durch die sich innigere Energien austauschten. Ich würde nicht sagen, dass Schmetterlinge hindurchflogen. Eher eine anziehende Energie, die einen ständig auffordert, näher an den anderen zu rücken. Zumindest empfand ich das so. Nein, ich kann sagen, meine Hübsche auch. Diese Leitungen verheimlichen so etwas nicht.

217

Als sie mich fragte, ob ich schon einmal beobachten konnte, wie sich eines der Energiebällchen aufopfert, bejahte ich erst gedanklich abwesend, erzählte ihr dann aber von dem Trauerspiel, das ich einige Male an verschiedenen Orten mitangesehen hatte. Dass sie sich von kranken Lebewesen angezogen fühlen, dass die lichterfüllten Magentakugeln mit deren blasser Aura verschmelzen, um nicht zu sagen dahinscheiden, und dass es jenen Lebewesen nur für eine gewisse Zeit besser geht.

»Es ist kaum mit anzusehen, nicht wahr?«, sagte sie und formte ihre Augenbrauen zu einem flachen Satteldach.

»Ja«, gab ich als Antwort zurück.

»Deshalb nennt unsere Familie es ›das Feuer der unbedingten Liebe‹. Denn in ihrer aufopfernden Art kennen sie kein Gut und kein Böse, machen keinen Unterschied zwischen Frau und Mann, Alt und Jung, sondern opfern sich gleichermaßen kranken Lebewesen – sowie auch kranken Gewächsen. Das ist ihr Naturell.«

Ich überlegte. »Na ja«, sagte ich dann vorsichtig, »zumindest ist die Bedingung, dass es sich dabei um kranke Lebewesen oder Pflanzen handelt, nicht wahr? Sie opfern sich niemand Gesundem.«

Daraufhin lächelte sie wissend und sagte: »In der Tat opfern sie ihr Dasein hauptsächlich den Kranken. Das Feuer der unbedingten Liebe ist nicht unökonomisch. Doch eine prinzipielle Bedingung ist dies nicht. Es gibt Ausnahmen. In Verbindung mit unserem Loch im Bauch sind sie zu noch weit mehr imstande, was nicht von jedem als Liebe erkannt wird.«

»Okay, aber findet das nicht auch so statt? Ich meine die bedingungslose Liebe. Ist sie nicht die Grundintention von allem, was geschieht? Braucht es dafür unbedingt einen einzigartigen Ort, eine magentafarbene Tulpe oder ein Bauchloch in Verbindung mit einer Magentakugel?«, fragte ich und war gespannt auf ihre Antwort.

»Es freut mich, dass du dies ebenso siehst«, sagte meine Hübsche. Dabei bemerkte ich, dass sie etwas näher rücken wollte. Es bewegte sich jedoch nur ihr Oberkörper leicht in meine Richtung. »Vermutlich ist dies nicht nötig. Ich stimme dir zu. Doch was spricht gegen ein Sinnbild der unbedingten Liebe in dieser Form?«

»Natürlich nichts.«

»Jeder hat seine Aufgabe und unsere Familie eben eine weltweit einzigartige«, sagte sie und hob die Augenbrauen, bis sich auf ihrer Stirn eine Falte zusammenschob.

»Und welche?«, fragte ich.

»Ich darf es dir tatsächlich verraten. Es ist ein Privileg, dass du davon erfährst. Ich hoffe, du bist dir dessen bewusst.«

»Mal sehen, im Moment bin ich nur neugierig.«

»Unsere Familientradition weicht mit dir, soweit mir bekannt ist, zum ersten Mal in der ewigen Geschichte von ihrem Prinzip ab. Es ist mir ein Rätsel, dass dies zuvor vermutlich noch nie geschehen ist. Aber selbst solch eine über Jahrtausende eingefahrene Gepflogenheit kann sich hie und da eben abwandeln.«

»Wäre es möglich, dass wir die Spannung den Thrillerregisseuren überlassen? Dramaturgie finde ich anstrengend«, sagte ich lächelnd und hoffnungsvoll. Genau in diesem Moment ertönte das Stoppsignal der Waschmaschine.

»Es sieht nicht danach aus«, sagte sie neckisch, schritt zur Maschine, und ich folgte ihr. »Ich finde, dass ich dir auch schon viel zu viel auf einmal erzählt habe. Zudem bin ich nicht gewohnt, so lange zu sprechen, und würde mich jetzt gerne ausruhen«, fügte sie hinzu, während sie die Trommel ausräumte.

Ein Kleidungsstück nach dem anderen legte sie entweder mir auf die Hände oder, wenn es sich dabei um eines der ihren handelte, über ihren Unterarm. Anschließend standen wir uns mit den feuchten Kleidern gegenüber und lachten uns an.

In der Szene, die ich in Erinnerung habe, stand nicht mehr die kranke, deprimierte Hübsche vor mir, die ich wenige Tage vorher das erste Mal im Hof gesehen hatte. Sicher bemerkte sie meinen verliebten Blick, wie auch mir ihre Zuneigung nicht verborgen blieb.

»Bis bald«, sagte sie dann etwas verschämt und wollte rechts an mir vorbei, genau in dem Moment, als ich nach rechts schritt, um sie links vorbeizulassen.

»Vielleicht bis morgen«, sagte ich noch dazu, sodass man hätte meinen können, ich ließe sie erst nach einer Antwort vorbei.

»Vielleicht«, erwiderte sie mit einer koketten Intonation und wollte links an mir vorbei, just in der Sekunde, als ich beabsichtigte, sie rechts passieren zu lassen, und wir versperrten uns erneut den Weg. Ich dachte, so etwas spielt sich doch nur im Fernsehen in einer Liebesschnulze ab, und musste innerlich lachen.

Nach einem weiteren Fehlversuch sagte ich zu meiner Hübschen, ich würde stehen bleiben, und sie bewegte sich mit ihrer schwebenden Gangart nach draußen. Ich drehte mich um, sah ihr hinterher, bis sie das Gebäude verlassen hatte, und hängte die geschleuderten Kleidungsstücke mit Wäscheklammern an eine in der Waschküche gespannte Leine. Im Anschluss vertrat ich mir zuerst ein paar Minuten die Beine, bevor ich mich wieder auf die Couch setzte.

Es ist so viel geschehen heute, dachte ich mir. Rückblickend wirkte es wie ein Film, ein Traum, eine aus dem Nichts erschienene Fata Morgana, kaum erschienen, schon im Reich der Erinnerungen.

Lassen Sie mich Ihnen hier am Rande etwas mitteilen, was auch mit der Geschichte Ihres Objekts zu tun hat. Ich weiß nicht, ob Sie sich darüber überhaupt im Klaren sind. Ich hoffe, Ihnen damit die Entscheidung am Ende zu erleichtern. Vielleicht fange ich so an: Dass die Welt der Erscheinungen illusorischer Natur ist, sagen nicht nur die Weisen aus dem Osten, sondern auch die Wissenschaftler hierzulande. Sie sagen, dass unser Gehirn Gegenstände hinzuprojiziert, wo keine sein dürften, und welche löscht, wo anscheinend welche existierten; alles, ohne dass wir davon etwas mitbekommen. Beispielsweise befindet sich in unserem Auge – genau genommen an der Stelle, wo der Sehnerv ins Gehirn führt – ein sogenannter blinder Fleck. Dies würde dazu führen, dass von allem, was wir sehen, ein kleines Stück fehlte, wenn nicht unser Gehirn diese Leerstelle anhand von Informationen des zweiten Auges und Berechnungen nachzubilden in der Lage wäre. Unser Gehirn sorgt somit für ein Abbild der optisch wahrgenommenen Wirklichkeit. Es geht zwar nur um einen kleinen Fleck und um Informationen des jeweils anderen Auges, doch allein die Tatsache, dass das Gehirn etwas dazurechnen kann, wo nichts ist, gibt einem doch zu denken, oder? Das ist nur ein einfaches Beispiel, und ich möchte Sie nicht mit Forschungsergebnissen langweilen.

Das erste Mal, dass in mir die Frage entstand, ob die Welt, wie ich sie wahrnehme, real ist, war, nachdem ich in die Pupillen eines Schafes geschaut hatte. Sie sind ja nicht rund, sondern rechteckig. Ich fragte mich: Sehen diese Schlitzpupillen dieselbe Welt wie ich? Oder Fliegen mit ihren Facettenaugen, die jeweils aus mehreren tausend kleinen Einzelaugen bestehen, was für eine Welt sehen sie?

Dass die Welt, so wie wir sie wahrnehmen, keine Wirklichkeit darstellt, ist leicht zu vermitteln. Dass aber die Welt an sich einem Traum gleicht, keineswegs. Die wenigsten interessiert es überhaupt, und für den Alltag ist diese Information sowieso nicht von Bedeutung. Wir müssen ja trotzdem dafür sorgen, dass wir ein Dach über dem Kopf und etwas zu essen haben. Letztlich muss eine Person offen dafür sein, sprich, sie weiß es insgeheim bereits selbst. Ich glaube, Sie wissen, was ich meine. Alleine dass nachts keine Sinne nötig sind, um eine komplette Welt wahrzunehmen, die uns so real erscheint wie tagsüber, veranschaulicht schon viel. Wir machen die Augen zu und erleben uns als eine Person in einer Welt. Warum sollte dies tagsüber anders sein?

Ich sehe, Sie verstehen. Hier an diesem Ort lebten früher lange Jahre Menschen, die sich dessen bewusst waren. Aber dazu später. Kehren wir zurück in die Waschküche, wo ich mich mittlerweile auf dem Sofa langgemacht hatte. Die frisch gewaschene Wäsche tränkte die Luft mit Chlorgeruch. Ich ließ die letzte Stunde Revue passieren und versuchte, die Puzzleteile meines neuen Erlebniskosmos' zusammenzusetzen.

Ich wusste nun von meiner Hübschen selbst, dass sie ein Nachkomme der Gründerin Domitilla v. Maillot de la Treille ist. Veronika war demzufolge ihre Mutter. Die Stiftung wurde aufgelöst, das Kloster verkauft, und ihr steht ein lebenslanges Wohnrecht zu. Doch sie meinte auch, dass der wahre Besitzer immer ihre Familie bleiben werde. Es soll sogar umgekehrt so sein, dass der Liebfrauenberg eher sie besitzt. Das musste irgendwie mit der Magentatulpe und der Familientradition zusammenhängen, die mit mir vermutlich das erste Mal von ihrer Tradition abweicht, erinnerte ich mich. Doch wie genau, hatte ich nicht mehr in Erfahrung bringen können. Was sollte ich mit der mir fremden Familie zu tun haben?

Dann hatten wir noch über den weiß-schwarzen Riesen gesprochen, der aus dem Bauch von Domitillas Mutter entstammen soll, ein Halbbruder der Gründerin also, eine Mischung aus Bär und Mensch. Schwer zu glauben. Meine Hübsche log zwar nicht, aber das musste nicht bedeuten, dass sie die Wahrheit sagte.

Eine Art Roboter, der den Menschen die Arbeit abnimmt, solle er sein; ein Prototyp, der nicht domestiziert werden konnte, ein ungeliebtes Kind, voller Eifersucht und Wut, unberechenbar. Ich musste ihm weiterhin mit Vorsicht begegnen und auch zukünftig die Pistole bei mir tragen.

Eine Weile versuchte ich, mir vorzustellen, wie der weiß-schwarze Riese erschaffen wurde und wie ihn Domitillas Mutter zur Welt brachte, was die ganze Angelegenheit nur noch unrealistischer wirken ließ. Auch als sich meine Gedanken wieder der Familientradition zuwandten, widerstrebte alles in mir der Idee, etwas damit zu tun zu haben. Mit meiner Hübschen ja, doch nicht mit irgendwelchen Privilegien. Ich habe lieber meine Ruhe. Nichtsdestotrotz war ich gespannt, was es damit auf sich hatte.

Auf die Säule im Wald waren wir leider nicht zu sprechen gekommen. Zu gerne hätte ich gewusst, wie sie dort oben ein Jahr aussitzen konnte.

Das Verarbeiten der neuen Informationen ging dann über ins Dösen. Da ich das Smartphone nicht bei mir hatte, legte ich mir die Pistole auf den Bauch und umklammerte den Schaft.

Später stand ich auf und las an einer einfachen Wanduhr im Flur die Zeit ab. Sie zeigte zwanzig Uhr an, was ich als verlässlich einschätzte. Bis Mitternacht hatte ich noch Zeit, um ein paar Regale auseinanderzuschrauben. Dabei erinnerte ich mich, dass ich vergessen hatte, meine Hübsche zu fragen, warum der weiß-schwarze Riese jede Nacht sein Ritual ausführte. Auch wenn sie mir schon einiges über mein neues Zuhause beantwortet hatte, waren noch viele Fragen offen, ja, es kamen sogar weitere hinzu. Das übliche Spiel eben.

Ich schaffte also einen Umzugskarton voll mit Werkzeug heran und räumte es in die Schränkchen der Werkstatt. Außerdem nahm ich das Smartphone zu mir und änderte die Automation für den großen Innenhof so wie im Korridor, dass bei Anwesenheit des Handys keine Mitteilungen versendet wurden.

Als Nächstes räumte ich die Regale mit der Bettwäsche leer. Die mit den Handtüchern und den Nonnengewändern ließ ich stehen. Ordentlich stapelte ich sie an eine freie Wand und schraubte die schönen Böden von den Seitenhölzern ab. Ich hatte Spaß dabei, wieder einmal mit gutem Holz zu hantieren und daraus etwas entstehen zu lassen. In Gedanken sah ich die fertigen Möbelstücke bereits in der Zipfelmütze zwischen den Gauben stehen. Die Patina des Holzes würde gut mit dem Raum harmonieren, dessen war ich mir sicher, vor allem mit den weiß gestrichenen Fenstern.

Die Bretter lagerte ich in der Werkstatt ebenfalls an einer freien Wand. Dadurch strahlte das ausgeräumte Zimmer wieder Wärme aus. Am liebsten hätte ich gleich damit angefangen, sie zuzusägen, zusammenzuleimen und dabei den Duft des Holzes einzuatmen, aber ich wollte meine Hübsche um diese Zeit nicht stören. Doch ich nahm schon einmal in der Zipfelmütze Maß und zeichnete die Bretter an, sodass ich am Tag darauf gleich loslegen konnte.

Sowie alles vorbereitet war, trug ich den Rest meiner Gerätschaften in die Werkstatt und verstaute sie in den Schränkchen unter der Arbeitsplatte – der neuen Werkbank. Ich ließ mir dabei Zeit und kam auch nicht ins Schwitzen. Abschließend wusch ich mir Hände und Gesicht und legte mich ins Bett. Gerade noch rechtzeitig, um den weiß-schwarzen Riesen in Echtzeit über die Kameras zuzusehen, wie er sein tägliches beziehungsweise nächtliches Uhrenritual vollzog. Im Anschluss sah ich mir verschiedene Aufzeichnungen genauer an. Ich prüfte, ob in seiner Mimik oder seinem Ausdruck eventuell Parallelen zu meiner Hübschen oder dem Foto von Domitilla v. Maillot de la Treille zu finden wären. Doch nichts dergleichen fiel mir auf. Stattdessen blickte ich in das Gesicht eines empathielosen, rohen, unberechenbaren und stumpfsinnigen Geschöpfs. Was es nicht alles gibt in dieser Welt.

Die Würfelkamera hatte er wieder mit den anderen Utensilien auf die Fensterbank geschmissen. Sie blickte nun von der linken zur rechten Fensterlaibung. War also so gut wie nicht mehr zu gebrauchen. Die Kamera auf dem Büffet lieferte im Gegensatz dazu ausgezeichnete Bilder – selbst im Nachtmodus.

Nachdem er die Standuhr aufgezogen hatte, stampfte er geradewegs in seinen Wohnraum zurück und legte sich unter dem Fenster schlafen. Zuvor musste er auch geschlafen haben, denn die Kamera hatte nach dem Spaziergang meiner Hübschen und seinem Austicken bis kurz vor Mitternacht nichts mehr aufgezeichnet. Er schien den überwiegenden Teil des Tages mit Schlafen zu verbringen. Vielleicht war das einer der Gründe für sein hohes Alter, dachte ich, ohne es zu glauben.

Ich fragte mich, wie alt Bären werden können, rechnete dann aber aus, wie alt Domitilla wäre, wenn sie noch leben würde, um seine ungefähre Lebenszeit auszumachen. Sie wurde 1870 geboren, vor fast hundertfünfzig Jahren. Das überraschte mich. Ich hatte mit weitaus mehr gerechnet. 1870 klingt so weit entfernt und fremd, finden Sie nicht? So wie der Mond: Man kennt Fotos und Videos, die ihn von Nahem zeigen, und weiß, wie viele Kilometer entfernt er von uns kreist, doch am Ende bleibt er nur der nächtliche Mond.

Wenn der weiß-schwarze Riese tatsächlich erst um die hundertfünfzig Jahre alt wäre, dachte ich, dann ist das für mich noch im Rahmen des Vorstellbaren. Ich höre immer wieder von Menschen, deren Lebenszeit auf dieses Alter geschätzt wurde. Just las ich in einer Zeitschrift von einem Äthiopier, der noch wohlauf im Kopf sei, dem sie angeblich hunderteinundsiebzig Jahre nachweisen können. Wussten Sie, dass in Schweden eine Fichte steht, die fast zehntausend Jahre alt ist, dass einige Korallen über viertausend Jahre alt werden und Neptungras sogar um die hunderttausend? Stand in demselben Artikel.

Dass um die Zeit von Domitillas Geburt schon mit Gensubstanzen experimentiert werden konnte, vertrug sich jedoch überhaupt nicht mit meinem Bild dieser Jahre. Gingen die Leute damals nicht noch mit Bajonetten aufeinander los? Was für Gedanken erscheinen einem Wesen wohl, das so unterschiedliche Epochen miterlebt hat?

Na ja, ich meine, für heute ist es genug. Pausen sind nicht zu unterschätzen. Ohne sie bleibt nichts hängen, nicht wahr? Wenn es für Sie in Ordnung ist, erzähle ich morgen in den frühen Abendstunden weiter. Bis dahin, schlafen Sie gut.

LESEN SIE DEN ZWEITEN TEIL:

Andreas Steinberger

Die magentafarbene Tulpe
Im Land des Grüntees

Roman
224 Seiten
ISBN 978-3-7519-3734-4

»Im Land des Grüntees« ist die Fortsetzung des ersten Teils »Der Ort, der für das Gleichgewicht von Gut und Böse sorgt« des Bandes »Die magentafarbene Tulpe«.

Nach wenigen turbulenten Tagen und Nächten erfährt André Geheimnisse über sein Kloster und wie er mit dem Ort verbunden ist, der für das Gleichgewicht von Gut und Böse sorgt.
Es treten Personen in sein Leben, mit einzigartigen Fähigkeiten für eine Sache, von der er bis dahin glaubte, das es dafür niemanden benötigt.

LESEN SIE VOM SELBEN AUTOR:

Andreas Steinberger

Leuchtturm Hellblau
Ich wiedergebe buchstäblich

Roman
140 Seiten
ISBN 978-3-7448-7333-8

Der erste Band der Leuchtturm-Reihe. Indem es um die essentiellen Fragen des Lebens geht. Wer bin ich? Was ist die Grundintension eines jeden Menschen? Ist die Welt real oder Traum und warum zum Teufel muss man essen? André begibt sich auf eine Reise, um Hilfe für sein eigenartiges Essproblem zu finden. Sein Weg führt ihn zu einem Seminar in ein mysteriöses Kloster. Die dort gelehrten Methoden führen ihn in eine lebensbedrohliche Einbandstraße. Es gibt kein Zurück und vor ihm scheint jeder Schritt im bodenlosen Abgrund zu enden. Doch ein tiefes inneres Vertrauen führt ihn immer weiter.

Andreas Steinberger

Hello Yellow und der
Grand Pas de deux

Roman
269 Seiten
ISBN 978-3-7528-1205-3

Im zweiten Band der Leuchtturm-Reihe macht André bei einer Wanderung in den Bergen einen Fund, der sein Leben erneut auf den Kopf stellen wird. Um nicht in Schwierigkeiten zu geraten, kann er diesen Fund vorerst nicht mit in seine Wohnung nehmen. Zudem wurde André die Sicht einer zusätzlichen Welt eröffnet, seit er vor gut einem Jahr aufgehört hat zu essen. Eines der darin erscheinenden Wesen ist sein treuer Begleiter und sein Rätsel.

Parallel zu diesem Abenteuer erzählt der Grand Pas de deux von zwei Jugendlichen, die sich Hals über Kopf ineinander verlieben. Ein schier nie endendes Liebesglück tut sich ihnen auf, das sie in eine eigene kleine Erlebniswelt voller zärtlicher Zweisamkeit, erotischer Entdeckungen und neckischer Streiche zieht.

Andreas Steinberger wurde 1979 in Altötting geboren
und lebt heute in Hilzingen im Hegau.
Er erlernte einen handwerklichen Beruf, wurde später
von Haruki Murakamis schriftlicher Ausdruckskraft zum
Schreiben inspiriert und arbeitet seither so gut wie täglich
an seinen eigenen Geschichten.

facebook.com/AutorAndreasSteinberger
instagram.com/andreas.steinberger